湖南省新时代文艺研究中心湖南科技大学基地项目成果

迟子建小说的民族志书写研究

荆莹莹 ◎ 著

湘潭大学出版社
XIANGTAN UNIVERSITY PRESS

图书在版编目(CIP)数据

迟子建小说的民族志书写研究 / 荆莹莹著. -- 湘潭 : 湘潭大学出版社, 2025. 7.(2025.8 重印)-- ISBN 978-7-5687-1773-1

Ⅰ. I207.42

中国国家版本馆 CIP 数据核字第 2025SL3456 号

迟子建小说的民族志书写研究

CHI ZIJIAN XIAOSHUO DE MINZUZHI SHUXIE YANJIU

荆莹莹 著

责任编辑: 渠珊珊　黄皓羽
封面设计: 张博雅
出版发行: 湘潭大学出版社
社　　址: 湖南省湘潭大学工程训练大楼
电　　话: 0731-58298960 0731-58298966(传真)
邮　　编: 411105
网　　址: http://press.xtu.edu.cn/
印　　刷: 长沙创峰印务有限公司
经　　销: 湖南省新华书店
开　　本: 710 mm×1000 mm 1/16
印　　张: 13.75
字　　数: 213 千字
版　　次: 2025 年 7 月第 1 版
印　　次: 2025 年 8 月第 2 次印刷
书　　号: ISBN 978-7-5687-1773-1
定　　价: 68.00 元

前　言

PREFACE

在人类学与文学的发展史上，民族志的书写形式早就蕴藏于前人的文学作品中，只是当时学界很少将它从文学作品的诸多书写方式中剥离出来加以分析。20世纪后，文化相对主义思潮兴起，对应的文化事象阐释和理解方法也理应多样，因而有了突破科学民族志的表述方式，对民族志与文学的关系进行了重新审视与定位，将潜藏于文学叙述中的民族志书写形式剥离、彰显了出来。近代以来，为了达成对文化真实的理解与阐释，除了人类学民族志写作者重视对文化的文学表达外，还有一部分文学家也试图用审美和艺术的方式对文化进行诗性阐释。

迟子建的文学创作是对中国东北文化的理解和阐释，其目的在于全面推介东北地域文化，同时也希望用东北地域文化中积极、合理的文化因素，作为反观现代文明诸种弊病的镜子，为现代文明自省自救提供启示和借鉴。从对东北地域文化的理解和阐释的目的来看，迟子建的文学创作具有明显的人类学民族志书写特征。

《额尔古纳河右岸》《伪满洲国》《群山之巅》是迟子建民族志书写的文本典范。这些作品中的东北多民族生活形态、历史文化都对迟子建的创作产生了潜移默化的影响，使她能够自觉地运用本土文化对其生活的故地进行文化阐释。这不仅使她的文学文本具有民族志的属性，也扩大了其文学文本的内涵和格局。

迟子建的文学创作契合人类学家民族志写作的根本目标，具有鲜明的文化人类学特征。在迟子建的笔下，东北边地的自然风光、神话传说、风俗节庆及宗教信仰、风土人情自然地贯穿始终，充溢着浓厚的地域特色。而最动人的部分，是她对鄂温克族、鄂伦春族、赫哲族等东北少数民族的情感与命运的深情书写，展现出普遍而深刻的民族融合情怀。

迟子建的民族志书写具有重要的文化价值。一方面，她的民族志书写是一种文化记录，是对东北文化的多元化呈现。她用东北地域文化中的地方性知识的“异”，去对视现代文明中的“同”，更强化了东北地域中异于现代文明的特质。另一方面，迟子建的民族志书写体现了文学与人类学的跨学科观照。从民族志与文学融合的视野来看，迟子建的民族志书写是以汉族作家的跨域行走、跨社群互动、跨文化体验为前提，以少数民族的历史、现实、乡土知识为描写对象的文化写作。迟子建的民族志书写体现了中国多民族文学和文化内部的丰富性、复杂性和多样性，为推动“中华多民族文学史观”的建构和民族文化的新格局的创建提供了宝贵的经验。

目　录

CONTENTS

第一章

绪 论

第一节 民族志的文学性与小说中的民族志书写概念的界定

一、民族志的文学性

要理解迟子建创作中的民族志属性，首先需要对人类学学科里的民族志以及民族志的表达方式和书写的基本要求进行简要阐释。何为民族志？在中文里，“民族志”对应的英文单词是 Ethnography。在西方，这一单词何时开始出现？学者们意见不一。有的学者认为德国学者奥古斯特·路德维希·冯·施勒策（August Ludwig von Schlözer）1771 年在其著作《北欧通史》中第一次用到①，也有的学者认为是在 1832 年至 1842 年间首次提到②。Ethnography 由 ethno 和 graph 合成，ethno 意为民族，graph 意为描绘、书写、再现、

① ［美］威廉·亚当斯. 人类学的哲学之根［M］. 黄剑波，李文建，译. 南宁：广西师范大学出版社，2006：269.

② 王铭铭. 中国人类学评论（第 1 辑）［M］. 北京：世界图书出版公司北京公司，2007：60.

描述、艺术与科学、结构图或与认识相关的图式等。graph 决定了民族志是侧重描绘的书写方式。因此，民族志是兼顾“民族”和“写作”的表述方式。

民族志是人类学家对特定的异文化进行田野调查后，对研究对象进行描述、说明所形成的文本。民族志具有“方法”“文本类型”“研究取向”三个层面，人们对于民族志的理解，大部分停留在第一个层面，即“作为方法的民族志实践”；但随着人类学发展的深入，利用民族志方法所生成的文本，也被视为民族志，这是第二层面，即“作为文本的民族志书写”；实验民族志时代的到来，把民族志作为一种研究取向，也就是美国人类学学者克利福德·格尔茨（Clifford Geertz）所提出的“深描”，即“作为一种意义阐释的民族志研究”。因此，对民族志的认识应包括“作为方法的民族志实践”和“作为文本的民族志书写”以及“作为一种意义阐释的民族志研究”三个方面。人类学的学科发展史带来了民族志本身的变革，从自发性的、随意性的和业余性的民族志时代到通过科学规范支撑的科学民族志时代，再到反思“科学”表述危机的实验民族志时代，民族志的内涵经历了从“文本”到“方法”再到“意义阐释”的拓展变化。

客观地说，在人类学的发展史上，民族志的书写从来都不属于一种“纯粹的”“客观的”科学表述，而是一种文学性的写作，文学性始终是民族志书写中无法回避的问题。这种文学性问题贯穿在人类学发展的各个阶段，并且以不同形式存在着。人类学的三次文学转向都与民族志的写作密不可分，在三次转向中，民族志写作本身也经历了一系列演进和变化。具体分为三个阶段：广义的民族志阶段、科学的民族志阶段和实验民族志阶段。我们当下正处于实验民族志阶段。这三个阶段的民族志文本的建构，在表述中对于文学性的运用具有差异性，具体表现如下。

（一）广义民族志文本文学性的显性体现

殖民主义和开拓海外市场是人类学科田野考察的前身，早期的民族志写作也是欧洲的探险家、传教士、人类学者在海外殖民的过程中产生的。这个阶段是民族志的始发阶段，民族志文本具有自发性、随意性与业余性，这一阶段被称为广义的民族志阶段。

广义民族志阶段主要有两个特点：首先，民族志文本的多样化。这个阶段的民族志写作并没有严格的限制，无论是写作内容、文体、表述方式、调查对象、写作方法都没有严格的限定，民族志文本的写作是自发的、随意的，对于异文化的表达方式也是自由的，民族志写作并没有像后来的科学民族志那样有着明确的写作规范。其次，这个阶段的民族志文本具有强烈的主观性。探险家的游记、传教士的传教日记、文学作品中对异文化的描述等都属于广义民族志的文本范围。其中不乏民族志作者对异文化的人类学和地理学想象，如食人族之类的表述。从这两个层面看，广义民族志的阶段在本质上是文学式的，民族志属于文学作品的一种类型，描述异文化的文学作品也属于民族志文本的一种类型，二者密不可分。在这方面，尤以詹姆斯·乔治·弗雷泽（James George Frazer）的《金枝》为典范。

按照上述所提到的广义民族志文本性质多样化和文本表达主观化的特征，那些有着悠久历史的民族大多有自己的文献记录，这些民族基本上都有属于自身特色的文化民族志。在中国，汉语的“民族志”一词具有双重所指，即Record of nation 和 Ethnography。中国古代延续下来的史志传统，以及描写异族文化的文学作品，如《山海经》和藏族史诗《格萨尔王传》，都可归入广义民族志一类。《山海经》中的“羽民”反映了中国南方民族以羽为饰的习俗，提到“穿胸民”大都“贯胸国在其东，其为人胸有窍”，“凿齿民”曾与“羿”“战于寿华之野。羿射杀之，在昆仑虚东”。这些都是对中国远古文明社会的一些“奇谈怪论”与“异域想象”。

藏族史诗《格萨尔王传》是一部反映藏民族经济、宗教信仰、民俗、歌舞等方方面面的文学类史诗巨著，这部史诗被看作藏族人民生活的全景图和他们成长的画卷。《山海经》和《格萨尔王传》都是含有大量文化记录的文学作品，它们有着丰富的文化内涵，包含了对特定历史条件下的各种文化样式的描述和记载，我们可以视这种文学文本为文化文本。类似于《山海经》

和《格萨尔王传》的文化记录也存在于中国古典文献典籍中，同样的，我们一样可以视那些文学性很强的文化文本为文学文本，如先秦时期的历史散文与诸子百家的作品。无论是《山海经》《格萨尔王传》之类蕴含文化事象的文学文本，还是如诸子百家之类充满文学性的文化文本，都需要在文学和文化的双重视域下才能实现，这是广义民族志的显著特征。两种视域的不断融合，才能在后代的学术研究中得到新的阐释。

在西方，希罗多德（Herodotus）被认为是最早的民族志作者，透过《希波战争史》，我们可以看到希罗多德对世界各国各地区的地理形势、风情民族和宗教信仰等富有新奇的人类学和地理学想象。在中世纪时期，一些游历了东方的商人回到本土，把其游历的见闻以游记的形式记录下来，如《马可·波罗行纪》等，这些记录表达了作者在遥远的异文化所在地（比如中国）的所感所想、所见所闻，这类文本是早期西方社会了解中国社会或其他异文化地区的主要途径，弗雷泽也是通过这种方式撰写了《金枝》。地理大发现以后，西方的殖民活动越来越深入，关于原始部落的观察与文化记录陆续在西方国家出现。但是这些文化记录并不是全部受到关注，只有少数与原始部落有关的探险活动以及文化记录受到了人类学家的关注，如库克船长（詹姆斯·库克，James Cook）在太平洋岛屿的探险、塞缪尔·赫恩（Samuel Hearne）对加拿大西北部奇帕维安印第安人部落的记录等，大部分探险家并不是以了解土著的文化为主要目的，不懂当地语言，仅凭翻译咨询少数问题，因而对于土著的描述都比较外在且肤浅。即使是传教士深入了当地的日常生活，甚至会使用当地语言，但其日记的着重点也只在于宗教信仰的传播，而并无更多关于土著文明、习俗、生活等深入文化本质的详细描述。

从广义民族志的角度看，是先有了民族志才有了人类学学科。由于民族志作者对于文化事象的记录只限于对异文化的外部形式的描述，因而这一阶段在时间上，民族志的写作要早于人类学学科本身；在写作特征上，民族志的写作没有限制，民族志作者都是自发性地对所见所闻所感进行记录，这种记录有的是客观需要，但是更多的是主观性的有感而发，通过民族志的写作表达作者对异文化的想象，这种写作是文学性的、随意性的，同样也是业余性的。因此，在此阶段的民族志写作中，其表述的文学性特征是非常明显的，描写异文化的文学作品可被视为文学文本，而运用文学性手段的文化文本，也可视为文学文本。

（二）科学民族志文本文学性的隐性体现

早期人类学家在民族志中描述各种部落、神话、习俗、宗教、仪式，但并未真正见过这些文化事象；他们征引各类杂记资料，却从未考证这些资料的真实性与来源。总而言之，早期的人类学家们与他们所研究的对象并不是直接取得联系，而是以未考证的资料为依据，这就使得他们之间的联系并不亲密，而是以史料为中介，即中间环节。但是这些所谓的中间环节并不是全部经过写作者的精密考察，也就是说，早期人类学家的一些论断可能是不可靠的。基于以上现实情况，到了 19 世纪和 20 世纪，一批学者重新思考人类学，他们凭借自身的教育背景，制定了新的科学规范的人类学研究范式，建立新的科学民族志规则，逐渐形成了英国人类学的功能学派。

科学民族志准则之所以能够确定，与人类学家布罗尼斯拉夫·卡斯珀·马林诺夫斯基（Bronisław Kasper Malinowski）有直接的关系。马林诺夫斯基有着丰富的田野调查经验，他将这些田野经验进行整理和总结，发表在《西太平洋的航海者》的导论中，开启了人类学科学民族志的阶段。这也是马林诺夫斯基对人类学所作的最大的贡献：他为民族志奠定了理论范式，让民族志能在“科学”基础上压倒其他文献，号称足以“杀死”所有“虚假”，并以合乎“科学”之名找到权威地位。①

虽然对科学民族志的方法有多方面的肯定，但是科学民族志工作者，却从未停止反思民族志的研究实践的脚步，并且对科学民族志进行大量的重新

① MALINOWSKI B. Argonauts of the western Pacific：an account of native enterprise and adventure in the Archipelagoes of Melanesian New Guinea［M］. London：G. Routledge & Sons，ltd.；New York：E. P. Dutton & Co.，1922：24.

审视，对科学民族志的认识论和方法论提出了很多批评意见和反思方法。其中，针对科学民族志所提倡的“客观性”，质疑声最高。很多人类学家质疑所谓的科学民族志的“客观性”，认为民族志作者在研究过程中根本不可能把主观的自己隐形来进行超然的客观观察，他们在田野调查过程中必然需要以个体的自我存在于研究对象中。科学民族志的研究过程绝对不会离开人进行研究，因此自己也会在研究的过程之中成为研究对象的一部分，影响到研究对象的同时也会受到研究对象的影响。① 由此可见，科学民族志作者在田野调查和民族志实践的过程中无法排除自身的存在，因此科学民族志作者长期以来标榜的“客观”和实证主义范式最终也不过是一种文本实践而已。

如果引入文学理论对科学民族志的经典著作进行批判或解构，会发现民族志文本具有修辞性。这种科学民族志往往运用了来自 16 世纪欧洲游记的书写策略来建立文本权威。在欧洲的游记写作中，作者往往结合第一人称叙事描写外在事物，使读者相信文中的内容都是作者亲身见证。② 因此，科学民族志工作者在反思中逐渐察觉到，民族志原有的科学范式是根本的误导。他们清楚地认识到民族志实际上是反思性（不是自然主义），研究过程是诠释性和文本性（不是经验性），生产出来的作品又是文学性和修辞性（不是写实性与客观性）。

从学科界定而言，《西太平洋的航海者》的经典性不容否认，但是当我们仔细阅读后会发现，这部称为“里程碑式的科学民族志文本”却采用了欧洲时期流行的航海历险的文学书写策略来表述特罗布里恩德人的海上库拉这种贸易行为，将库拉的流动与土著的海上交换行为予以文学性。与此同时，马林诺夫斯基也在其中塑造了一个疲惫不堪的欧洲人、民族志作者，一位工作颇为艰辛但初步懂得了土著文化的欧洲人类学者，这种人物形象的建构，

---

① BELL C，ENCEL S. Inside the whale：ten personal accounts of social research［M］. Oxford：Pergamon Press，1978：56.

② CLIFFORD J，MARCUS G E（eds.）. Writing culture：the poetics and politics of ethnography［M］. Berkeley：University of California Press，1986：27-50.

实际上也是文学性的。这种文学性的“自我”表述模式一直延续到爱德华·埃文思-普里查德（Edward Evans-Pritchard）的《努尔人》那里。

可以说，不论是马林诺夫斯基，还是埃文思-普里查德，这些标榜科学和客观的科学民族志工作者，他们在民族志书写的过程中采用了游记历险的文学书写策略描绘其田野经验，这种写作方式的本质就是文学性的，只是这种文学性潜藏在其科学的规范与范式之下，具有隐性的特征。

（三）实验民族志文本文学性的显性回归

在20世纪20年代至60年代，人类学著作都是在马林诺夫斯基提供的科学民族志的方法下启发而写成的。但是70年代以后，有人类学家对马林诺夫斯基的科学民族志提出了质疑和批评，并对科学民族志因避免主观性和个体性所产生的表述危机进行反思。

对于马林诺夫斯基科学民族志的质疑和批评主要有两个方面。首先是对科学民族志文本世界与真实世界一致性的质疑。“我们记录这个世界也不可能无视语言的这座伟岸的墙，不可能持续地乐观地相信写实主义，天真地认为文本世界与真实世界一致。”[①] “我们更为耳熟能详的是：不少民族志文本如何与研究对象无关，只是民族志作者自己的建构；其作用不见得能够增进我们对于研究对象的整体认识，倒是可以体现以欧美中心的我族中心主义的意识形态，特别是帝国主义、殖民主义等意识形态。”[②] 这种质疑的声音总体可被称为“阐释人类学”，并与美国人类学家格尔茨关系密切。

对于科学民族志文本世界与真实世界一致性的质疑与批评，引起了80年代以来对民族志写作分析和解剖的潮流，即对马林诺夫斯基科学民族志质疑的第二个方面：是对于民族志写作作为一种文体以及民族志自身独立发展的

---

① ATKINSON P. The ethnographic imagination：textual constructions of reality［M］. London：Routledge，1990：68.

② CLASTRES P. Society against the state：essays in political anthropology［M］. New York：Zone Books，1987：156.

重要性的忽略。

在实验民族志时代，基于对科学民族志文本世界与真实世界一致性的质疑，催生了以格尔茨为代表的阐释人类学，格尔茨倡导的“深描”方法类似于文学研究中的细读式显微研究法，它使民族志的书写由客观描述转变为主观阐释，实验民族志的文学性回归在理论上被提出，并催生了“写文化”。对民族志写作作为一种独立的文体以及民族志自身独立性的重视，使得人类学家们在实验民族志的实践中运用文学手段，创造了一种人类学式的民族志书写模式，将民族志文本中的神话和仪式作为一种历史的隐喻，使得民族志写作具有了一种叙述真实性。实验民族志的书写，对文学性或诗性表达样式的宽容、吸纳与扩展，成为反拨科学民族志科学化、规范化写作的必然途径。

二、小说中的民族志书写的概念界定

在古代，民族志书写就已经被赋予了多重意蕴。中国古代延续下来的史志传统，以及描写异族文化的文学作品，如《山海经》和藏族史诗《格萨尔王传》，都可归入民族志一类。因此，文学与民族志的关联早就不是当代的一个“突发事件”，在人类学与文学的发展史上，民族志的书写形式早就蕴藏于前人的文学作品中，只是当时学界还很少将它从文学作品诸多书写方式中剥离出来加以分析，再赋予新的学术内涵。

进入20世纪后，在强调文化相对主义的思潮之下，尊重多元文化、培养“文化的富饶性”、认识到我们自己的社会仅仅是众多人类群体或文化中的一种类型或模式，这种文化相对主义思想，要求对于文化事象的阐释和理解的方法也应该是多种多样的，因而应该突破科学民族志的表述方式，对民族志与文学的关系进行重新审视与定位，将潜藏于文学叙述中的民族志书写形式空前剥离、彰显出来。

20世纪的功能学派人类学者声称要在两个方面给予人们以启蒙。一方面，要拯救那些独特的文化与生活方式，使其免于全球化的吞噬。借助于功能学派宣称的足以“杀死”所有“虚假”，并以合乎“科学”之名找到权威地位的科学宗旨，功能学派的人类学者反对席卷全球的西方模式。另一方面，要利用对非西方文化的研究来反观本土文化（主要是西方文化），从而对本土文化进行批评和反思。他们认为，描写异文化的目的在于对自己的文化模式进行反思，重新检验被奉为真理的西方文化。然而，这两个承诺的真实性与现实性被20世纪70年代关于爱德华·赛义德（Edward Said）的《东方学》和德里克·弗里曼（Derek Freeman）的《玛格丽特·米德和萨摩亚：一个人类学神话的形成与破灭》这两本书引发的两场争论打破了，从而引起学界对民族志的全面反思。虽然这两场争论的双方各执一词，却一致认为：科学民族志所谓的纯粹客观和如实描述文化事象并不能实现，因为民族志从一开始就依赖于半文学性的表达方式来描述文化事象，而科学民族志的研究歪曲了非西方民族的社会现实。自此，以批判科学民族志的“客观虚假”和探索新的具有“文学性的民族志表述方式”为要义的当代人类学思潮，在世界范围内很快形成了“燎原之势”。在当代民族志文学和民族志批评中，小说扮演了重要的角色，占据了多数的份额。因此，探讨迟子建小说的民族志属性，必然要厘清民族志小说与小说中的民族志书写的关系。

按照一般逻辑，从“小说”到“民族志”，我们很自然地联想到近些年流行的“民族志小说”的概念。当我们将迟子建小说的研究视域锁定在“民族志小说”时，却遭遇理论概念与作者创作现实的阐释困境。我们发现仅仅用“民族志小说”这一概念，很难清晰涵盖与厘清迟子建目前的创作现实。

民族志小说这个概念最初是由学者叶淑媛提出的。“民族志小说”概念的提出，是叶淑媛基于20世纪90年代以来中国文坛丰硕的创作现象，这一时期许多作者纷纷把笔触投向了书写族群文化、地理风貌、民风民俗、宗教信仰等方面，这种书写方式使得小说既有文学性质，也具有了民族志的属性。也就是说，叶淑媛所提出的民族志小说的概念有着明确的视野界定，即20世纪90年代以来的具有知识性、族群性、审美性、情感评价、文化反思等特点的小说都可称为民族志小说。但是，若以叶淑媛提出的民族志小说的概念对迟子建的小说文本进行阐释，我们就遭遇了民族志小说的判别标准的泛化问题，对于迟子建作品的评论往往陷入旁支错节、“表”“里”难蔽的尴尬和捉襟见肘的阐释困境中。原因主要有两点。其一，就概念定义而言，叶淑媛所界定的“民族志小说”是基于对一种文学现象的观照，只适合评论她所关注到的文学作品，如张承志的《心灵史》、韩少功的《马桥词典》、康九的《走婚》等等，对于迟子建的作品，她也只关注到了《额尔古纳河右岸》，我们无法用她所提到的民族志小说的概念阐释迟子建所有的作品。事实上，迟子建具有民族志属性的作品不只有《额尔古纳河右岸》一部小说。其二，叶淑媛所界定的民族志小说的概念只关注了作为“主题”而存在的民族志小说的论述，而忽略了作为“表述方式”存在的民族志书写；或者是模糊了二者的区别，常常把所有涉及民族志属性的文学作品都归纳为“民族志小说”的范畴。

那么，“民族志小说”到底是什么？什么样的作品属于“民族志小说”？现存的对于民族志小说的界定能否真正全面观照那些立足于中国本土化的创作现实？如何看待和合理“归档”迟子建所创作的具有鲜明的民族志意识的文学文本？

事实上，在当代文学中能被公认的所谓的“民族志小说”就其文本分量而言，只能偏居一隅，甚至处在大众视野之外。因此，如果以民族志小说的概念界定迟子建的文学文本，就理论的整合性而言，则显得不够全面，甚至被人认为是刻意跟随时代的“流量”。那么，我们将如何看待迟子建文学作品中那些具有人类学因素的文本特质呢？本文从迟子建创作的现实情况出发，将民族志小说与小说中的民族志书写进行区别，并对小说中的民族志书写进行界定。

凡是在小说中体现作家民族志观念的书写都可称为小说中的民族志书写。小说中的民族志书写主要包括两种形态。第一种形态是从作家的主体意识而言，具体是指以民族志意识为主体的小说，充分展现了作家的人类学民族志书写观念，其中就包括了叶淑媛所提出的“民族志小说”；第二种形态是从小说文本的题材与内容而言，主要涉及小说文本中有关民族志意识与观念的情节、片段、语境等描写。将“小说的民族志书写”进行概念界定后，会发现关于民族志书写的内涵与外延得到了拓展，如果从这个层面重新审视迟子建的文学创作，会发现迟子建的文学文本都在“小说中的民族志书写”这个概念的研究范围之内。因此，厘清“民族志小说”与“小说中的民族志书写”概念，不仅可以更加清晰地审视迟子建的当前创作，而且对于“迟子建小说的民族志书写”这个课题而言，可以展开深入而又完整的研究。

第二节 对迟子建研究现状的回顾与反思

迟子建（1964—）来自中国黑龙江省大兴安岭地区漠河市北极村。1985年，迟子建在《北方文学》第一期发表了她的处女作《那丢失的……》，开启了她的文学之旅。自1985年发表第一篇短篇小说《那丢失的……》开始，迟子建至今已创作85篇短篇小说、45篇中篇小说和10篇长篇小说，成果非常丰硕。

一、国内研究

国内关于迟子建小说的研究始于20世纪80年代中期，到了21世纪初，随着《额尔古纳河右岸》的问世而出现潮涌现象。关于迟子建创作的研究文献大多在国内，学界主要从作品的创作思想、文化内涵、艺术特色，以及迟子建与其他作家的比较研究等几个方面进行探讨。

第一，从创作思想的角度对迟子建小说中所体现的温情情调、民间立场、死亡意识、生态意识等方面进行探究。

（1）温情贯穿着迟子建小说创作的始终。用温情营造的文学世界对人性、社会进行的反思是研究者们关注的重点，也有研究者从动态视域的角度探析迟子建小说中温情的变化维度。刘传霞的《温情就是力量：论迟子建的人性观》一文从女性写作的立场分析迟子建的温情情调是与人类共有的人性善相联系，互为因果，扩展了迟子建温情书写的文化研究视域。① 西慧玲在《温暖中的寒凉：2003 迟子建小说新作解析》中认为，2003 年后迟子建的作品虽然依旧是以温情书写为主，但是温情背后的寒凉才是作品的主色调。②

但也有研究者对其温情的过于滥觞提出了批评。方守金认为，迟子建的前期小说由于无节制的温情表达，多少也遮蔽了人生世相丑恶与残酷的一面。周玲玲的《温情之殇：迟子建论》中对其部分作品的温情书写的滥觞提出了清醒理性的意见，她认为迟子建笔下模式化的非正常死亡与温情碰撞产生了巨大矛盾，在这些非正常死亡中，温情被无情地解构了，无形中也形成了迟子建无法摆脱的“影响的焦虑”，虽然迟子建也在严格约束她的温情表达，但是多由温情转向了创作的虚伪性，因而“为了能在文学生涯中走得更远一些，我期待迟子建能够尽可能地脱离温情主义以至于滥情的束缚”③。

（2）迟子建通过塑造底层的人物形象来体现她的民间立场，关注底层人民的生存状况、表现人们的日常生活世界等都是研究者所关注的重点。张东丽指出，迟子建的底层写作主要分为两个阶段。前期多以描写农村的小人物的人生困境为主，改革开放以后，即新时期，她的底层写作从农村转移到城市，农民工、城市下岗工人成为其底层写作的对象，他们生存的贫困成了小说情节发展的内驱力。张东丽认为迟子建在书写底层的困境的同时也探究产生困境的原因。张东丽指出，评论界之所以未把迟子建放入底层写作作家的主流之列，是因为她的底层写作作品不仅仅书写底层，还有独属于迟子建的审美特质。文红霞认为，迟子建在痛失丈夫后写出的中篇小说《世界上所有的夜晚》并不是一个人的悼亡诗，“而是写出了底层困难和对整个人类未来

① 刘传霞. 温情就是力量：论迟子建的人性观 [J]. 聊城大学学报（哲学社会科学版），2002（5）：12-14.

② 西慧玲. 温暖中的寒凉：2003 迟子建小说新作解析 [J]. 当代文坛，2004（4）：59-61.

③ 周玲玲. 温情之殇：迟子建论 [J]. 扬子江评论，2009（5）：48-51.

的担忧”；长篇小说《额尔古纳河右岸》是通过对鄂温克族这一古老民族的底层生活与精神的描写，而对人类的社会、生态和文化进行质询。文红霞指出，迟子建的底层书写的独特之处在于“写作苦难，但是悲凉中有温情，黑夜中有星光”[①]。刘颖慧以迟子建的底层文学为文本，从物质生存、文化认同、精神传承三个方面探讨迟子建的底层写作的社会文化焦虑。刘颖慧指出：“现代化的冲击给这片黑土地上的底层人民产生了物质生存、身份认同、精神传承的社会文化焦虑，迟子建没有选择揭露、控诉，而是沉着、理性地将其中的苦痛、悲伤阐释出来。”[②] 这是作家对底层人物及心理的深层解读使然，体现了迟子建在现代文化转型时期的理性思考。

可见，研究者们从“底层写作”这一主题出发，探析了迟子建的民间理想，但是无论是对文本的细读还是对其创作的整体回顾，都是透过底层看到了迟子建独有的“文化人类学”特质，她不仅仅是书写底层，更是以底层的世界为眼睛去透视整个人类文明，关于迟子建的底层写作的研究也因此有了文化的底色。

（3）迟子建小说中的“死亡意识”也被学界所关注。郭力认为，迟子建的作品中体现的清纯灵动的风格，正与她对死亡的思考有关。迟子建文学世界中的死亡是温情的，在温情中还原了死亡的最本真的面目。在本真死亡的基础上，迟子建笔下的死亡最终超越了死亡，多少带有了救赎的色彩，在对死亡的救赎中重新思考生命的意义。[③] 赵薇从动态视域的角度分析了迟子建文学世界中死亡意识的变迁，认为她的死亡意识分为三个阶段：前期文字中对空灵的“彼岸世界”的迷恋，中期以死亡作为价值标准评判世俗温情与人性的表现，晚期将对死亡意义的关照提升到人类族群的整体关照层面。赵薇认为，迟子建的死亡意识书写之所以出现这种变迁特点是

---

① 文红霞. 论迟子建的底层写作 [J]. 文艺理论与批评，2010（2）：74-76.

② 刘颖慧. 迟子建底层写作的社会文化焦虑 [J]. 广西社会科学，2017（2）：175-178.

③ 郭力. 有关死亡的另一种表述：论迟子建创作中的死亡意识 [J]. 文艺评论，2010（1）：55-59.

与她杂合的宗教意识影响和东北少数民族文化的思想浸染有着直接联系的。在艺术表现形态上，迟子建的死亡意识书写也表现出对“伤怀之美”的艺术追求与失乐园情怀。[①]

（4）迟子建生长在大兴安岭深处的漠河，那里森林绵延、白雪皑皑，生态自然是迟子建从事文学创作的一个重要影响因素。因此，生态意识也是迟子建小说所表现的主题之一。学界对迟子建小说中的生态意识的研究主要集中在其通过构建生态美好的世界来反思现代文明、她的生态书写对其美学风格的影响等方面。文红霞指出，迟子建的小说有着鲜明的生态美学的特点，她通过描写故乡的风物和人文风情，用诗性的语言表达了她对生命的关注与热爱、对自然的敬畏和对人类生存的体察以及对爱与美的真诚信仰。[②] 张懿红认为“儿童·女性·自然·艺术，这四者从来都是血脉相连彼此映照的孪生子”[③]。张懿红把迟子建的生态自然书写汇入乡土小说一列，并认为生态自然书写是与作家的儿童和女性书写融为一体不可分割的，这也是对于迟子建的生态自然书写研究一个较为深入的评价。

第二，从地域文化的视角探讨迟子建小说中的边地叙事特色、跨文化思想等。

关于迟子建小说中的地域文化特色，研究者多从地域文化对迟子建创作的影响方面进行阐释分析。车小伟从形态文化学的角度分析迟子建小说中的地域文化特色，认为迟子建小说中有着鲜明的地域特色，是对“三风画”特别是对“风俗”“风景”的描摹，因而在物态文化、行为文化、心态文化等三个方面显示出强烈的地域文化特色。[④] 郭亚明也指出，正是东北地域神奇的土地、大自然和信仰构成了迟子建小说中富有地域文化色彩的美学特质，

① 赵薇. 论迟子建小说中的死亡意识及其表现形式［J］. 湖南工业大学学报（社会科学版），2009，14（4）：81-84.

② 文红霞. 迟子建小说的生态忧思与心灵救赎［J］. 文艺评论，2016（8）：119-123.

③ 张懿红. 回归自然：迟子建的终极乡土［J］. 当代文坛，2007（6）：75-77.

④ 车小伟. 试论迟子建乡土小说中的地域文化特色［J］. 中州大学学报，2009，26（5）：57-59.

使其小说散发着独特的魅力。①

1998 年，戴锦华在文章《迟子建：极地之女》中认为，迟子建的“故乡故事”点染着异地之情，来自极地，来自那片广漠、丰饶、冰封雪飘，因而异样艰辛的土地给迟子建留下了某种难以言明的韵味和印记。② 迟子建作品中出现的生命书写、少女、母亲都有着浓郁的边地特色，这种边地叙事渗透在其作品的灵魂中，使她的作品与北国边地无法分割。

著名评论家雷鸣在对新世纪长篇小说作家的边地叙事进行梳理时，提到了迟子建的边地叙事。雷鸣认为，《额尔古纳河右岸》是迟子建换回民族文化根性的依托地。雷鸣把迟子建的边地叙事置于全球化的浪潮中，探析其写作的意义，他认为正是在全球化浪潮对民族化的冲突之下，迟子建始终坚守自己的意义世界与“族别身份”，因而她的边地叙事始终闪烁着哀婉悲伤的挽歌情调，这种叙事的意义在于为现代性转型提供了一针镇静与清凉剂。③

褚云侠从迟子建小说在海外传播与接受的角度分析迟子建边地叙事的独特性。褚云侠积极地把迟子建的传统文学写作与世界文学进行对话，并认为正是迟子建小说中的边地叙事的特色成为其作品在海外广泛传播的原因所在。雷雯从童年叙事的角度分析迟子建小说中的边地叙事方式，认为迟子建用《北极村童话》《原始风景》两篇小说搭建出具有“白山黑水”印记的文学骨架，对大兴安岭地区文化做风俗记录，并通过“风景人格化”“风俗情节化”“语言歌谣化”的手段展现其小说边地书写以“温情”拯救“人性”的美学追求。④

---

① 郭亚明. 论迟子建小说创作的地域文化色彩［J］. 内蒙古师范大学学报（哲学社会科学版），2004（2）：63-67.

② 戴锦华. 迟子建：极地之女［J］. 山花，1998（1）：1-2.

③ 雷鸣. 突围与归依：礼失而求诸野的精神宿地——论新世纪长篇小说的边地书写［J］. 当代文坛，2010（1）：81-85.

④ 雷雯. 边地书写与诗性建构：论迟子建小说中的童年叙事［J］. 名作欣赏，2021（33）：24-29.

陈思和在《还原民间：文学的省思》中提出了文学的“大传统”与“小传统”的观念，认为小传统便是指民间流行的通俗文化传统，从农村繁衍而来，关于迟子建小说中的民俗研究，多是引用陈思和提出的“小传统”的论述。董倩从迟子建的童年经验展开叙述，说明她的生死观、命运观和自然观都与东北这块故土有关，而这也成为《额尔古纳河右岸》重要的写作养分。董倩认为，迟子建从日常生活、萨满文化、自然崇拜来呈现鄂温克族的风俗内涵，同时寄寓现代人应尊重并保存原始文化的信念。①

也有学者关注迟子建文学创作中所体现的跨文化思想。在对迟子建小说中的狐仙神话的跨文化探源中，刘春玲认为狐仙神话是迟子建小说中的母题链，通过狐仙神话可以提取出迟子建小说中关于动物托梦、轮回果报、修炼成仙、白色动物和动物感恩五个母题。② 刘春玲运用了原型批评的方法对迟子建的小说进行跨文化的探析，为迟子建小说的多角度多方面研究开辟了新的方向。

第三，探讨迟子建小说呈现的艺术特色。

（1）迟子建擅长运用儿童的叙事视角。梁爱民认为儿童叙事视角的运用使小说文本更具张力，并在一定程度上呈现出“复调”的美学意味。③ 方守金则认为迟子建的小说对于童年叙事视角的运用有美学意味，由此形成了她的小说的独具特色的情调模式。

（2）迟子建小说中意象特色和人物形象的丰富性也引起了学界的讨论与探究。方守金认为迟子建在其小说中创造出了以“泪鱼”为代表的神话意象、以“芍药花”为代表的植物意象、伴随着新生的金黄色的碗的意象、弥漫着死亡气息的意象等，他指出这些意象具有单纯明朗和有变化的复现等显著特征。李枫指出，迟子建小说的月亮意象具有人格化特征，其特殊审美价

---

① 董倩. 论迟子建《额尔古纳河右岸》中的民俗书写［J］. 德州学院学报，2011，27（1）：60-63.

② 刘春玲. 迟子建小说中狐仙神话的跨文化探源［J］. 大连大学学报，2011，32（1）：54-57.

③ 梁爱民. 聆听天籁感悟童心：迟子建小说的儿童叙事视角［J］. 江苏大学学报（社会科学版），2003（3）：82-86.

值在于形成了“月亮意象+故事情节（人物命运）”的结构模式，他认为形成这种审美特征的原因在于迟子建受东北少数民族萨满教万物有神论和万物有灵论的影响。[①] 李莉认为迟子建的小说是有“气味”的小说，“气味”离不开自然山水、人情物理，因而形成了迟子建具有意象蕴含的“气味”小说。李莉具体分析了迟子建小说中的月光月夜意象，河流意象，江水、冰排和鱼群意象，白雪、雾霭、房屋、菜园、树林、牲畜等意象，正是这些形形色色的意象，构成了迟子建独特的有“气味”的小说，也构成了迟子建独特的文学世界。[②]

学界还对迟子建小说中塑造的人物形象进行探究，并分析“傻子”“老女人”等人物形象的特点及艺术价值。

孙希娟从迟子建小说人物的诗性美角度进行分析，认为迟子建塑造人物主要有两种方式：第一种是底层人民通过劳作表现其朴素的价值观，第二种是展现人物的精神美。李一从动态视域的角度分析了迟子建小说中人物形象的嬗变，把迟子建小说中的人物形象分为两种：渔民和牧民，分别以渔和樵进行指代。李一认为迟子建写到目前为止都没有走出“渔樵”的经纬之外，她的“渔樵”写作最为典型的是《逝川》和《额尔古纳河右岸》，前者是渔，后者是樵，是渔樵本身的历史丰富了她具体的作品。李一还分析渔樵小说的人物形象都具有“同一人”性，即：迟子建的艺术创作中，所有的人物写的都是同一个人，一个随着作家创作生涯慢慢承载历史厚度的女人。[③] 李希娟与李一分别从审美角度和动态视域角度分析了迟子建小说人物塑造的特点，尤其是李一，把迟子建小说人物形象的塑造放在了渔樵的经纬线上进行对比，提出了“同一人”的特点。纵观以往对迟子建小说人物形象的分析，李一的研究是一种新的突破。

① 李枫. 迟子建小说月亮意象的人格化特征及神话隐形结构［J］. 学术交流，2012（3）：143-147.

② 李莉. 论小说意象蕴涵的“气味”：兼谈迟子建小说［J］. 文艺评论，2004（3）：58-63.

③ 李一. 从“原点”虚构来考量迟子建小说创作中的人物形象［J］. 南方文坛，2010（4）：122-126.

“傻子”形象是迟子建人物形象长廊里不可忽视的一维，是她完整的文学世界里有机的组成部分。管怀国认为“傻子”形象的展示，“起码为灵魂的警醒和救赎提供了一种现实的可能性”[①]。同时，管怀国认为“傻子”形象主要有凸显一种含义深广的对比、起到情节“推动器”的作用、为迟子建的作品涂抹上一层诗意和灵性的光辉等三个方面的艺术价值。吴翔宇认为“傻子”是迟子建审视现实人生、思考人情世态的重要载体，借助“傻子”的视角洞见了另一世界的自然诗意；在怪异的言行中反观了冷漠的人情世态、日渐缺失的人性本真；在对苦难生活的执着反思中表达了对理性人性的追寻。[②] 管怀国与吴翔宇都认为“傻子”人物形象的塑造是迟子建借助“傻子”的形象反观人的生存困境，展示人类的丑恶，进而警醒和救赎人类的灵魂。持同样观点的还有顾佳琪。顾佳琪以迟子建的长篇小说《群山之巅》为例，认为作品中“傻子”形象的塑造充实了迟子建“傻子”的人物序列，同时对于“傻子”生活空间的展示和结局的安排，是为了反思人类的终极幸福。[③]

在迟子建创作的一系列文学形象中，“老女人”形象是其文学世界一道独特的风景，对其作品中“老女人”人物形象的分析也是研究者无法避免的。王春荣等人认为迟子建笔下的“老女人”形象是对鲁迅文学精神的继承，但又有所创新。她们把迟子建笔下的“老女人”分为三种类型：酋长的女人、春婆婆、吉莲娜。“酋长的女人”是地域自然美的化身；“春婆婆”是平凡女人的史诗，是生活在底层的女人的代言人；“吉莲娜”从“复仇女神”到净化灵魂的“导师”的转变，是为女性灵魂呐喊的形象。迟子建的“老女人”形象的塑造具有苍凉之美，是对中国现当代文学史上同类人物形象谱系

---

① 管怀国. 论迟子建艺术世界里“傻子”形象的艺术价值［J］. 理论与创作，2005（5）：70-75.

② 吴翔宇. 迟子建小说“傻子”的精神内涵与价值建构［J］. 河北科技大学学报（社会科学版），2012，12（2）：66-71.

③ 顾佳琪.《群山之巅》中“傻子”形象及其功能转变［J］. 江苏科技大学学报（社会科学版），2015，15（2）：55-59.

的创新性续写。[1] 欧芳艳从审美的角度分析迟子建笔下的“老女人”形象，坚忍侠义之美、苍凉温暖之美、悲戚伤怀之美是迟子建笔下“老女人”形象的具体特征。欧芳艳还指出，迟子建的“老女人”形象都是在苦难中抒发情感，这与迟子建强烈的自我意识，包括童年经验及人生态度有直接联系。[2]

第四，近几年，学界陆续以人类学为切入点，探讨迟子建小说所具有的文化人类学价值、文学治疗功能。

张学昕等人认为，迟子建的文学创作是自觉站在文化人类学的精神高度，构建起“北极村”与“地球村”的独特灵魂时空，具有一种民族叙事的历史观和对时代生活的洞悉能力。[3] 高平则认为迟子建用文化人类学的视野创作了一个“精神的家园”——北极村，因而她的文学走出了一个民族而走入了“人类”文学的殿堂。[4] 张学昕与高平都从文化人类学的角度分析迟子建的创作，可以说是在迟子建创作的人类学批评方面开辟了一个新的角度，不得不说是一种创新与新的探索。

张昕从文学人类学中的精神治疗功能方面解读迟子建的作品，认为迟子建借助对死亡的书写、对童年的追忆和对自然的回归，释放了压抑的苦痛，治疗了心灵的创伤，使苦闷的心态得到了调节，客观上起到了恢复心灵健康的治疗作用。[5] 张昕对迟子建的文学治疗分析具有独创性，但其只关注了治疗功能对迟子建本身的功用，而没有发现迟子建作品中人物的精神治疗功能，不得不说是一种缺失。

---

① 王春荣，蒋尧尧. 迟子建对“老女人”文学形象的创新性续写［J］. 东北大学学报（社会科学版），2015，17（1）：105-110.

② 欧芳艳. 情感视域下迟子建小说中“老女人”形象图谱的建构［J］. 华北水利水电大学学报（社会科学版），2018，34（5）：142-146.

③ 张学昕，韩雪梅. 从“北极村”到“地球村”的灵魂时空：迟子建小说的文化人类学意义［J］. 吉林大学社会科学学报，2017，57（5）：136-144，206-207.

④ 高平. 小小的北极村，世界的北极村：迟子建文学创作的文化人类学简释［J］. 聊城大学学报（社会科学版），2008（2）：224-226.

⑤ 张昕. 释放苦痛淡忘忧伤：从文学治疗功能解读迟子建的作品［J］. 宝鸡文理学院学报（社会科学版），2012，32（3）：84-87，103.

第五，将迟子建与其他作家进行比较研究。

迟子建与萧红的比较研究主要集中在比较二者创作的美学风格、性别写作、萨满文化书写、死亡意识四个方面。

房萍分析了二者创作风格的不同之处，指出对黑土地的挚爱与深情构成了其作品同样的浓郁的情感底色，而由于时代背景、人生经历、美学追求的不同，形成了“悲情”与“温情”的风格差异。① 而李博微总结了二者创作美学风格的共同性，认为二者都因取材上描写北国乡民沉重但并不绝望的生存状态，在作品中呈现浓郁的悲剧色彩。② 喻晓薇认为二者的创作风格有着张力之美与和谐之美的不同，不同的创作风格，为东北乡土抒情文学树立了两面美学旗帜。③

刘艳则认为，作为著名的东北女作家，其女性书写的共同之处在于，二者都以童心与诗心作为她们共同的独特的心性和创作品格的写作方式。④ 刘艳以童年经验作为先在意象结构，认为童年经验对她们的文学女性书写尤其是边地人生的女性书写，产生了切实和深远的影响。正是因为童年经验的不同，为二者提供了不同的生活原型和题材，在对边地人生的女性书写上呈现出了细节化叙述的艺术特征，而经过童年经验到成年经验的重塑和再造，直接影响了她们不同的创作理念。⑤ 刘艳不同于以往的研究者把二者归为乡土作家，而是创造性地提出了“边地人生的女性书写”这一学术名词，把二者的写作题材范围由东北乡土扩大到东北边地，是对迟子建研究的一次新的地缘性的划分。

---

① 房萍.“悲情”与“温情”：萧红与迟子建小说创作比较［J］. 当代文坛，2008（2）：97-99.

② 李博微. 明丽的忧伤：浅论萧红、迟子建小说的美学风格［J］. 开封大学学报，2001（3）：8-12.

③ 喻晓薇. 张力与和谐：东北女性乡土抒情文学的两种美学建构——萧红、迟子建创作审美风格比较［J］. 江汉论坛，2003（3）：108-110.

④ 刘艳. 童心与诗心的女性书写：萧红、迟子建创作品格论［J］. 齐鲁学刊，2013（3）：146-152.

⑤ 刘艳. 童年经验与边地人生的女性书写：萧红、迟子建创作比照探讨［J］. 文学评论，2015（4）：88-98.

陈颖、孟诚从二者对萨满文化精神的传承与实践分析其不同的创作特色，认为在创作视野上，萧红是“审丑”式地祛魅批判，迟子建是审美式地附魅讴歌；在审美风格上，萧红的作品呈现一种酒神式个体毁灭的痛楚快感，而迟子建的作品中则是一种日神式的光明；在文本叙事上，萧红以女性和智性眼光透视，而迟子建则以母性和生态眼光去展望；在创作思维上，萧红是一种“向死而生”的佛家式苦难意识，而迟子建则是“生死齐一”的道家式超然哲学。[①] 李宝华、孙彦峰则认为，二者在对萨满文化的书写中呈现不同的特点，从主题内涵上的政治批判与人性歌颂、感情基调上的凄苦阴冷与超然温馨、表现手法上的戏谑化与神圣化来阐释二者对萨满文化的不同解读。[②]

马宇飞认为萧红笔下的死亡多为非正常死亡，而迟子建笔下的死亡更显常规化。但他在此基础上更深入地探讨了二者对于死亡的关注点和死亡的价值体系的不同之处，认为萧红关注非正常死亡背后的社会和文化因素，而迟子建关注个体死亡的偶然性，借此表达人的生命的脆弱；萧红笔下的死亡是恐怖且丑恶的，而迟子建笔下的死亡是温情且达观的。[③]

还有少数研究者将迟子建与乌热尔图、川端康成进行比较研究。

李旺在《民族、代际、性别与鄂温克书写：乌热尔图、迟子建比较论》中比较了迟子建与鄂温克族作家乌热尔图的文学创作，认为乌热尔图是从本民族遭遇的困境出发而开始对鄂温克族生存的命运进行思索，而迟子建由于受多种外在因素触动而以鄂温克族的生活作为书写对象进行隐喻性的写作。二者不同的人生经历和民族、代际、性别上的差异，导致其塑造的鄂温克族的形象也不相同。乌热尔图作为鄂温克族作家，有着很强的民族文化自觉性，而迟子建在创作之初就从未停止对鄂温克族文化的探索，因而二者有很强的

① 陈颖，孟诚．萨满文化视野下萧红、迟子建小说之“对话”［J］．大连大学学报，2014，35（1）：75-79.

② 李宝华，孙彦峰．论萧红、迟子建笔下萨满文化书写之差异［J］．佳木斯大学社会科学学报，2019，37（2）：99-101.

③ 马宇飞．死亡：在残酷与静美的比照中：萧红、迟子建死亡书写比较研究［J］．文艺评论，2013（5）：83-87.

比较分析价值。但因乌热尔图作为少数民族作家，在迟子建《额尔古纳河右岸》发表之前，一直不太为人所知，因而对于二者的比较，填补了对于乌热尔图研究的空白，同时也为迟子建的创作研究提供了新的方向。① 龙咏熹认为川端康成笔下的“雪国”天地与迟子建的“北极村”理想国跨越了时空，构成了两个互相辉映的艺术世界，二者在理想空间的构筑、女性生命的书写、情爱世界的言说三个方面既有共同又有各自独特的标识、文化价值。尽管迟子建也积极地接受川端康成对她的影响，但是迟子建的创作始终是独特的，是属于中国的、属于黑土地的。②

另外，值得一提的是，中国台湾省也有学者将迟子建的单部作品与作家杜修兰、阎连科的单部作品进行比较的研究。洪士惠将二者的作品进行比较研究，因两位作家都是在 20 世纪 60 年代成长的女性，且作品皆在 21 世纪全球化完成，因此洪士惠将《沃野之鹿》与《额尔古纳河右岸》并列讨论，从中挖掘原住民和少数民族欲延续原始文化的困境。③ 蒋与立将迟子建的《白雪乌鸦》与阎连科的《丁庄梦》进行对比，认为《丁庄梦》因贫穷换血引发的艾滋感染与《白雪乌鸦》因旱獭商人患病造成的鼠疫，都将关注焦点放在底层人民身上。从贫病观点切入，能让读者理解阎连科和迟子建如何体现中下层人民的生命处境及权利失落。④

对迟子建的比较研究，学界一直都把关注点投放在同样是东北女作家的萧红的比较研究上，因而对二者的比较研究的体系是比较全面的，无论是在美学风格、性别写作，还是在萨满文化书写、死亡意识书写方面，都已经有了一定体量且具有深度的研究成果。近几年，也有一些学者从文化的角度比

① 李旺. 民族、代际、性别与鄂温克书写：乌热尔图、迟子建比较论［J］. 民族文学研究，2013（1）：157-162.

② 龙咏熹. 心灵乌托邦的建构：论川端康成与迟子建笔下的“雪国”与“北极村”系列小说［J］. 中国文学研究，2020（3）：164-170.

③ 洪士惠. 谁在说原住民/少数民族的故事？——论杜修兰《沃野之鹿》与迟子建《额尔古纳河右岸》的历史书写［J］. 成大中文学报，2012，（38）：177-200.

④ 蒋与立. 论《丁庄梦》及《白雪乌鸦》中的贫病书写［J］. 高雄师大国文学报，2016（24）：49-74.

较迟子建与其他作家，如与乌热尔图、川端康成的比较等，虽然研究成果不多，但也为迟子建的比较研究提供了全新的视角。同时，在迟子建与其他作家的比较研究中，也缺少了把迟子建与当代同类作家比较的研究，如与阿来、张承志的比较研究。

二、国外研究

关于国外学者研究迟子建是随着其作品在海外的翻译而展开的，对迟子建作品进行研究的国家主要是日本，英语世界尚未发现关于迟子建研究的相关文献。

随着迟子建的作品被翻译成日文，其研究也相应展开。日本翻译家土屋肇枝（Tsuchiya Toshie）不仅用日语整理了迟子建的创作年谱，还陆续发表了两篇关于迟子建作品的书评《迟子建小说中的鱼》和《再生的旅程：迟子建的〈白夜行〉》。同是翻译家的川俣优（Kawamata yue）也在翻译迟子建的作品的同时，针对其单篇和中篇小说进行评价。日本有评论家在阅读了迟子建的小说日文版后，也发表了一篇名为《迟子建的〈西街魂儿〉》的评论性文章。

由此可见，关于迟子建小说的研究之所以能够在日本展开，主要原因在于迟子建的作品在日本发行，一些翻译家在翻译迟子建小说的同时，也会有感而发，发表一些书评，因而产生了一些研究性的文章。但是这些研究性的文章大都是针对单篇作品的分析，并未对迟子建产生宏观而持久性的关注。

通过对迟子建国外研究现状的梳理可以发现，迟子建创作的文学价值还未被海外研究者所发现，但是随着《额尔古纳河右岸》以及迟子建更多的作品在海外的不断传播与接收，关于中国婉约传统的写作与世界文学之间的对话已经成为可能，对迟子建文学作品的研究也将会更加深入地展开。

三、迟子建小说的民族志书写研究

国内较早注意到小说中的民族志意识的学者是叶舒宪，他多次探讨文学创作与人类学研究的当代相遇和沟通现象，并以《马桥词典》为个案，探讨作品中所具有的地方性知识、知识分子认识的相对化、对边缘弱势话语的关注等类似民族志属性的特色。叶舒宪的观点在学界引起了很大的震动，他以文化人类学的视角探讨文学作品的民族志属性，在他之前，鲜有人将文学与人类学联系起来，此后便陆续有学者以人类学民族志的视角探讨文学作品。

迟子建小说的民族志书写特征，在2010年以后逐渐引起关注。例如，叶淑媛就以《额尔古纳河右岸》为例探讨民族志小说“写民族文化”的特征。叶淑媛认为，《额尔古纳河右岸》以具有民族志性质的文学叙事，呈现了民族文化的知识谱系以及文化人类学内涵。叶淑媛对迟子建小说的人类学特征与民族志书写的分析是比较中肯的，因为这种分析深入到了现代性转换以及迟子建的人类学视域等深层次的问题。叶淑媛为迟子建的小说研究提供了全新的人类学视角，把迟子建关于民族志性质的文学叙事作品置于民族志“写文化”的视野中进行阐释，既为人类学的文学转向提供了典范，也为文学的人类学转向提供了案例支持，同时更为从人类学视角研究迟子建小说开辟了新的领域。

孟觉之、史玥琦也在《“基督的血，门神的泪”：谈迟子建〈烟火漫卷〉的民族志尝试》一文中，探讨了迟子建的长篇小说《烟火漫卷》中的民族志书写特色。他们认为，《烟火漫卷》“正是在传统叙事和历史钩沉中以时代考量生命，通过东北民族志的拟写、生活态度的复杂成因、城市建筑的历史隐喻及人物多重的民族身份等表达对东北民族志书写的自觉追求”①。以往学界谈到迟子建小说的民族志属性，大都以《额尔古纳河右岸》为个案，实际上，作家的创作风格是一种连续性的状态，这种状态并不会只体现在一部作品里，而是或隐或现地弥漫在其所有的作品中。孟觉之、史玥琦以《烟花漫卷》为个案，探讨迟子建小说的民族志属性，这意味着迟子建小说的民族志书写特征不仅仅是局限于《额尔古纳河右岸》中，而是贯穿了迟子建写作的

① 孟觉之，史玥琦.“基督的血，门神的泪”：谈迟子建《烟火漫卷》的民族志尝试［J］. 东吴学术，2021（4）：111-117.

全部。

可以看出，虽然学界对于迟子建创作中的民族志书写特征有了一定的发现与理解，但是从学界的整体研究状况而言，对于迟子建小说民族志书写特征的探讨，一直没有全面化和系统化，并未纳入研究者自觉的学术视野中，这种研究状况一直延续到现在，只有对个别文本的探讨，但这也说明了迟子建创作中的民族志书写特征具有很大的研究前景。因此，本文以迟子建的小说为研究对象，探讨迟子建小说的民族志书写现象，不仅丰富和拓展了文学人类学视野下当代小说民族志书写研究的思维、手段和视野，也对发掘迟子建文学创作独特的审美精神，深层开掘其作品的文化、政治、哲学、人类学内涵有着不容忽视的意义。

第三节 研究内容、方法与创新

一、研究内容

本文由绪论、正文、结语三部分组成。正文包含以下内容：

其一，探讨迟子建民族志书写观念的发生与发展。探究迟子建小说的民族志属性，就需要对她的民族志书写观念的发生与发展进行探寻。不同的文化经历和文化身份的转变，使迟子建的民族志书写观念不仅仅局限于北极村，而是以东北文化为个案去类比和理解中华民族乃至人类文明，她如同一个人类学者一样，客观、理性地对待多种文化的交流与融合。

其二，探讨迟子建小说的民族志书写的文本呈现。以《额尔古纳河右岸》《伪满洲国》《群山之巅》为例，探讨迟子建文学创作的民族志属性，试图探析迟子建用文学的形式勾勒出东北地域文化对其创作的潜移默化的影响，同时分析迟子建是如何自觉地运用本土文化对其生活的故地进行文化阐释，使她的文学文本具有民族志的属性的同时，扩大了其文学文本的内涵和格局。

其三，探讨迟子建小说的民族志书写的文化人类学特征。如果用人类学家的要求去对照迟子建的文学创作，可以发现迟子建的文学创作契合了人类学家民族志写作的根本目标，具有鲜明的文化人类学特征。首先，迟子建的小说中充满了丰富的东北民间文化资源。其次，迟子建的小说中充满了丰富的东北少数民族文化，如对鄂温克族、鄂伦春族、赫哲族生活形态、民族信仰、渔猎文化的描述。再次，迟子建还通过描写他国在中国东北的发展与活动，来呈现两国的交流、互动情况。

其四，探讨迟子建小说的民族志书写的文化人类学意义。迟子建小说的民族志书写的文化人类学意义体现在两个方面。首先，这种民族志书写是一种文化记录，是对东北地域文化的多元化呈现。迟子建笔下的汉民族、少数民族始终以一种多元一体的状态和谐生存，这正契合了费孝通先生所提出的“中华民族多元一体格局”所体现的精神，迟子建的文学创作正是对中华民族多元一体格局精神的形而上的思考与展现。其次，迟子建小说的民族志书写体现了文学与人类学的跨学科观照，体现了中国多民族文学和文化内部的丰富性、复杂性和多样性，为推动“中华多民族文学史观”的建构和民族文化的新格局的创建提供了宝贵的经验。

二、研究方法

本文借文化人类学、审美人类学、艺术人类学的理论与方法，对迟子建创作中的人类学思想、民族志书写特征进行全面系统的研究。

其一，田野调查——参与观察法。在写作之前，本人一直持续关注由呼伦贝尔学院布仁巴雅尔教授及其女儿诺尔曼发起的“北源计划”（North Origin Project），此计划延续了此前布仁巴雅尔的“呼伦贝尔·万岁”计划，深入东北少数民族地区，寻找和收录珍贵的民间文明，其中《额尔古纳河右岸》中最后一个鄂温克酋长的原型玛丽亚·索便是此计划曾经采访的对象之一。同时，本人家乡处于东北与内蒙古的辽西河地带，这里正是迟子建关注的东北边地区域之一。我多次回到家乡进行田野调查，通过关注“北源计划”和田野调查，获得了第一手的田野调查资料，并对这些资料进行整理。

其二，跨文化比较分析法。通过对多种文化的比较，探究迟子建小说的民族志书写属性。

其三，跨学科研究方法。本文融合了民俗学、社会学、生态美学、宗教文化学、人类学等学科的理论和方法，全面深入探讨迟子建小说的人类学思想与民族志书写的特征与意义。

三、创新之处

其一，研究视角的创新。以“民族志”为研究视角对迟子建小说进行研究，既剖析出迟子建小说独特的主题思想和艺术特征，又明确了迟子建文学创作的“人类学”视域。本文研究视角的创新主要体现在两个方面：

一是扩展了迟子建研究的理论范围，从文学研究到文化研究的转化中走向视域的融合。迟子建的书写文本对于文学学科、人类学学科以及文化学学科来说，都具有很重要的研究与参考价值。对迟子建小说的民族志书写的研究需要运用文化人类学、阐释学等理论与方法，拓展了迟子建研究的理论范围，使对迟子建的研究从文学研究到文化研究的转向中走向融合。

二是扩展了迟子建研究的学科范围，实现从文学研究到人类学研究的学科转向。对迟子建文学创作的人类学思想、民族志书写特征及其价值进行全面、系统的研究，无疑为文学创作的人类学转向研究提供了文学典范。

其二，研究范畴的创新，拓展了文学研究的理论空间。迟子建小说的民族志书写研究，既是对迟子建文学研究和创作的贡献，也可能影响整个中国当代文学在此方面的研究进展。事实上，从目前来看，对莫言、张炜、张承志、阿来、红柯等作家的研究已经开始向人类学转向。这就说明，从人类学角度对中国当代文学的研究将成为一种趋势。本文以人类学为切入点对作家的文学创作进行研究，在一定程度上拓展了“当代中国文学研究的人类学转向”的理论空间。

第二章

迟子建民族志书写观念的发生与发展

20世纪80年代之后，人类学和文学之间有了无数次的交流。人类学家除了按照科学规范书写的科学民族志之外，也写出了一些更难分类的风格化的书籍。同时，文学作家、诗人和知识分子也开始撰写文学式的民族志。文学与人类学之间的频繁交流促使学界进行了两个观察。首先，这种交流现象如此引人注目，纵然民族志学者不断重申，他们不是涉猎文学的作家，但实际上，人类学研究已经与文学决裂，进入了科学时代。这门新学科已经切断了与旅行叙事和浅显异国情调的联系，以便以文献证据和既定事实为基础，避免以“地方色彩”取悦公众。其次，无论我们想到《额尔古纳河右岸》，还是《尘埃落定》，都可以观察到，除了按照科学规范书写的民族志之外，文学家们也在进行民族志书写。所谓“民族志书写”即开始于二十世纪二三十年代的文学事实，作家为了文学创作，特意前往所写地域进行田野调查，在回到自己本土文化所在地后，用文学的手段记录了他们的田野调查经历，以及对文化的描述。虽然这种文学作品与传统的民族志的内容各不相同，但都具有文学性，且一经出版便受到读者的喜爱。文学式的民族志的出现表明，文学手段和诗性因素渗透到人类学学科之中，这是民族志实验的一个方面，通过这种实验我们可以发现，在民族志写作中利用文学手段不仅可以丰富民族志的表述方式，也为解决民族志的表述危机提供了一种新的策略。

在书写文化的诗性属性和科学属性两个角度，文学文本和民族志文本都有着高度的契合处。人类学家的田野笔记和作家体验生活后创作出来的文学文本都是一种共有的自我感受。作家创作的文学作品或者人类学家撰写的民族志都是写作主体将写作作为表述自我的感知行为。虽然对于文化的表述与记录是由个体写作而产生的，但是触动个体写作的文化却不仅仅是独属于个体的文化，而是生活在这种文化背景下所有人的文化。

以迟子建为例，从整体上看，她的文化书写活动都是对东北地域的文化理解和文化阐释，她的创作呈现出文学文本与民族志文本交相呼应的特质，二者密不可分，文学文本处处彰显出民族志属性，而民族志文本也洋溢着人类的忧思，具有强烈的文学色彩和诗性特征。她的文学文本具有实验性和多样性，无论是和同时期的东北作家，还是同时期的中国当代作家相比，都有很大的差异性。之所以存在这种差异性，主要是因为迟子建的文化视域的独特性，以及受其文化视域的影响形成的文化思想、审美思想与艺术思想的独特性。因此，研究迟子建小说的民族志属性，就需要对她的文化理解和理解视域进行探寻，只有通过探寻其文化视域才能找到形成她的独特的文学文本、文学思想的源头。

具体而言，对迟子建民族志书写观念的探索必须对其文化经历、文化情结进行探寻。从北极村到北京，又从北京到哈尔滨，迟子建在乡村-都市的跨文化经历中产生了一种文化心理；从一名中文系学生到专职作家，迟子建经历了身份的转变，这也让她的民族志书写观念渐趋成熟。正是不同的文化经历和文化身份的转变，使迟子建的视域不仅仅局限于北极村，而是以东北文化为个案去类比和理解中华民族乃至人类文明，因此，她如同一个人类学者一样，客观、理性地对待多种文化的交流与融合。

自 20 世纪以来，西方人类学的理论与方法在中国开始传播，中国知识分子力图以一种全新的、启蒙的现代性话语来取代传统的以儒道为中心的话语体系，人类学的学科化正是在这一重大时代背景下逐步展开的。三四十年代以后，历经古典进化论、欧陆传播学派、英国功能主义、法国年鉴学派和美国历史学派等人类学理论流派冲击的中国人类学，呈现出华东、华南和华北三足鼎立的区域特征。这种区域格局的形成，孕育了中国的功能学派、文化学派、历史学派三种学科理论学派。这三种学派相互影响，形成了具有中国特色的人类学理论与方法。[①] 中国学者结合中国实际，运用中国特色的人类学理论与方法，对中国的民间、民族文化进行再调研、再阐释，这些正是形成迟子建民族志书写观念的理论背景，这种人类学思想作为文化阐释的前提条件即理解前见，渗透进了迟子建的文化视域，使她能够运用人类学理论方法、文化相对论思想，以东北文化为个案，对整个中华民族文化乃至全人类的文化整体样貌进行全方位和多元化的解读，实现了文化理解、文化阐释视域的融合。

第一节　启蒙：北极村的成长之旅

东北地域文化的多样性以及丰富的东北民间文化共同造就了迟子建。因迟子建的二姨不能生养，她六岁时被母亲送往北极村的姥姥家，希望将她“过继”给二姨，虽然后来并未如愿，但那段机缘巧合的北极村的生活经历，却影响了迟子建的一生。北极村自迟子建六岁伊始便成为她的日常生活世界，那里辽阔而又寒冷，常年被冬雪覆盖，被连绵起伏的山峦所围绕，这种独特的审美特质对她的民族志书写观念的形成起到了重要的启蒙作用。

一、神话传说的“忠实听众”

以北极村为中心绵延展开的东北世界对迟子建而言就是一本书，在这个丰富多彩的东北世界里，有冰冻的黑土地、正月的飞雪、长夜火炉里燃烧的劈柴以及户外寒风中飘拂的灯笼，也有姥姥讲的神话故事以及夏日的激流、

① 胡鸿保. 中国人类学史［M］. 北京：中国人民大学出版社，2006：59-76.

冬日的暴风雪，还有端午采到的带着露水的艾蒿、中秋节圆月和除夕的烟火以及犁地的牛、鸡、燕子和马车，等等，这些点滴如同涓涓细流，最终汇成了迟子建的文学长河。

北极村给迟子建的民族志书写观念的启蒙是多方面的，一方面来自极地那种纯天然的实实在在的生活，另一方面也来自形式多样的充满着审美性和艺术性的神话传说。在进入学校学习通识知识之前，迟子建所学习的民间知识都来自北极村。例如，在寒冬时节，陪家人围着火炉吃着烤土豆喝着花茶，听姥姥和其他父老乡亲讲述鬼神故事；跟随父亲前往大兴安岭拉烧柴，看到了大树上刻着的白那查山神的像；与村里的“老苏联”奶奶的独特友情的故事；等等，这些都构成了迟子建的文化记忆。关于她的文学创作与故乡之间的联系，迟子建在其散文《一个作家应该谢谢什么》中有详细的总结。她认为在她的生活经历中，主要有三个方面影响她的文学创作：一是大兴安岭得天独厚的自然条件，二是对东北农村人事的接触和了解，三是东北民间鬼神故事与东北少数民族的原始宗教信仰。①

北极村是中国“北方第一哨”所在地，也是中国最北的城镇。它的东北与俄罗斯交界，烟波浩渺的黑龙江从村边流过，为村民带来了渔猎文明，在其所依托的大兴安岭深处，以鄂温克族、鄂伦春族为代表的少数民族与这里共存共生，各种文化都在这里交流、融合。这里的文化多元、古朴，带着一股原始之气。这里有高人的木刻楞房子，人们世代居住在这里，与天地融为一体；这里有着原始的自然崇拜，也能目睹萨满身穿五彩的神衣为患病者祈福，在萨满的祝祷歌中，人类原初时代的艺术形象映入眼帘；这里有丰富的民间艺术，如木根雕、剪纸、年画、蜡花等等；这里有民间戏曲和音乐，如鼓吹乐、咔戏、二人转等等。迟子建从小受到这些多彩的民俗文化的熏陶，逐渐形成了一种独特的审美样式。

东北民间文化对迟子建的创作具有潜移默化的作用，这种民间文化中的

---

① 迟子建. 也是冬天，也是春天［M］. 北京：中信出版集团，2019：212-215.

审美与艺术特点训练了迟子建的审美能力，包括审美感知、审美鉴别、审美理解、审美判断和审美表达等等，这些都能反映在迟子建的文学作品中。迟子建不止一次表达过神话和东北民间传说对其文学创作的重要性。汉族在东北是主体民族，历史上，汉族先后迁徙到东北各地，不仅带来了中原经济文化，也带来了他们的民俗风情和民俗文化，这些民间文艺遗产与东北各族文化相互影响、演变发展，既有原有的民间文艺样式，又发展成具有东北地方特点的民间文艺和民俗文化，其中就有神话、传说、故事等等。迟子建的祖籍是山东，她的祖父、外祖父都是“闯关东”而来到东北，在谋求生存的同时，也把中原的民间文化带到了东北，在深冬的火炉旁，幼小的迟子建就是在这种民间文化的熏陶下接受了最早的文学启蒙。

除了汉族以外，东北历史上一直存在少数民族，在秦汉以前时期，就有肃慎族和各种名号的东北夷人（又称九夷）。据说“商”的祖先，曾在东北居住过，可能是东北夷的一支。玄鸟生商的神话在东北地区广泛流传。古代“关东”经过历代分化、融合、演变，逐渐形成了现今的东北少数民族，包括蒙古族、满族、朝鲜族、回族、锡伯族、达斡尔族、鄂温克族、鄂伦春族、赫哲族、柯尔克孜族等。在原始社会末期阶段，当时社会生产力极为低下，远古人类只能艰苦地与变幻无常的自然界进行斗争，并探索和寻求如何控制自然力，但又不能科学地解释自然现象。他们朴素地认为自然是“万物有灵”，世上一切事物都是由超人的神灵来支配的。按照人们对神秘变化莫测的大自然的理解，创造了各种古代神话。正如鲁迅先生所说：“昔者初民，见天地万物，变异不常，其诸现象，又出于人力所能以上，则自造众说以解释之：凡所解释，今谓之神话。”① 东北少数民族对自然充满幻想，将自然人格化，形成了崇拜自然的观念，信仰萨满教、并秉持“万物皆有灵，万物皆有神”的理念。这是对人类童年时期社会生活、自然现象的反映，是当时原始社会历史阶段的产物。东北少数民族人民对于开天辟地、人类来源、社会

---

① 鲁迅. 中国小说史略［M］. 北京：中国书籍出版社，2020：10.

生活、文化习俗的解释，就构成了各民族的神话故事。

中国神话与文学之间的融会古已有之，这种创作传统也自然而然地影响到迟子建的文学思考。迟子建所生活的北极村不仅有汉族，在大兴安岭深处还生活着一直保留着原始生活方式的鄂温克族和鄂伦春族，这两个民族与当地的汉族相互融合，并在文化、艺术等方面相互渗透，东北少数民族丰富的神话故事与原始宗教信仰也无形中影响着迟子建的文学创作。因此，关于神话的记忆已经同其他的传统文化、民俗文化一样成为迟子建的生命体验，凝聚在迟子建的记忆深处。

神话作为一种隐喻形态，表达了对人的生存的特定理解，迟子建的文本所体现出的神话意识，既包含对人生的现实思考，也包含对于远古神话思维方式的重觅和情感体验方式的追寻。迟子建在孩童时期就接触了最天然的、原始的汉族民间传说和东北少数民族神话，这不仅培养了她敏锐的艺术和审美感觉能力，也构成了其艺术创作的基础能力，使得她不断扩宽自己的写作视域，从关注北极村到关注整个东北地域，进而关注全人类在文明进程中的忧伤与失落。

二、“原始风景”的灵气浸润

2016年，迟子建在华中科技大学人文素质教育基地做过一次名为《文学的〈求经之路〉》的演讲，这篇演讲后来被收录于长江文艺出版社出版的《名家散文典藏：迟子建散文精选》中。在这篇演讲中，迟子建讲述了她的写作之路，或者说是她的文学“求经之路”，同时介绍了她的创作和故乡的关联。[①]

在迟子建看来，故乡独特的气候环境和文化氛围，一方面让她对人生和人类文明进行了无尽的思索，另一方面也成为其日后文化书写的对象与内容。透过北极村这个窗口，迟子建也看到了东北汉族和少数民族文化、传统文明

① 迟子建. 迟子建散文精选［M］. 武汉：长江文艺出版社，2018：36-38.

与现代文明的撞击与转换。

人文地理学上有一句名言：文化产生于自然景观。东北地域广大辽阔，跨海、拥陆，山岳、森林、草原、沼泽、江河、平原相间，鸟兽虫鱼遍布，物产资源丰富。自幼生活在这种独特而又丰富的自然环境中，使得迟子建能够发现自然万物的各种美的形式，也为其提供了丰富的遐想空间，如对色彩的感知，大兴安岭丰富的颜色，训练了迟子建的观察和审美能力，为日后其成为一名出色的作家和艺术家提供了天然的土壤。

儿童时期被母亲送往北极村的姥姥家的那段生活，使得迟子建有机会广泛地接触东北农村，对东北农村的底层生活和底层人民有了更为直接的认识。本分的农民、伐木工人、五花山下收土豆的人、农村木匠和画匠、乡村教师、移民中国的“老苏联”奶奶、马背上的鄂伦春人、住在撮罗子里的鄂温克人等等，迟子建对他们的性情和生活状态有着非常清楚的认知，因此形成了迟子建文学创作的基本的情感态度与审美认知。

对待东北人民，迟子建的感情是复杂的、温情的，又是担忧的。因此，迟子建用艺术与审美的方式，去赞颂其美好之处，表达其担忧之处，两种复杂的感情糅合在一起，共同构成了迟子建对东北底层人民的两种心态和两种态度。当看到东北广袤的土地和生活在这片粗糙而荒凉的土地上的人们时，迟子建生命的血液便畅快地在体内涌流起来，于是产生同样粗糙而荒凉但又充满着温情的文字。而面对人们欲望的不断膨胀而导致的对自然的破坏以及人类文明的破坏，迟子建从内心深处升起了忧虑之情，这是对东北人民生存状态以及大兴安岭资源遭到破坏的忧虑，更是对人类文明生存延续的忧虑。

在去大兴安岭师范学校读书之前，迟子建一直没离开过漠河，即使高考后去大兴安岭师范学校求学，那也是一个没有围墙的直接面对着山峦和草滩的学校。大兴安岭的原始风景景观，使得迟子建过早地感受到了生命的脆弱与人生的苍凉。迟子建在这种生生死死、永不止息的自然规律中也看到了生命的多种表现形式和人性展示方式，由此对生命、人性有了一定的认识，也看到了人类贪婪的一面，从而对人类的未来产生了深深的担忧。

迟子建对人类文明未来的担忧是从人们对大兴安岭进行无止境的破坏开始的。事实上，也正是在这些对大自然的破坏中，她对人类的贪婪与丑恶有了更为直接的体会与认识。

可以发现，原始风景的灵气沁润了迟子建，大兴安岭的原始风景对于迟子建而言，并不仅仅意味着一种创作资源，还与其民族志书写观念的形成有着极其紧密的关系。

迟子建在北极村浑然天成的环境中，所接触到的都是声音、色彩最为原始的表现形式，这种原始风景是她所接受的最初的审美教育。这种审美教育使迟子建认识到了生命的价值，并通过对自然万物的观察，去体味生命，由此产生了一种有关文学与生命的“伤怀之美”。这种“伤怀之美”，让迟子建观察到了大自然与人之间的那种心灵感应，也观察到了艺术作品和艺术家之间的生命的联动。由此可见，原始风景造就了成为小说家的迟子建，与此同时，迟子建借助小说手段也完成了对东北地域原始自然风景的“再发现”，两种运动相互作用、相辅相成，为迟子建的文化反思和文化批评提供了坚实的现实基础。

第二节 形成：“黑土地”上创作能量的供应

人是一种具有文化的个体，无数的个体共同构建了一个充满文化的世界。诸如作家、人类学家等人文社科类的知识分子，其文化视野的形成一般来自他们所处的文化氛围以及自己的文化经历。影响文化理解者和文化阐释者理解前见的主要因素有文化氛围、文化经历以及人类文化的大传统、小传统。

关于文化大小传统的划分，在古代就有人提出过。孔子曾经用“唯上智与下愚不移”对社会人群进行区分。如果从现今的语境出发重新审视孔子的这个划分，会发现所谓的“上智”指的是经过系统的教育培养而成的知识分子，而“下愚”则是指未接受过完整教育的平民百姓。而所谓的“不移”意为“不变”，在孔子眼里，社会上一共由两类人群组成，即“知识分子”与“平民百姓”，孔子认为无论社会如何变动，这种二元对立的社会属性是永恒不变的。孔子这种“上智”与“下愚”的二元划分实际上就是人类文化大小传统的划分。

真正以书面文字形式提出大小传统的学者是罗伯特·雷德菲尔德（Robert Redfield）。1956年，这位美国人类学家在其撰写的专著中提出“大传统和小传统”这一概念，这是为了更好地区分人类文明的进展而提出的一组概念。他认为，所谓的“大传统”，是指由知识分子书写的、代表着国家权力意志与文明的传统；而“小传统”则是通过平民百姓之间口耳相传的文化与文明的传统。据此概念，雷德菲尔德考量原始部落社会与文明社会，认为大传统文明只存在于人类的文明时代，而原始部落社会则只存在过小传统文明。

叶舒宪对大小传统的重新定义，使得原本是共时性的一对概念，同时兼具历时性和发生学的意义。叶舒宪之所以提出再造“大传统”的概念，针对的就是认为文字创造了历时、文化就无历时的传统偏见。

如果根据叶舒宪对大小传统界定的新概念审视迟子建的创作，我们可以发现，迟子建民族志书写观念的形成是受由汉文化主导，并由汉字编码的小传统和包括鄂温克族、鄂伦春族在内的东北少数民族文化以及更早期的前文字时代的大传统的双重影响。

在小传统文化中，对迟子建影响较大的应为“儒释道”的文化精神。总体而言，迟子建的文化思想构成内容中，儒家文化承担道义的千秋情怀和群体观念、道家文化蕴含的体现个体价值与孤傲超群的淡泊精神、禅宗文化追求的超然洒脱与和谐旷达的人生态度和生命情调三种文化观对其民族志书写观念的影响非常明显。也可以说，对东北、对国家，乃至对全人类的强烈的责任感以及追求一种孤傲超世的叛逆精神和超然洒脱、和谐旷达的人生态度正是她艺术创作的基本动机。

露丝·本尼迪克特（Ruth Benedict）认为对一种文化的深刻洞见，需要对个体的心态以及个体生活其中的文化环境进行理解。对激发个体行为的文化动力以及文化经历越熟悉，就越能理解个体的文化形态。因此，对迟子建的民族志书写观念形成的探寻，就需要深入其成长的文化环境和人生的文化经验层面，就需要探寻她的生活经历、求学经历、成长经历，探寻东北特有的黑土地文化环境对其文化情结形成的影响。

一、东北多元文化语境的熏陶

一方水土养一方人，迟子建孕育在东北地域的白山黑水中。东北地域源远流长的文化交融和民族交融为迟子建的文化自觉和文化批判提供了现实基础，从而形成迟子建的民族志书写观念。迟子建跨文化的生活经历使她能从东北文化的融合中去类比，从而从容地去理解与反思中华民族乃至整个人类文化的冲撞与融合，进而客观、理性地对待文化、民族之间的流变、冲突和整合。这种思考与观察使得其跨文化书写以及文化阐释成为可能。

迟子建的文化性格的形成深受东北地域文化的影响。从微观看，在中国的最北端，北纬53°左右的漠河，是迟子建文学梦开始的地方。从宏观看，迟子建的文学梦是以漠河北极村为起点，辐射整个东北地区。东北文化所具有的多元性、包容性、混合性的特点已经成为迟子建文化精神和文化性格中不可缺少的一部分。

不管走到哪里，迟子建始终把自己视为东北的女儿，她密切地关注东北民间形形色色的普通人，他们所具备的善良、隐忍、宽厚的性格，在她身上都有体现。她始终关注底层人民的生存状态，把自己视为其中的一员。虽然身在都市，却始终关注乡村、书写乡村，这也是迟子建文化性格具有矛盾性的原因所在，她从来不否认这一点。

那为何会形成这种文化性格和文化心理呢？迟子建诞生于黑土地，她是在东北浑厚的泥土中、大兴安岭的山林中长大的。虽然东北大地上古老的文明已经离她远去，迟子建出生的时代，中国东北已经进入了现代化的进程，渔猎文化、农耕文化、萨满文化已经渐渐消失，但是这种文化却始终流散在民间，迟子建所生活的东北农村正是承载这种古老文化的温情的摇篮，她自幼受到这种文化的熏陶，并形成她的文化性格，逐渐内化为一种独特的精神价值定向和准则。

迟子建认为自己的自然崇拜观与人生经历有关，“我出生在祖国的最北端——漠河北极村。那里像一个天然的大植物园一样拥有着森林、原野和河流。我很庆幸自己能有这样一个美好的出生地。我记忆最多的日子便是雪天，冬天极其漫长，雪一场接着一场，天地之间全是白茫茫的，有的雪直到夏天也不消融，所以在北极村是有古老的雪存在的。这些童年的生活印象对我后来的创作产生了很大影响。天地大极了，而我渺小极了，渺小到我观望自然时觉得它们会把我埋葬”①。

同时，迟子建的审美教育还得益于她的父亲。迟子建的父亲迟泽风是一个在音乐方面非常有天赋的人，但是因为家庭的贫困而放弃了报考音乐学院，只身一人去了北大荒拓荒。在人烟稀少的东北极地，迟泽风把音乐带给了他的儿女们。可以说，迟子建是听着父亲的琴声长大的，由此在她幼小的心灵中，早就种下了艺术的种子，从而使她感受生命与生活时，比同龄人多了一份对审美的追求。迟子建认为自己的文学素养与对艺术的感悟能力是与少年时代所接受的民间审美教育有着不可分割的关系的。

由此可见，辽阔苍莽的东北土地给了迟子建一种“雄劲”“纯净”“纯正”之气，父亲的艺术启蒙则给迟子建未来走上文学道路埋下了一颗种子，这一切孕育并发展了迟子建的民族志书写观念——一种与东北古老而生生不息的自然崇拜精神血脉相连的、充满着“热度和力量”及“繁华奔流”的理性的观念。

二、中国传统文化的奠基

总体而言，儒家文化承担道义的千秋情怀和群体观念、道家文化蕴含的

---

① 迟子建. 锁在深处的蜜［M］. 杭州：浙江文艺出版社，2016：22-23.

体现个体价值与孤傲超群的淡泊精神、禅宗文化追求的超然洒脱与和谐旷达的人生态度和生命情调三种文化观共同影响着迟子建的民族志书写观念。也可以说，对东北、对国家，乃至对全人类的强烈的责任感以及追求一种孤傲超世的叛逆精神和超然洒脱、和谐旷达的人生态度正是她艺术创作的基本动机。这种民族志书写观念的形成，源于她所接受的中国传统文化思想的教育，最直接的途径就是阅读。迟子建民族志书写观念的形成与其文本阅读经验有着密切的关系。

（一）阅读经验的积累

作家进行文学创作都是受某种动因影响，迟子建进行文学创作受被动和主动两种因素的影响。东北辽阔的土地上不断进行的民族的迁徙、兼并、交流与融合所产生的多元文化的影响是其创作动因的被动积累因素，而迟子建通过阅读自觉挖掘、储存、积攒文学素材，则是影响其创作动因的主动因素。

迟子建与中国传统文化的渊源在她出生之时就已经有了。迟子建在散文《我说我》中提及父亲因欣赏曹子建的《洛神赋》，而将她命名为“子建”，期许她也能像曹植一样拥有浓美的风采，由此可看出父亲是个温文儒雅、嗜爱古典诗词的人，这也直接地影响了迟子建。迟子建小的时候，父亲喜欢字画对联，每到过年的时候喜欢手写对联赠予亲朋好友，自她进入初中开始，便同父亲一同创作对联，写完了便张贴在家门口“发表”，可以说做对联便是迟子建所接触的最早的传统文化启蒙。

1981 年，迟子建进入大兴安岭师范学校中文系就读，当时的课程并不紧张，于是便有了大量的读书的时间。在散文《云烟过客》一文中，迟子建谈过师专的三年求学生活对其文学创作的影响，她说：“中文系开的有些课很令我喜欢，如写作、古典文学、现代文学、外国文学……觉得这世上伟大的人物太多了……师专的三年生活对我的人生是有重大影响的。”①

① 迟子建. 云烟过客［M］. 杭州：浙江文艺出版社，2016：233-235.

这段求学经历对于迟子建的人生和文学创作历程而言是至关重要的。如果说，才华横溢的父亲的字画对联的熏陶是迟子建接受中国传统文化启蒙的开始，那么对于传统文化的全面理解，便是从师专时开始深入的。通过阅读传统文学经典，迟子建感悟到了人类高洁的灵魂，透过人生的苦难，她看到了伟人对黑暗那种永不妥协的精神。阅读文学经典为迟子建的创作动因提供了一个崭新的视野，这个视野横贯古今，带着古人的智慧与今人的反思。

在大兴安岭师范学校的学习生涯中，迟子建养成了良好的阅读习惯。这一阶段，她不仅阅读古典名著，如《红楼梦》《三国演义》等，也阅读现代文学大师的作品。离开大兴安岭师范学校后，迟子建又辗转去西安、北京求学，尤其是在北京读研究生的三年时间里，她又阅读了更广泛的书，这个时候迟子建已经开始有选择地读书。从北京毕业后到哈尔滨工作，随着有了创作《伪满洲国》的动机，迟子建在黑龙江省图书馆办了借阅证，查阅关于"伪满洲国"的相关资料。在留意相关资料的同时，她也阅读了其他书籍。这个时候作为一名独立的作家，她发现她开始有选择地读适合她的书，如读中国古典诗词，觉得它们的魅力有如陈年老酒，愈久愈醇。

（二）《红楼梦》的艺术滋养

值得注意的是，无论是作为师专或者鲁迅文学院的中文系学生，还是作为一名独立的作家，迟子建的身边总是有一本书——《红楼梦》。迟子建从不掩饰自己对《红楼梦》的喜爱。《红楼梦》对迟子建的民族志书写观念的形成以及创作技巧、表达方法产生了很大的影响。事实上，迟子建走向文学道路，从学习人物精神、语言魅力、创作技巧、思想高度的角度而言，在中国传统的文学作品中，对她影响最大的文学经典应该是《红楼梦》。

迟子建从不掩饰她对《红楼梦》的喜爱，在人生的每个阶段，她都要把它从书架上取出来，重温它的美好。无形中，《红楼梦》这样一部"史家之绝唱，无韵之离骚"的经典著作也影响了同为作家的迟子建。《红楼梦》对迟子建的艺术创作的影响是由浅入深、层层递进、多方面的。从人物性格的塑造、文章的布局、情节的设置，再到作品中弥漫的悲剧意识，最后形成自己的伤怀之美的美学思想，迟子建都深受《红楼梦》的影响与启发。

迟子建的成名作《北极村童话》讲述了七岁的女孩儿迎灯被母亲送到北极村姥姥家生活的一段温暖的经历。在姥姥家，迎灯感受到了北极村多姿多彩的生活。奔腾的黑龙江让她心驰神往，漂亮的北极光让她感悟到了大自然的美，同时她还和村里的“老苏联”奶奶建立了深厚的友情，偶尔迎灯也会和小姨舅舅斗嘴，陪伴她的还有一只叫傻子的狗。《北极村童话》充满了生活情趣和人间烟火的气息，迎灯被作者塑造成了一个俏皮可爱又有点小任性的小女孩的形象，她有着史湘云的可爱、林黛玉的忧郁，同时又有薛宝钗的灵性和善良。

反观迟子建文学作品中早期的人物形象，正如大观园里的人物一样，穿梭在大兴安岭的崇山峻岭中，是那么充满灵性，但有着女性独有的忧伤，她们正如大观园千姿百态的女孩们一样，个性鲜明，充满了朝气。

随着年龄和阅历的增长，迟子建再读《红楼梦》，又有了新的感悟。反观迟子建在这一阶段的文学作品《伪满洲国》，她对伪满时期东北各阶层人物的刻画，显示出她非凡的思想才能和卓越的艺术才华。她将 1932 年至 1945 年间发生的历史事件与小说情节融合在一起，并以传统史书的编年体分章记事，同一年再依据小说人物的不同视角，凸显当下的时空背景。《伪满洲国》的历史叙述，是借由小人物各自的生命际遇，拼凑出该年的历史样貌；是透过十三年连续漫长的时间，书写出一部沉重厚实的日伪满洲史。

迟子建以杨浩个人崎岖的一生，凸显其欲盖弥彰的大时代氛围，以此体现过往东北百姓经历的血与泪，都是伪满时期这段特定时空下无法回避的命运。这种叙述方式，迟子建与曹雪芹如出一辙。曹雪芹也是通过同样的叙述方式，让读者感受到贾家这个贵族大家庭的没落之势，已经如东流逝水无可奈何了！

迟子建的《伪满洲国》描写的受时局宰制的民间人物，如代笔写打油诗而锒铛入狱的王亭业、半途被抓进工棚劳动的王金堂、与满族姑娘张秀花结婚却徒留心碎的日本移民开拓团成员中村正保、因收留王小二而全家遭受牵连的四喜等人物，都是大时代下不同程度的牺牲者。迟子建借由这一人物群像，显现出大历史时局下的宿命，人们往往深陷其中却无能为力，只能在命运的波涛中载浮载沉——有些人试图挣脱死亡无所不在的威胁，有些却成了时代的牺牲者，毫无反抗或幸存的机会。

迟子建与曹雪芹一样，透过这些小人物的具体行动，让读者明确地感受到伪满时期人们的命运是如此悲凉，等待他们的是无尽的绝望与恐惧。但这并不是历史的终点，而是预示着新的曙光。因此迟子建以“铜镜重逢”作为小说的结尾，说明新时代、新生活的到来。对于东北的老百姓而言，伪满时期的结束，平息了纷扰数年的社会动荡，也终结了中日长久以来的冲突争端，伪满时期正式走入历史，这是人类历史必然的趋势。迟子建严格地践行着曹雪芹的文学理念，认为小说要有丰沛的“水分”，这里的“水分”便是从现实的社会土壤中得出的历史经验。

（三）传统与时代融合下的文化意识

传统文化价值对迟子建的影响，既源于其成长环境和求学环境，也与其所处的时代背景有着必然的关系。迟子建于 20 世纪 80 年代初入文坛，这是一个特殊的时代，传统文化价值观在 20 世纪末结束了近一个世纪的潜行状态，重新浮出了历史的水面。

传统文化观对迟子建的影响是全方位的，不仅仅影响其艺术创作的精神风貌、主题模式、叙述方式，还包括其思想中所体现的儒家的千秋情怀、群体观念，道家的叛逆精神和禅宗的生命情调，这些都对迟子建的文学创作产生作用，主要体现在四个方面。

其一是千秋情怀。她的千秋情怀，无论是内涵还是外延，都受到传统文化观的影响，但与古代知识分子的千秋情怀不尽相同。迟子建思想中的千秋情怀与政治之间保持了必要的距离和张力，同时也保持了其文学精神的独立性和审美独立性。

其二是群体观念。群体观念在中国文学中一直占有重要位置。随着西方思想的涌入，20 世纪以来群体观念一直处于隐藏的位置，个体主义显示出其优越性，但是这种状况到了 20 世纪末发生了改变，群体观念再次得到了认可，个体主义暂时退却到次要位置。这种个体从群体中逃出，又重新融入群体，再回到个体的轮回，在迟子建的文学创作中有着深刻的体现。从创作早期抒发小女孩的童年心境到成熟期纵观整个东北历史的宏大叙事，再到现在的透视底层人民的生存现状，群体观念始终存在于迟子建的文学创作中。

其三是叛逆精神。道家是以对抗儒家思想乃至整个社会的叛逆者的形象出现的，道家的反抗与叛逆精神至今也影响着中国的知识分子，迟子建也不例外。她在注重文学创作中的群体意识外，也从未放弃追寻个体的价值。她认为文学不应该丢掉原始的纯正之气，并认为伟大的作家要有独特的个性。可以说，道家文化赋予迟子建一种精神力量，这种精神力量在其思想性格、人生态度、情感方式等方面都打上了印记。

其四是生命情调。林语堂在《生活的艺术》一书中指出，中国哲学的特点之一即在于“一种以艺术眼光对待人生的天赋才能”，再三强调西方人应向中国人学习“及时行乐的决心和赏玩山水的雅趣”。[①] 类似的雅趣与生命情调对迟子建的文学创作也产生了影响。在迟子建的文学作品中，我们能够感悟到这种雅趣与饱含意趣的生命情调，同时这种生命情调还有一种淡淡的忧伤与悲哀。她说：“‘她崇尚悲剧，但并不喜欢为悲剧而流泪。她认为无论是生活还是文学，面对的往往是失败的命运。’那个‘她’，当然是自指。当时我二十出头，应该说正处在花样年华中，可却说出如此悲观的话来，看来在我的天性中，对生命和艺术，始终满怀忧伤和惆怅。”[②] 如果说她的天性中带着悲剧意识的萌芽的话，那么她的人生经历更是加剧了这种悲剧意识。迟子建成年后经历了父亲的去世，在步入幸福婚姻的几年后，与她灵魂相通的丈夫也突然意外离她而去。两次经历与挚爱之人的永别，迟子建透过死亡参悟

① 林语堂. 生活的艺术［M］. 南京：江苏人民出版社. 2014：61-62.

② 迟子建. 锁在深处的蜜［M］. 杭州：浙江文艺出版社，2016：114.

到了生命的无常，便开始不断探究个体生存的意义与价值。在追寻的过程中，迟子建在张扬叛逆精神与关注个体价值的道家与禅宗思想中找到了一条适合安稳她内心的路，因而迟子建的作品中在关注群体观念的同时，也关注个体的生存意义，透过个体的生命价值的呈现来表达一种独特的生命情调。

第三节　发展：民族志书写观念的接受与认同

迟子建在求学期间接受了来自中国与西方的多种思想理论，她在这些理论中开阔了视野，民族志的书写观念也存在于这些浩瀚的理论之中。迟子建把她对家乡的爱带到了都市。她轻而易举地把她对东北边民的特定、排他的爱，同她在都市获得的普遍的观点协调起来。迟子建在东北边地，在她最爱戴的人们中间看到了现代人道德准则的化身，而都市的宽容气氛助长了她对地方色彩、社会习俗，甚至是少数民族部落的真正兴趣。就这样，迟子建的民族志书写观念被蒙上了一种与众不同的地方色彩。

一、跨文化经历造就的“民族志书写”意识

迟子建民族志书写观念的发展和她所接触到的包括文化人类学思想在内的文化思想有着密切的关系。1981 年，迟子建进入大兴安岭师范学校中文系进行学习，在那里，她开始广泛地接触西方社会科学领域的知识，从而开始发展自己的民族志书写观念。1987 年，迟子建进入北京师范大学与鲁迅文学院合办的研究生班学习，在北京的三年时光，使得迟子建有了更多的机会接触外国文学、绘画、雕塑、音乐等多种艺术形式，这些艺术形式凭借自身的感性魅力、理性内涵和审美价值为迟子建的民族志书写观念注入了一股高贵、强韧的力量，使其思想多了一种简约、至纯之美。

西方文化人类学在中国的传播和兴起，是迟子建民族志书写观念发展的现实文化背景。人类学者研究各个时代、各个地区的人类，通过自己的田野

工作和理论思考，努力让社会明白什么是人，什么是人的行为；人和人的行为为什么会不一样，又为什么会一样——人类学者对于“对立统一”有特殊而深刻的理解。19 世纪末，随着中国半殖民地程度的加剧，一批批外国传教士、旅行家、商人、记者和学者源源不断地来到中国，写下了大量关于中国的著述，其中既有关于中国城乡的社会经济生活、各阶层的日常信仰行为、文化接触、政治制度运行等的游记和见闻录，也有对中国汉族和少数民族进行专业的田野调查而形成的田野调查报告。当然，西方传教士和人类学者著述的目的是向西方介绍自己眼中的中国，但是在客观上这一做法起到了传播人类学知识的作用，而且其田野调查成果刺激了一批海外归国学者对中国社会的关注，促使其走向田野，运用人类学方法开展对中国社会的田野调查，从而改变了中国学者传统的“书斋式”知识生产模式。

中国的人类学到了 20 世纪 90 年代后，已经不仅仅是西方人类学理论与方法的消费者，也成为世界人类学理论的生产者，20 世纪 90 年代成了中国人类学走向知识生产的时代。自 20 世纪初人类学传入中国以来，中国知识分子便以前所未有的热忱对中华民族的文化起源和人种起源进行人类学方向的探索，尤其到了 20 世纪 90 年代，中国的人类学者倡导人类学的本土化，引起了知识分子的热烈支持，并把人类学作为一种批评方法，通过交叉学科积极地探讨人文社科的新方向，如 1996 年文学人类学研究会的成立，为促进人类学在中国走出传统的“势力范围”迈出了实质性的一步。

在这种背景下，迟子建显然自觉地吸收了一些人类学的理论与方法。学者王宏根探讨人类学理论与当代作家的关系时，认为当代作家对于人类学理论的吸收体现在三个方面，即“第一，确定原始文化对了解人类自身的意义，坚持田野作业是获得第一手材料的方式；第二，认同原始思维模式，重新认识神话的作用，在创作上自觉保持原始思维特点；第三，对方言的意义进行阐释，肯定中国语言的人类学意义”①。对比迟子建的文学作品，我们会

① 王宏根. 新时期寻根文学运动的人类学思想［J］. 社会科学战线，2009（6）：193-196.

发现迟子建的文学创作动机正契合以上三点，她以北极村为“远方的精神家园”，为在全球化进程中疲惫焦躁的人们提供了一个原始的他者，她的文学根系始终深埋于中国文化的厚土之上，她以东北区域文化为个案，揭示人类在文化、人性、权利等外在形式掩盖之下的人类共同命运。因此，迟子建通过文学创作对地域文化事象进行记录与描写，这种具有民族志属性的书写方式既以诗意的手段表达了文化，又展现出鲜明的人类学特征。

二、民族志书写策略的认同

追溯迟子建民族志书写观念的理论来源时，不能忽略的一个人便是鲁迅。迟子建从不掩饰鲁迅对她的文学创作的影响，她不仅通读鲁迅的作品，还造访鲁迅故居，想感受鲁迅笔下的鲁镇。鲁迅对迟子建的影响是深入而全面的，鲁迅的现实主义、批判主义、浪漫主义精神都影响了她。值得注意的是，除了上述所提到的几点精神特质，鲁迅创作中所体现的人类学和原始主义精神也无形中影响了迟子建的创作。

方克强在《鲁迅与人类学思想》一文中，对鲁迅的人类学思想的来源进行探讨，他认为，鲁迅的思想与写作，受到了19世纪人类学进化论、以让-雅克·卢梭（Jean-Jacques Rousseau）、弗里德里希·威廉·尼采（Friedrich Wilhelm Nietzsche）为代表的人类学思想家的人类视野，日本学者对作为“他者”的国民性研究等方面的影响。在此基础上，鲁迅形成了自己独特的人类学思想，这种思想的要点就是“中国的原始性”，这种原始性包括中国人与原始民族，中国传统社会、传统文化的原始性，中国人与中国文化中的原始思维三个方面。

反观迟子建，她对人类学思想、原始文化、原始性的兴趣是人所共知的。在《额尔古纳河右岸》中，她分析了原始宗教萨满教和精神疾病的治疗；在其他作品中，她都下功夫如实地描绘东北的风土人情。迟子建还对民间传说兴趣浓厚，在北极村长大的她，春天一闪即逝，冬天却无比漫长，因而在冬天更多的是听老人讲故事。

《额尔古纳河右岸》问世后，迟子建已经逐渐领悟了中国人类学本土化的趋势。她曾自述撰写《额尔古纳河右岸》是先有了泥土，然后才有了种子。随着经济的发展，大兴安岭遭到了人类的破坏后，迟子建得知敖鲁古雅的鄂温克人要下山定居的消息，人类学家式的对弱小民族生存状态的关注与记录的使命感促使她去关注他们。在这期间，迟子建还前往澳大利亚达尔文市进行访问，在那里，她遇到了澳大利亚土著在现代文明生存的艰难困境，不由得想起东北的这支只有几百人的敖鲁古雅鄂温克族部落。回国后，她便迫不及待前往内蒙古根河市，跟随鄂温克人类学家、文学家乌热尔图前往位于根河市郊区的敖鲁古雅的鄂温克族部落。与人类学家的田野考察一样，迟子建进入了鄂温克人的部落后，便将自己视为鄂温克人的一员，生活起居与他们一致，鄂温克人保持的原生图景与现代文明的逼近，让她不禁为他们的未来而担忧。关于《额尔古纳河右岸》的种子便这样找到了。

可见，《额尔古纳河右岸》从创作动机的萌发到寻找创作灵感的过程，实际上也是迟子建不由自主地对敖鲁古雅鄂温克人进行人类学研究的过程。这也说明，迟子建对人类学的思想和理论的接受是迅速的，这同时也激起了她运用人类学的理论和方法对中国东北民间文化进行研究的兴趣，特别是对东北少数民族文化的兴趣。而这种透过人类学理论与方法对于本土文化的关注，不仅可以加速人类学的中国化或本土化，而且还为实验民族志的表述方式开拓了新的空间，从而使得中国人类学更具有国际性。

第四节 实践：民族志书写的诗学表达与文化视域的动态发展性

迟子建的民族志书写观念是独特的，如果要探讨这种独特性，则需探寻迟子建的文化视域。东北极地与时代的变迁共同造就了迟子建，她成长在人烟稀少的北极村，大兴安岭的原始性、文化的多元性共同滋养着她，及至成年，她从边远古老的极北之地走到了中国的文化政治中心北京，再从北京走到文化古都西安，最终定居冰城哈尔滨，这种跨文化的经历使她的民族志意识不断发生着转变，最终走向成熟。她以人类学者似的忧思，思考人类文明的未来。因而，只有通过对迟子建创作实践的分析，追寻迟子建的文化视域的动态过程才有据可依。

一、迟子建的文化人类学思想与民族志诗学表达

从现代文化语境来看，文学就等同于历史延续中的文化传统，它沉积着人类学的心理和精神，其文化创造的开放度和延伸面，也将自觉地指向民族文化与人类文化的内在统一。从这个意义上说，文学作为文化，既是民族文化识别的标志，又是沟通人类文化交往的传媒与桥梁。

人类学自产生伊始，就非常强调文化的相关性和联系性，视文学艺术为人类经验具有普遍意义的层面，认为它能表现出某一文化的基本主旨和价值观。也就是说，文学生产既是一种人类学的还原，也是一种文化性的还原，其根据即在于，文学反映人类学文化的真实意蕴，文学是一种人类性的象征符号，其文化含量与人类性体现在文学的两个层面中。其一是文学的外显媒介和载体，它可能运用了最为民族化、最具地域色彩、最富民俗意味的媒介和方式。文化学家所关注的文学的多元文化形态、小传统、民族性、民俗特质和民间智慧等，大多和文学的外显媒介与载体有关。其二是文艺所包含和体现的内隐的文化意义与价值，它是文学超越文化相对主义，进入人类共同的文化领域的重要根据。因此，要达成对文学的深度与广度的解释，文化人类学的解释向度是不可少的，对于迟子建的民族志书写观念的理解就是如此。

一般说来，迟子建通过文学创作去表达一种文化精神，实际上是通过文学的手段去对东北地域及整个中华民族乃至全人类的生存进行形而上的本真意义的追求，并通过对人类历史命运和现实生存状态的描写，反映人类共同的文化问题。这是一种终极关怀，也是迟子建民族志书写观念的高度。因此，从这个层面而言，迟子建的文学创作可视为努力寻求和探索文学活动诸要素

的文化内涵和文化品质、寻求文学活动对人类文明发展和人的建设的意义所迈出的实质性的一步。

迟子建把文学创作视为阐释东北文化的手段，她的系列东北文学作品体现出她对东北文化的理解。而在对东北文化的理解中，始终都离不开人与社会的存在，人与社会的存在和现实活动才能真正体现东北文化精神，这种对于人与社会存在性的关注正是人类学所真正关注的。

在对东北文化精神的阐释的向度上，迟子建与文化人类学学者们也有着高度的契合。迟子建从古史的杂糅状态中提炼出整体东北社会的形象，将之与人们想象的“边地”“塞外”的现代东北进行比较，使东北成为一种远在的“他者”。这与人类学者建构“他者”文化的精神实质是一样的。迟子建的东北文学文本完全可以作为东北地域民族志来阅读。面对同一个东北文本生活世界，其东北文学作品的文本形态呈现出不同的价值取向、精神向度，这与她的文化视域的不断变化相关。

当今文学的发展和进步，需要人类共同的价值尺度与共同的文化意识，需要注重文学生产与人类发展状态及生命存在间的对应和契合，以便使文学艺术真正成为人类生存体验的重要途径和形式。从这个意义上讲，迟子建的文学作品以文化文本的形态向人类敞开着，她的文学文本更好地诠释了人类共同的文化精神与文化主题。

二、迟子建民族志书写视域的动态发展性

迟子建来自中国东北黑龙江省漠河的北极村，在北极村度过了难忘的童年后，直至十七岁前往大兴安岭师范学校读书之前，她都没有离开过漠河。进入大学后，她开始了自己的文学之路，并不断地充实着自己的文学视域和人生视域。1987 年，迟子建被北京师范大学与鲁迅文学院联办的研究生班录取，因为求学，她从东北走到了中国的政治文化中心北京，这使她从乡村来到了都市生活，连带着影响她的视域的变化。1990 年，迟子建毕业后来到了多元文化交融、有冰城之称的哈尔滨，就职于黑龙江省作家协会，并在此长

久定居。哈尔滨是一座历史与多元文化交融的都市，俄、日、犹太等文化都曾在这里留下痕迹，这种跨文化的生活经历和文化身份转变使迟子建的文学视域和人生视域发生了转换，她的创作思想随着视域的动态发展而不断产生变化，逐渐走向成熟，过去和现在融为一体，构成了迟子建思想的全部，这些在她的文学文本中也呈现出了不同的审美形态。根据迟子建跨文化生活的经历、文化阐释视域的变化和创作思想的走向之间的关联，我们可以把迟子建的文学创作划分为三个时期。

1983 年至 1990 年是迟子建创作的探索期阶段。这一时期，迟子建所写的对故乡的回忆性作品属于自我性抒写，其文学创作把东北文学作为一种他者来展示，并非对东北文化的历史意蕴与文化本质的深度理解与阐释。她的文化视域的基本特征是对东北文化的外部展示，并没有深入东北文化的内部本质。这个阶段的迟子建进入大兴安岭师范学校学习，有了充足的时间读书，同时也让她回忆起年少在北极村、漠河、永安的生活，因而凭着回忆，她开始写作，并在其作品中展示东北文化的种种样式和表现特征，但是对于东北文化的由来、本质特征等深层次的问题，还没有完全意识到，也无法完成对东北文化本质的理性表述与审美反映。总而言之，迟子建在文学作品中告诉了读者东北文化是什么，而没有回答东北文化为什么。

1991 年至 2009 年是迟子建创作的塑造期阶段。这一阶段，迟子建开始触摸到历史理性，渐渐站在历史理性的高度去理解和阐释东北文化的各种表现形态，她的创作开始涉及都市生活，对东北乡村生活世界和都市文化展开了双重反思与批判。迟子建通过文学创作所担负的文化理解、文化阐释和文化批评的历史使命，和人类学学科的根本目标是一致的。她书写东北文化，对包括生活在东北的汉族、鄂温克族、鄂伦春族、赫哲族、俄罗斯人、犹太人等多种民族文化在内的东北文化的地方性知识系统进行深度描写，来展示东北多样的生活世界，揭示东北文化的精神特质。这个时期对东北文化的阐释，是把东北文化作为现代化文明的反观之镜，反思人类文明所处的困境，这是迟子建在这个阶段文学题材选择与创作的文化视域。

2010年至今是迟子建创作的成熟期阶段。这一阶段，迟子建对城市-乡村、中心-边缘、汉文化-少数民族文化、西方文化-中国传统文化等文化的二元对立进行自觉的反省与批判。这说明，迟子建的文化视域已经不仅仅立足于东北，而是站在全人类的整体视野，对各种文化形态进行比较分析。迟子建认为，文化间的差异不能视为不可逾越的鸿沟，而应视为文化多样共存的基础，这样才能使文化的二元对立走向文化的交融互渗。由于迟子建站在跨民族文化、国家民族整体性文化甚至人类整体文化的高度，她的这种多元互渗整合文化便具有了一种世界性。经历了创作初期、创作中期对东北文化的阐释后，迟子建的文化阐释方法不断更新，她也从东北区域意识到中华民族整体意识逐步归聚，从而上升到人类共同体意识。迟子建创作成熟期的文化视域达到了一个新的高度。

总而言之，迟子建民族志书写是极具文化人类学价值的，她的文学文本完全可以当作具有文学性的记录东北文化事象的民族志来阅读。东北极地与时代的变迁共同造就了迟子建，她成长在人烟稀少的北极村，大兴安岭的原始性、文化的多元性共同滋养着她，及至成年，她从边远古老的极北之地走到了中国的政治文化中心北京，再从北京走到文化古都西安，最终定居冰城哈尔滨，不同的文化经历使她的思想不断趋向成熟，从东北本土文化阐释视域到“人类”意识的形成，她以人类学者似的忧思，思考人类文明的未来。可以说，迟子建的文化视域和其民族志书写观念的变化之间是互为表里、相互印证的。

第三章

迟子建小说的民族志书写的文本呈现

迟子建在文化书写活动中，立足于自己生活的土地，对东北地域文化进行了客观的反映和审美的反思，其作品具有明显的客观写实性质，而这种客观性也构成了作品的民族志性质的基础。在当前全球化浪潮席卷全世界、地方文化逐渐呈现同质化的环境下，迟子建的文学文本为实验民族志提供了一种可能的范例：运用文学的手段对东北地域文化进行描述，可以使地域文化经验的表述成为一种认识论，无论是她对东北少数民族生活形态与民族文化的阐释，还是对哈尔滨这座古老的东北城市文明的回顾与反思，都可以让人感受到其文学文本中所呈现的民族志属性。本章以小说《额尔古纳河右岸》《伪满洲国》《群山之巅》为例，探讨迟子建文学创作的民族志属性，她用文学的形式勾勒出独特的东北地域文化图景，东北地域文化对她的创作产生了潜移默化的影响。同时，分析迟子建是如何自觉地运用人类学知识，对其生活的故地进行文化阐释，使她的文学文本在具有民族志属性的同时，也扩大了内涵和格局。

第一节　《额尔古纳河右岸》：苍凉婉转的族群部落民族志

《额尔古纳河右岸》是在文化人类学的视野下，对鄂温克族的百年历史进行的族群民族志书写，这种书写叙述了鄂温克族近代以来百年历史变迁，全面呈现了这个民族的各种文化事象，具有很重要的文学价值和人类学价值。本节将有关鄂温克族的民族志知识与《额尔古纳河右岸》相互对照，从而探讨作品所蕴含的民族志特征。

一、"写民族文化"的族群民族志探索

《额尔古纳河右岸》文本的诞生，源于作者对于现代文明的重新思考。《额尔古纳河右岸》的文本书写目的非常明确，那就是在全球化浪潮的时代背景下，展现以使鹿鄂温克族为代表的古老游牧民族如何与现代文明共存，同时顺应国家文化发展的需要，向外界推介使鹿鄂温克族，使人们真正地了解这个世代生活在大兴安岭深处的古老民族。《额尔古纳河右岸》是用文学手段书写的使鹿鄂温克族的民族志，迟子建在文本中充分体现了这个民族文化的丰富性、神秘面貌及多样性，并还原了这个民族的生活习俗和宗教仪式。《额尔古纳河右岸》还兼具审美价值和人类学价值，文本中对鄂温克族物质、精神、制度等各方面文化事象的描述，如狩猎文化、桦树皮文化、迁徙文化、驯鹿文化、节庆文化、鄂温克族语言等等，都如实地体现了鄂温克人独特的游牧民族气息和勇敢坚韧的性格。

从地理分布的大范围来看，鄂温克族主要分布在中国与俄罗斯。在中国境内的鄂温克人，现有人口为 3 万多人，他们大多生活在内蒙古东北部呼伦贝尔市境内的森林和草原地带，一小部分人散居在黑龙江省境内。生活在俄罗斯境内的鄂温克人，现有人口总数为 4 万多人，他们主要分布在西伯利亚

地区，无论从何种角度看，这样的生存境况与族群分布都带有几分神奇，也隐含着说不清的奥秘。简而言之，在历史的长河中，鄂温克民族一直保持着森林狩猎者的形象，其最大的特点是：人口较少，居住地分散。迟子建对鄂温克族的族群民族志书写，源于这个民族的独特性与重要性，主要表现在两个方面。

其一，鄂温克族的足迹遍布整个东北地域乃至整个亚洲北部，具有重要的民族和历史意义。鄂温克人在历史上很少被外面的社会所了解，但他们在严苛的自然环境和广袤的地域内生存了数千年。这一族群与很多强大的民族都有着息息相关的联系，并在历史上为奠定中国版图和守卫祖国领土的完整作出了巨大的贡献，勇敢、无畏的鄂温克人实乃孤独的隐士。

其二，鄂温克族群的历史演变体现了中华民族多元一体的格局。1988年，费孝通教授发表了《中华民族的多元一体格局》这篇著名的论文，对中华民族的“多元”与“一体”的辩证运动及中华民族的结构特点，作了高层次的概括。鄂温克人在中华民族危难之际，始终守护家园、抵御外敌，为中华民族多元一体格局的形成作出了重大贡献。

早在隋末唐初，也就是六七世纪时，被称为“乌素固”部落的鄂温克分支，率先移居额尔古纳河流域。之后不久，实力雄厚的鄂温克弘吉剌六部，也抵达呼伦贝尔，他们分布在北起根河流域、南达哈拉哈河流域、西至克鲁伦河以北的广大地区，最远的部落支系深入了蒙古高原东北部区域。鄂温克族在这片广阔的区域按氏族、部落聚居。这些鄂温克人与尼伦蒙古部落为近邻，彼此友好相处，最终与孛儿只斤氏结成政治军事联盟。在那段艰难的岁月，以弘吉剌六部为核心的鄂温克诸部，为蒙古新兴力量的崛起，为蒙古的建国斗争流血牺牲，作出了不可替代的贡献。17世纪中叶，沙俄侵入中国黑龙江流域，一伙哥萨克匪徒窜入外兴安岭至黑龙江以北的地区，在鄂温克索伦部的家园刮起“血腥的毁灭一切的风暴”，他们劫掠居民，捕捉人质，蹂躏妇女，残杀俘虏，勒索貂皮和牲畜，给鄂温克族民众带来了痛苦和灾难。1651年，沙俄匪徒侵占黑龙江上游鄂温克族聚居区，鄂温克族人民奋起英勇反抗，鄂温克索伦各部在其头领的率领下，纷纷拿起手中的弓箭和猎刀，在将近半个世纪的时间里，对入侵者展开了顽强的抗击。1664 年，鄂温克族与当地蒙古族居民围攻了盘踞在尼布楚的沙皇匪徒，沉重地打击了沙俄侵略者。在沙俄猖狂入侵的严重形势下，誓死抗击沙俄入侵者的鄂温克索伦部，在缺少强有力后援的境况下，被迫从外兴安岭以南、黑龙江以北的富饶地区内迁大兴安岭（也称内兴安岭）地区，落脚在大兴安岭东侧的河流支系，获得了短暂的休养生息的机会。之后，鄂温克索伦各部陆续被收编成佐（满族八旗制的基层军政组织），总称为“布特哈打牲部落”。清朝统治者将索伦兵视为能打硬仗的轻骑兵，逢有重大战事均征调鄂温克将士前往。在数十年及至上百年里，鄂温克将士共出征 70 余次，屡出奇兵，他们的足迹遍布西藏，旌旗飘扬在台湾，在维护祖国统一、保卫边疆的征战中作出了突出的贡献。而历史上，鄂温克人却很少被外面的社会所了解。

鄂温克人很少被外界所熟知，自然需要有人对其进行记录与书写，从而使外界全面了解鄂温克人和他们的世界。被大兴安岭滋养长大的迟子建主动挑起向外界推介鄂温克人的责任和重担。迟子建在《额尔古纳河右岸》的跋中也强调了这本书的书写目的，她认为是先有了泥土，然后才有了种子。正是成长在大兴安岭的土地上，迟子建年少与父亲进山拉烧柴多次看到山神白那查的形象，了解到他们是生活在大兴安岭的少数民族。随着时代的发展，敖鲁古雅的鄂温克人也要下山定居，迟子建认为有必要书写这支游猎民族部落的独特文化，真实地反映鄂温克族的文化，再现原始游猎民族部落的生活状况。

《额尔古纳河右岸》的写作目的是希望通过文学的手段对鄂温克族文化进行理解和阐释，从而唤起读者共同体的关于民族精神的记忆，这也是为何《额尔古纳河右岸》具有民族志属性。科学民族志所引起的表述危机使得人类学家反思民族志的表述方式，因而以后现代民族志为代表的实验民族志时代到来了。迟子建是以一种他者身份对鄂温克族文化进行观察和书写，这正符合人类学家对异文化进行观察、描述进而让外界了解从而全面认识这种异文化的目的。迟子建能以汉族的身份驾驭中国东北少数民族议题，主要有以下几点原因。

其一是迟子建出生于漠河，幼时还在北极村生活过一段时间，一直到上大学之前，她都没有离开过漠河。这种原生经历使得她不仅深谙东北地带的自然风光，也受到东北多元文化的浸染。因此，《额尔古纳河右岸》中对生活在山林中的鄂温克人的生活场景的描述可以说是信手拈来。迟子建在散文中介绍《额尔古纳河右岸》的创作灵感时，也提到年少时陪父亲进山捡过冬的柴火，经常与东北少数民族在大兴安岭相遇，而他们的萨满文化也对迟子建产生过深刻的影响。可见，《额尔古纳河右岸》的产生并不是偶然，而是源于迟子建多年无意识的积累。

其二是迟子建主动搜集并查阅大量的历史资料。她曾自述写作《额尔古纳河右岸》时所耗费的艰辛："我用了整整三个月的时间集中阅读鄂温克历史和风俗的研究资料，做了几万字的笔记。"[①] 也正是因为熟读各式资料，拥有浓厚的鄂温克族背景知识，本身是汉族人的迟子建仍能妥善发掘鄂温克族民族文化的内蕴。

其三则是积极地进行田野考察，与鄂温克人同吃同住，密切地观察他们的生活与文化，试图以文化内部持有者的身份理解鄂温克族。迟子建有了书写鄂温克族文化的想法，却缺少对于鄂温克族的真正理解。机缘巧合，因获得"澳大利亚悬念句子文学奖"，迟子建前去澳大利亚与爱尔兰进行访问，在那里，她感受到了澳洲原住民受到现代化的冲击，面对新的生活无法适应的无奈感。这次经历，让迟子建重新思考来自她家乡的那个人数很少的民族，她迫不及待地想去看看他们的生活，以及了解他们对于下山定居的真实想法。迟子建事先与鄂温克族著名小说家乌热尔图会面，借此确认自己对于鄂温克族的历史文化背景是否有所纰漏。因此，《额尔古纳河右岸》的产生并不是作家根据史料与个人感悟凭空想象的产物，而是她以人类学家的视角深入使

① 迟子建. 额尔古纳河右岸［M］. 北京：人民文学出版社，2010：268.

鹿鄂温克人的营地，对这些文化内部持有者进行观察与访谈，从而形成了《额尔古纳河右岸》的基底。

迟子建在《额尔古纳河右岸》中对鄂温克族文化的书写与介绍，使外界开始逐渐关注敖鲁古雅的使鹿鄂温克人，从而能够真正地理解鄂温克族文化，这有利于国家民族文化和社会整体的长远发展，更有利于中华民族多元一体格局的构建。同时，书写《额尔古纳河右岸》还有一个潜隐的目的，就是要警惕现代性浪潮所导致的现代性危机。敖鲁古雅的使鹿鄂温克人在现代社会中的生存困境让迟子建明确意识到，使鹿鄂温克人的生存困境未来也将会是全人类的生存困境。

迟子建的《额尔古纳河右岸》具有鲜明的民族志书写特征，她的书写目的就是通过文本阅读，让人们了解这一古老游牧民族在现代文明的冲击下所面对的生存困境，从而达成对现代文明的理性思考，高科技发展时代所产生的一切尖端科技并没有把人类带入真正的文明，反而使人们认识并理解鄂温克人所代表的同类少数民族是如何被现代文明渐渐消解和吞食那股原始的纯净之气、勇武之气。同时也能使以鄂温克人所代表的少数民族族群认识到要及时调整本土文化，以符合社会发展和人类文明发展的整体需要。

《额尔古纳河右岸》是迟子建以一种人类学的方法记述少数民族世界的实践，这种实践是一种民族志范本，也给予文学创作和民族志书写一种启示，即在书写地域和少数民族世界时，可以适当地运用民族志的表述方式；在进行民族志的写作时，也应借鉴文学中诗性的表述方式，从而使文化经验与文化事象得到更为完整与真实的记录与阐释。

二、鄂温克族文化谱系的多元呈现

《额尔古纳河右岸》对鄂温克族文化的各个方面都进行了客观的描述和记录，使得使鹿鄂温克族文化从边缘走到了中心。《额尔古纳河右岸》中详细描述了鄂温克族文化的各种表现形式，包括各种文化事象和物象，用审美和艺术的方式构建出了一个独特的“使鹿鄂温克世界”。

例如，文中对使鹿鄂温克人与驯鹿的亲密关系的描述。历史上，驯鹿一直与鄂温克人有着无法割舍的亲密关系，这是毋庸置疑的，驯鹿因而也成了鄂温克族的象征。鄂温克猎民始终从事狩猎生产，从未离开过森林，他们把驯鹿饲养和狩猎经济紧密地结合在一起，形成了原始狩猎向驯鹿畜牧业过渡的典型。鄂温克人与驯鹿亲密到什么程度呢？可以这样比喻，鄂温克人视其为家庭的一员，就如同猎犬与鄂伦春人的关系一样重要和亲密。所以，历史上的鄂温克族先辈们是地地道道的“使鹿者”。

在《额尔古纳河右岸》中，驯鹿在鄂温克人心中的地位举足轻重，既体现在无所不在的驯鹿形象上，也蕴含于他们内心的观念中。驯鹿是了解鄂温克族文化的一个窗口，透过它，我们了解到鄂温克族文化的独特性，进而了解鄂温克人的生活生产、宗教信仰乃至性格与精神面貌。在鄂温克人绘制的各种动物形象中，驯鹿的形象占据了主要地位，这是因为鄂温克人对驯鹿是最熟悉的，驯鹿既是他们的亲密朋友，又是食物服饰和其他用品的重要来源，他们以图腾之名崇拜驯鹿，解决了食用、役使驯鹿和他们所信奉的神灵崇拜之间的矛盾。在《额尔古纳河右岸》中，尼都萨满为列娜跳神寻找列娜的“乌麦”时，需要宰杀一只白色的驯鹿祭神，并以一只灰色的驯鹿仔的生命为代价救回了列娜。迟子建透过驯鹿，为我们展示了鄂温克人独特的神灵观。鄂温克人将物质的生命和灵魂分离开，并且认为灵魂是生命本源，灵魂不死则物质的生命就是安全的。因而，当灰色的小鹿仔用灵魂救回列娜的“乌麦”时，母鹿从此没有了充盈的奶水；而当列娜在母鹿的背上死去时，它的奶水又重新充盈起来，好似小鹿仔的灵魂又回来了一样。这种万物有灵的观点贯穿在鄂温克人生活的方方面面，也贯穿在《额尔古纳河右岸》的人物命运中，而这种神灵观是通过驯鹿体现的。这种独特的神灵观是鄂温克人勇敢生活下去的动力，它造就了一个从来不惧怕任何困难和危险的民族。

驯鹿还是鄂温克人的衣食之源，在《额尔古纳河右岸》里，当“我”所在的乌日楞的捕猎收获极不稳定的时候，驯鹿肉变成了他们必要的食物补充。驯鹿产仔后就可以挤奶了，驯鹿奶是使鹿鄂温克人日常最好的饮品，饮之可以摄取到大量的维生素和蛋白质，有助于补充人体必需的营养，“我”的母亲达玛拉就是热爱驯鹿奶胜过一切。驯鹿皮可作衣、靴、褥等生活用品，驯鹿茸可以入药，驯鹿的鞭、尾、血等都有药用价值。当安达（即进行交换的俄罗斯商人）与“我”所在的乌日楞进行物品交换时，驯鹿的鹿茸、鞭、尾、鹿胎往往能换得更多的生活用品。千百年来，狩猎一直是使鹿鄂温克人的主要生产方式，驯鹿饲养在很长时间里都是作为对狩猎生活的补充而存在的。但是近几十年来，这片静谧的山林不再是世外桃源。森林一度被砍伐殆尽，使鹿鄂温克人不仅失去了维系其传统生活的基本条件，而且其心灵深处最为依恋的驯鹿的饲养也受到威胁。在《额尔古纳河右岸》中，迟子建展现了使鹿鄂温克人对于家园的失去导致驯鹿不断死去的忧伤和无力感，失去了驯鹿也就失去了使鹿鄂温克人的精神之根。大兴安岭还适不适合驯鹿生存？什么样的大兴安岭适合驯鹿生存？这是迟子建在小说中留给读者的问题，也是留给使鹿鄂温克人的问题。

在《额尔古纳河右岸》中，连接各章节的核心便是透过使鹿鄂温克人的各种文化事象，表达这个民族独特的“人观”。如果不再依赖诸如公共仪式、符号化的信仰系统以及约定俗成的家庭或社区的结构等传统的工具性媒介来捕捉文化的特性，那么就必须凭借对深层的意义系统进行文化解说以达到此目的，将描述的重心置于人观之上，正是为了做到这一点，迟子建在《额尔古纳河右岸》中，透过对两任萨满的描述和分析，反映了使鹿鄂温克族文化中独特的神灵观和文化精神。

萨满教是一种多神教，它的基本观念认为广阔宇宙间所存在的众生物和无生物乃至人自身客体外的一切都受神的主宰，人神之间得以交流沟通，就要通过“萨满”这一中介才能实现。“萨满”一词源于北方阿尔泰语系满语支的女真语（也有人认为出自鄂温克语），经俄国人传入西欧，后成为国际通用术语。在中国亦写成“沙曼”“萨玛”“沙玛”“撒麻”“撒瞒”“珊蛮”等字样，最早见于南宋徐梦莘所撰的《三朝北盟会编》中。“萨满”的本意，从前一般认为是“激奋者”“癫狂者”“病狂之人”。与北方其他民族的萨满教文化相比，鄂温克族的萨满教文化在诸多方面与之存在共性。满都尔图先生在《中国北方民族的萨满教》一文中，将鄂温克族萨满的职能概括为消除灾祸、驱鬼治病、祈求丰收、传承民族历史这四大使命。①

消除灾祸，目的是保护氏族的安全，减少死亡，这是萨满所有职能中最为重要的职能。当氏族成员生病时，萨满有治疗的义务，这自然也是为了维护氏族的安全，保持氏族的力量。精神疗法是原始社会中重要的治疗方法，当时人们普遍认为行为不当而得罪神灵鬼魅是人得病的原因，所以要禳神驱鬼，为此萨满就要举行复杂的仪式，一方面驱走有害的灵魂，另一方面也要请来一些神灵帮助萨满施法。跳神治病是精神疗法中极其重要的一项内容。在《额尔古纳河右岸》里，尼都萨满曾两次被人请去跳神。尼都萨满作为神的使者，面对氏族内有人生病，必然要履行其作为萨满的职责，这样才能维持氏族的发展和安全，保持氏族的力量。作为使鹿鄂温克人的重要帮手和亲密伙伴，驯鹿也被视为氏族的成员之一，当驯鹿生病时，萨满也有义务对其进行治疗，祈求驯鹿平安。在《额尔古纳河右岸》中，当乌力楞的驯鹿生病的时候，尼都萨满“黯然无神地穿戴上神衣、神帽、神裙和神裤，为挽救驯鹿而开始了跳神。这次跳神我记忆深刻，尼都萨满在天刚擦黑儿的时候就开始跳，一直跳到月亮升起、繁星满天，他的双脚都没有停止运动。他敲着神鼓，时而仰头大叫，时而低头呻吟。他一直跳到月亮西沉、东方泛白，这才‘咕咚’一声倒在地上。他足足跳了七八个小时，双脚已经把希楞柱的一块地踏出了个大坑，他就栽倒在那个坑里”②。可见，萨满的职责是千方百计地确保每一个氏族成员的安全。

狩猎和采集事关整个氏族的生存。只有打到野兽有肉吃，人才能活下来。鄂温克猎民打不到野兽时，萨满会组织猎民祭祀白那查山神，请求它赐予猎物。在《额尔古纳河右岸》中，多次提到了关于白那查山神的传说以及使鹿鄂温克人对白那查山神的敬畏。在“我”与弟弟鲁尼跟随父亲深夜围猎堪达

① 满都尔图. 中国北方民族的萨满教［J］. 社会科学辑刊，1981（2）：91-95.
② 迟子建. 额尔古纳河右岸［M］. 北京. 人民文学出版社，2010：47-48.

罕回来的路上，虽然因为取得了收获而感到快意，但遇到参天大树的时候，也不敢打口哨，因为怕惊扰了山神白那查。《额尔古纳河右岸》中对白那查山神的描述渗透了鄂温克人的神灵观，这种神灵观是萨满教赋予的，认为宇宙间存在着各种神灵。因而鄂温克人认为天有天神，风有风神，雨有雨神，火有火神，白那查也是自然神的一种，它或为人形或为动物，人过其境不得喧哗，否则会招致山神不满，对狩猎不利。当一切自然力量都以神的面目映射在鄂温克人的生活中时，自然崇拜就是再正常不过的文化现象了。

在《额尔古纳河右岸》中，迟子建对鄂温克人对生活的敬畏精神进行了描述，这是体现鄂温克人尤其是使鹿鄂温克人“人观”的重要方面。历史上，在鄂温克族的社会里，萨满教的宗教组织与社会组织是重合的。人的社会生活受到种种因素制约，其中有习惯的因素，有生产方式的因素，也有萨满教的因素。萨满教不仅在社会生活中约束人们不得任意侵犯生物，在精神层面也以某种规训力量作用于日常生活。这种用于人和神灵的“法规”，使狩猎的鄂温克人和自然和谐相处。人们特别小心地观察和爱护给予他们一切的自然，探寻和熟悉自然的规律。鄂温克人知道，只有通过这一系列社会和神灵的约束，才能有限地领会世界和万物。因而用禁忌约束人们的言行就是萨满教作用于鄂温克氏族社会的一种体现。为了使族众有畏惧感，这种禁忌往往是以神灵的名义昭示的，所以很少有人敢违背，如《额尔古纳河右岸》中鄂温克人对火神的敬畏以及禁忌。火在营地里是不能熄灭的，即使是搬迁，也要由驯鹿驮载火种，通常紧跟在驮运玛鲁神的驯鹿后方。鄂温克人相信火中有神，因而不能向火里吐痰、洒水，不能扔不干净的东西。《额尔古纳河右岸》通过展现鄂温克人对神灵的敬畏与禁忌，表现了他们对神力的信仰、对神谕的遵从，进而形成不敢逾越神定族规的“人观”。

以“人观”为切入点理解鄂温克族文化，契合格尔茨的相关理论。格尔茨从人类学角度提出了一种“文化控制”观点，他认为人的观念深受后天象征符号系统的影响。每个人从出生起，就置身于一个充满象征符号的社区中。人们会有意识地谨慎使用这些符号，但更多时候是随意而自发的。然而，无论是哪种方式，这些符号始终帮助人们为自己经历的事件赋予意义和秩序。借用约翰·杜威（John Dewey）的生动说法：使他自己适应“经验性事物的当下流向”。鄂温克人独特的人观，正是受因其独特的生存环境而形成的象征符号的外在影响。大部分鄂温克人长期从事的都是原始狩猎生产，在这种极端艰苦的生存环境中，需要团结整个氏族，全部落共同努力，才能延续族群。而要团结民族，协调规范每一个成员的行动，必须有一个统一的精神，一种共同的信仰，一种独特的“人观”，因而萨满教出现了。《额尔古纳河右岸》透过使鹿鄂温克人独特的“人观”，书写了鄂温克族的生活、生产、语言、服饰、居住、祭祀等多方面的文化，从而塑造出整个民族的精神风貌。

三、文化相对主义观与文化整体观的重叠编码

理解一种文化，不仅需要对所观察文化的生活世界有亲身体验，同时也需要对所观察的区域文化有客观的思考，需要有作为文化持有者和文化反思者的内部眼界和外部视域的双重文化身份。迟子建的《额尔古纳河右岸》等文本所表现的文化观，既是一种文化相对主义，又体现了她的文化整体观，是文化相对主义与文化整体性的有机结合。

《额尔古纳河右岸》的写作，与迟子建自小生活在大兴安岭、对于东北少数民族有所观察认识有关，在这种文化理解和阐释的内外部视域融合的背景下，迟子建从感性的观察走向了理性的文化自觉。《额尔古纳河右岸》中的文化观是一种理性的文化相对主义观，自这本书始，迟子建从文学自觉走向了文化自觉。

正是对东北少数民族面临现代化进程如何进行文化转型的思考，费孝通提出了“文化自觉”这个概念。迟子建自幼生活在东北，受到东北多元文化的浸染，当以鄂温克族为代表的东北少数民族在传统向现代过渡的过程中面临失去既有文化的危机时，她以族群民族志的形式把这些文化现象展现在人们面前，希望在现代化与全球化的进程中，人们能够理性对待弱小民族的生存问题。迟子建在创作《额尔古纳河右岸》之前曾跟随中国作家代表团到访

古老的爱尔兰，在那里，她目睹了一对爱尔兰土著夫妻在火车站发生冲突却被周围的人漠视，由此她为这些处在现代世界的“边缘人”而心痛，更为他们失去家园，不能适应现代文明而感到哀愁和担忧。回国之后，她亲自前往使鹿鄂温克人的定居点——敖鲁古雅，调研使鹿鄂温克人的生活现状，如她所料，由于驯鹿和猎民的不适应，造成了猎民一批批地回归山林，但是山林的退化，也使得他们无法找到合适的迁徙点，迟子建不禁为他们和驯鹿的归处而担忧。这一切担忧与思考，成了迟子建写作《额尔古纳河右岸》的种子。

可以说，迟子建的《额尔古纳河右岸》，一方面是从以鄂温克族为代表的东北少数民族出发，另一方面则代表了全世界受到现代文明的席卷而濒临消失的少数民族或原住民。这种内部视域与外部视域的融合，充分反映了迟子建的文化整体观，说明迟子建已经突破了书写东北文化的单一视域，而是通过东北文化这样一个窗口去探寻全人类的共同问题。

四、时代风云与跨族身份的文化立场

为什么说迟子建的文学文本具有鲜明的人类学民族志的特点？主要原因在于迟子建如同一个漫游的人类学者，以内外相结合的视角对东北地域文化进行动态的理解和阐释。迟子建文学创作的题材主要有两个方面，一个是她成长于地处大兴安岭的村庄，另一个是她工作以后定居的冰城哈尔滨。大兴安岭的村庄和现代国际化都市哈尔滨这两种区域类型恰好代表了两种文化，二者汇聚在迟子建的笔下，成为互映对方的参照。同时，大兴安岭的村庄与以哈尔滨为代表的现代都市也正是中国20世纪以来全面转型的两个方面。

著名人类学家王铭铭教授对于20世纪中国社会的现状曾给予分析：“中国从基质上将是一个传统农业社会，但19世纪以来这个传统社会又面临着以工业化为主导的社会变迁。”① 百年来，“村庄”这个概念一直与超乡村的

① 王铭铭. 人类学讲义稿［M］. 北京：世界图书出版公司北京公司，2011：364-365.

“社会”概念缠绕在一起，如何通过村庄的书写表述迟子建理解中的“中国社会”？对自幼在村庄长大的迟子建而言，这一问题也时刻吸引着她，她曾更实际地接触过村庄社会，因而对村庄与超越村庄的社会建构之间的关系非常关注。

为什么要研究或者书写作为“事实上的社会单位”的村庄？费孝通在《江村经济》中作了解答。他认为，随着20世纪的到来，相对隔离的传统村庄与世界范围的共同体之间构成一种动态关系。

80多年后的今天，人文社会科学发生了巨大变化，借助“小地方”的民族志书写来反映社会的方法，已经被认为是有必要的。回顾半个多世纪的亲身体会，费孝通用“三级两跳”来概括中国经历的这一变化，意思是说，中国社会从农业社会跳入工业社会，再从工业社会跳入信息社会。与二十世纪三四十年代一样，“乡土重建”的呼声融在“现代化”的涛声中。引领“乡土重建”的首先是人类学者，他们在各种实地调查中，对变迁的时间段落进行重新定义，将前人关注的“工业化”修改成了“改革以后”。在部分人类学论著的影响下，其他人文社会科学门类也对村庄展开了各具特色的论述，其中不仅有社会学者，历史学、文学、哲学、政治学研究的教学科研人员，还有一些文学家、艺术家。其中，就包括迟子建在其文学文本中对东北村庄的叙述。

在《额尔古纳河右岸》中，迟子建试图构建使鹿鄂温克部落社区与超越社区的国家与社会力量之间关系的历史视野。《额尔古纳河右岸》描述的是中国东北少数民族鄂温克族的百年兴衰史，以鄂温克女性作为第一人称视角，借由“我”从出生到年老的生命历程，一步步揭露鄂温克族面临生活形态与民俗文化的诸多冲击，如何在传统价值和现代文明间取得平衡。在这样一部具有民族志特色的文学文本中，迟子建对鄂温克族一百多年的历史展开叙述，并在文本中融入了她对族群部落、村庄书写的思考。迟子建在创作中聚焦于东北少数民族鄂温克族的部落演变，并横跨中国近百年的政治与社会形势，呈现出原先封闭、与外界隔离的鄂温克族面临的现代化都市文化的冲击。分析《额尔古纳河右岸》背后的历史脉络，可以发现“清晨”“正午”“黄昏”“半个月亮”四章的时间分隔点，皆为大时代背景下重要的历史事件。

“清晨”一节，以“我”的口吻讲述为何一条额尔古纳河要去强调右岸与左岸。额尔古纳河右岸是当前鄂温克族迁徙、生活的所在地，而鄂温克人的祖先却是从额尔古纳河左岸发源，尽管鄂温克族曾经拥有它，但是现在只能无奈地眺望这个曾经族人栖息、生养下一代的地方。

根据考古学和人类学的研究，鄂温克猎民的先人大体分布在贝加尔湖周围及以东地区直至黑龙江中游以北地区。吕光天据《东北边防辑要》及《金辽备考》所载认为：“十六世纪至十七世纪中叶（明末清初），我国的居住于黑龙江各支流的鄂温克人共分两支，一支住在黑龙江上游石勒克河一带，酋长叫根特木尔；另一支住在黑龙江中游支流精奇里江和牛满江一带，酋长是博木博果尔。两支在文献中都被称为‘索伦部’。”① 这里所说的索伦部是今天鄂温克猎民的先人，即《额尔古纳河右岸》所讲述的使鹿鄂温克人。额尔古纳河自古以来就是一条很有名的河流。《旧唐书》称之为“望建河”，南北朝时称“完水”，《蒙古秘史》称“额尔古涅”，清代称“额尔古纳河”。17世纪以前，额尔古纳河流域的广阔地区，都是我国的领土。1689年，《中俄尼布楚条约》签订后，才成为中俄两国东段边界的分界线。这个时期，清政府将鄂温克人迁至大兴安岭嫩江各支流：甘河、诺敏河、阿伦河、济沁河、纳谟尔河、雅鲁河以及额尔古纳河，鄂温克人也因此得以与东北其他少数民族接触，进行文化交流。额尔古纳河的地理位置，不仅与俄罗斯相邻，也使它深受其文化的影响。《额尔古纳河右岸》中使鹿鄂温克部落男子与俄国女子通婚、与俄国安达进行买卖交易等，都是受地缘因素的影响。

“正午”一节，其时间背景是1932年跨越至1945年前后，透过日本侵略东北对鄂温克人实行的措施，间接地讲述了伪满洲政府从无到有的演变历程。这一节讲述了鄂温克人的生活受到当时政治环境的影响，如与俄国人的交易

① 吕光天. 谈鄂温克族的来源［J］. 中国民族，1962（Z1）：39-40.

越来越困难：日本人成立满洲畜产株式会社后，交换猎品以此为中介，鄂温克人因而损失原本获取的利益。

据人类学家孔繁志撰写的科学民族志《敖鲁古雅的鄂温克人》一书记载：鄂温克猎民在额尔古纳河流域游猎的时代，每年从山上下来几次，住在珠尔干河畔，与额尔古纳河对岸的俄国乌启罗夫屯的商人做买卖，用猎物换取生活用品。1937 年，侵略者切断了鄂温克猎民与商人的联系，由“满洲畜产株式会社”“东蒙贸易株式会社”直接供应商品及收取猎物。1940 年，他们又在奇乾东北的布洛古鸠山上设立了“关东军栖林训练营”，对鄂温克猎民进行军事训练，强迫他们学习日语，挑拨猎民内部及其与其他民族的关系。① 而这正是《额尔古纳河右岸》中，“我”所在的部落里鄂温克男性被迫参与“东大营”猎民训练的场景，每次训练都要数月的时间，在这期间除了体能训练、学习日语，还需要暗中潜入苏联侦查情报。1945 年，日本战败，拉吉米在骑马逃亡途中，失去了自己的睾丸，从此残疾；“我”则是在这场战役中，结识第二任丈夫瓦罗加。事实上，“我”的两次婚姻，也都是在“正午”一节的时序中完成的。一次源于伪满洲国刚建立，苏联与日本形势紧张，“我”在追回逃亡的俄裔亲人而陷入漫长饥饿的过程中，结识第一任丈夫拉吉达；另一次源于 1945 年日军战败，两支不同氏族的部落在林中相遇，“我”和瓦罗加就此邂逅，坠入情网。从“我”的生命史来看，“正午”可以说是以人一生当中“如日中天”的辉煌时刻，让“我”体会到爱与被爱的滋味。

“黄昏”一节，则是《额尔古纳河右岸》跨越时间向度最大的篇章，叙述了 20 世纪 50 年代中国进行土地改革以来至 1998 年东北山区大火期间，鄂温克人所经历的生活变迁。这一阶段，鄂温克人取得物资的方式，由原先被迫与日本人进行交易，转而向汉族人经营的供销合作社定点采买日常所需，商人游走于各氏族、各部落的情景不再。此外，政府在山里修建铁路和公路，

① 孔繁志. 敖鲁古雅的鄂温克人［M］. 天津：天津古籍出版社，1989：9-10.

并大肆开发大兴安岭的林木，以供东北地区以外的民生需求，却造成自然环境的破坏。1959 年，政府在乌启罗夫（今奇乾乡）盖起木头跺房 30 间，但是除了乡长、供销社主任常年定居外，其余的鄂温克猎民都是游猎，猎民们长时间在山上狩猎，短时间到定居点生活。生活方式的改变，并不是一件容易的事。“定居”这个概念并没有从完全意义上实现。由于狩猎是沿着森林的边缘地带进行的，定居与狩猎有矛盾，与饲养驯鹿有矛盾，与老年人的生活习惯有矛盾，猎民还是居无定所，定而不居。① 在《额尔古纳河右岸》中，原为酋长的瓦罗加被推举为激流乡的乡长，使得“酋长”自瓦罗加以后，正式走入了历史。“酋长”一词的消失，也意味着鄂温克人面临现代化的冲击，不再是原始的与世隔绝的生产生活，酋长也不再拥有过去全权为部落做决定的权力。这些今昔对比的故事情节，皆使《额尔古纳河右岸》走在明确的时间轴上，借由鄂温克人前后的生活差异来凸显时代演变的历史进程。

“半个月亮”一节，剖析了鄂温克族内部对于现代化的两种声音。首先是年轻的一派，他们认同现代化并同意政府提出的下山定居的建议。孔繁志在《敖鲁古雅的鄂温克人》中指出，改革开放以后，当地政府在民族政策的指导下，逐步帮助鄂温克人改变了单一的狩猎经济，积极开展多种经营，发展民族工业，使得鄂温克人的生产产值翻几番；同时为了解决狩猎和定居的矛盾，妥善安排老人的生活，当地政府把定居点选在了靠近猎场、适应驯鹿生活的地方。下山定居使得鄂温克猎民结束了他们自古以来的游猎生活，为保障猎民的身体健康、发展后代教育有重要意义，这一切也成为年轻一代人选择下山定居的原因。而另一种立场便是以“我”为代表的老一辈的鄂温克人，面对时代的变化与现代化的冲击，最终选择坚持留在营地——生于山林，死后魂魄也要回归山林。

在《额尔古纳河右岸》中，迟子建能从内外部的角度去描述鄂温克族文化，这和后来人类学学科从 19 世纪 60 年代开始倡导的实验民族志写作有着

① 孔繁志. 敖鲁古雅的鄂温克人［M］. 天津：天津古籍出版社，1989：30-31.

异曲同工之妙。新民族志倡导实验性写作，认为包括文学作品在内的文化写作，不仅能更好地了解这个世界，甚至可能会比一些制度化的知识了解得更多。实验性的新民族志写作迫使我们首先问“传达”某种知识和文化意味着什么。对于新民族志而言，语言不仅仅是一个承载文字信息的载体，而且是传达文化信息的阐释工具。新民族志倡导者认为，写作是一种生成性的时间，是一种有形的存在，是它寻求的世界的一部分，在语言中始终存在一种力量和潜力，这种力量和潜力在世界上始终发挥作用。写作作为一种表达方式，始终与它所处的环境分享创造力。这种理念也使我们对新民族志有了特殊的理解，新民族志是一种参与世界活动的方式，是一种与思想时刻纠缠在一起的生活实例的创造和重塑，它的写作是一种巫术，是一种生发性和破坏性力量的结合。在新民族志写作中，在这种使用非我们自己文化的语言实践中，一个世界以残留物和碎屑的形式重新形成，这些语言的碎片包括被掩埋的故事，被遗忘的图像、日记、诗歌片段，等等。

可以说，《额尔古纳河右岸》对鄂温克族的各种文化事象进行深描的最根本的原因，便是迟子建始终以东北文化持有者的内部视角去书写东北。跨文化的经历丰富了迟子建的民族志书写观念，这种观念具有丰富性、复杂性、多元性和融合性的特点，使得她能够站在更高的视野——人类文化共同体的角度，去理解东北。历史理性的确立与文化自觉意识的形成是迟子建《额尔古纳河右岸》产生的根本原因所在。

第二节　《伪满洲国》：畸形时空背景下的历史民族志书写

迟子建的作品始终离不开历史叙述。以时间而言，迟子建小说中皆具有极为清晰的断代脉络，使读者得以借由情节推展，还原出当下具体的时空背景。这部将历史叙述发挥到极致的作品便是长篇小说《伪满洲国》。《伪满洲国》讲述了1932年至1945年间，伪满时期的皇帝、东北人民以及生活在东北的各方势力下的俄、日侵略者的生活样态。迟子建以理性客观的眼光，沉稳地揭示伪满时期的社会生活图景以及人民的生活处境及心理状态，为历史民族志的书写提供了一种新的形式。

首先，从历史书写的维度而言，《伪满洲国》是从历史人类学的视野去叙述一段历史的文化精神史。这种表述是“将观念、心态、经验、过程等放在历史中思索”[①] 的表达方式。这与20世纪历史人类学的兴起有关。人类学家在他们研究的“当地知识”中的世界想象、历史叙事、德性论及本体论的“广泛综合”中，看到了一种能将当地人与其种种“他者”关联起来的人类学解释。因而引起了如何面对内外混一的经验世界的思考。于是，历史学家们开始由对历史规律的研究走向对历史中的“人”、文化的研究，从而产生了历史人类学。历史人类学认为，虽然时过境迁、沧海桑田，将昨天的我们和今天的我们隔在了两个世界，但我们依然相信这两个生活世界是相通的，因此要以现实生活中的实践经验去帮助理解历史上的人的活动。

其次，《伪满洲国》是一部具有历史民族志属性的文化书写文本。历史民族志是指将各种文本置于其各自产生的语境中加以重新理解，借助历史文献和“历史田野”，以人的生活逻辑对其进行反思，从而形成某种可称之为“历史民族志”的方法论。也就是说，对历史的理解既要重视历史文献资料，也要借鉴人类学的田野考察研究方法，对相关的神话、传说、口述史等活态历史进行考察。在这二者的基础上对特定的历史进行重新理解和记录，这就是历史民族志书写方式。《伪满洲国》是迟子建基于历史文献和历史田野，将文学想象赋予特定的历史事件，通过文学语言和文学意象还原伪满时期的历史，将历史学、人类学、文学融为一体，是一部具有文学性质的历史民族志。

《伪满洲国》充分体现了迟子建作为一位优秀作家对历史民族志书写方

---

① 王铭铭. 人类学讲义稿［M］. 北京：世界图书出版社公司北京公司，2011：268.

式的把握。本节以《伪满洲国》为个案进行分析，探讨迟子建小说中的历史民族志特征，从而观照历史民族志书写方式对迟子建文学创作的影响。

一、伪满时期的历史民族志书写

关于“满洲国”一词，日本学者山室信一（Yamamura Shinichi）综合各家说法，将“满洲国”称为“日本帝国主义武力侵略东三省后所扶植的傀儡政权”。换言之，“满洲国”名义上是由清朝末代皇帝溥仪统治，然而实质政治与军事大权，全部操之于日本关东军。伪满洲国则是以“伪”字强调“满洲国”的傀儡性及反人民性。伪满洲国时期，虽然中国人民仍然居住在自身熟悉的土地上，但是无法真正享有这片土地的资源，甚至成为被外来日本势力无情打压与掠夺的对象。《伪满洲国》便是以“满洲国”这个怪胎儿为历史背景，对这段时期各个阶层的人民的生活状况、民风民俗、内心情感等方面进行历史梳理，让读者看到了一段不同的“伪满洲国史”。

真正的历史，比任何一种简单化的想象都复杂得多。如果按照国内的历史教育对“历史常识”进行想象，人们认为伪满时期的东北人民每时每刻都在日本人的铁蹄、刺刀下饱受欺凌，整日愁眉不展，以泪洗面。也有人有一种截然相反的历史想象，认为“满蒙是日本的生命线”，日本视其为心尖肉，因此比起关内的战火纷飞，伪满洲国时期的东北人民可能过着安宁平静的生活。然而，迟子建用《伪满洲国》的六十多万字告诉读者，这两种想象都远离了历史真相。在这 14 年里，东北人民的生活状况远比任何一种简单化的历史想象要复杂、混沌得多。

《伪满洲国》开篇便将伪满时期东北人民的生活图景推到了人们面前：1932 年，溥仪在长春（改名为新京）举行了“就职典礼”。在这种历史背景下，少年吉来首先登场了。吉来因私塾先生生病没去上学便在新京的街头闲逛，点心铺子、干果店、畅春坊、杂货铺、布店、中药铺等街上的店铺透过吉来的视角徐徐展开，显示了新京的繁华与热闹依旧，并未因溥仪当了皇上有所改变。就在吉来驻足望着过往的行人的时候，他看到了王亭业。王亭业是一名小学教师，因妻子生病无法工作，家中支出全部靠他的教师收入。从他与吉来的对话中得知，王亭业所在的学校不仅要教授汉语，还要强行教授日语，要求每个学生学习日语。从王亭业垂头丧气、小心翼翼的姿态可以看出日本人对教育的掌控，在学校推行奴化教育，使得如王亭业这样的知识分子敢怒不敢言。这也从侧面看出，溥仪的伪满洲国实际上是一个傀儡政权，真正的权力在日本政府手里。王亭业在一次散步时遇见了同事郑家晴，郑家晴邀请王亭业参加他组织的教育界的“读书会”，这实际上是一个由进步知识分子组织的政治沙龙，沙龙的实际负责人是大学教师胡教授，主要对当前国际形势进行探讨，希望能找到救国之路。王亭业按捺不住好奇也参加了“读书会”，会上大家激烈的探讨并未激起王亭业的兴趣，反倒是知识女青年于小书让王亭业流连忘返。

告别王亭业后，吉来想起了自己的家人，他自幼跟随母亲与爷爷、奶奶、姑姑生活。吉来的奶奶曾经是一个满族小姐，因家道没落，又经历了第一次婚姻的失败，便嫁给了吉来的爷爷。因为有着满族的血统，吉来的奶奶是唯一对溥仪来到新京而感到兴奋的人，仿佛皇上来到了新京，她也有了靠山。吉来的爷爷王金堂是一个罗锅，为人正直，靠在街头弹棉花为生，对时局的变化并没有兴趣。吉来的父亲王恩浩因不喜欢婚姻生活，在婚后便离家出走到奉天（今沈阳），开了一家当铺。王恩浩与日本人山口川雄交好。在与山口一起的时候，似乎战争、政治、世间的俗气都远离了，丰源当成了战乱时代一片难得的清净之地。吉来最想念的便是嫁到平顶山的美莲姑姑，听闻她怀孕了，也期待等她平安生产随爷爷去看望她。但令吉来想象不到的是，因平顶山有着大量的煤矿，日本人为了占据平顶山大肆屠杀平顶山的无辜百姓，美莲也未能幸免。

与吉来的家人有关的人物还有王小二。王小二是美莲的追求者，虽然没有追求成功，但在美莲出嫁后，他也与吉来的家人混熟了，经常在一起吃饭。王小二在饭馆跑堂，发生在饭馆形形色色的人和事，便通过王小二的讲述展示给读者。王小二在新京经历了爱情和工作的失意，前往哈尔滨投奔二姐。

在哈尔滨，王小二经历了人生的起起伏伏，从一个充满朝气的青年人沦为在大烟馆跑堂的孤独游魂。王小二是动荡时代背景下的牺牲品，他如同鲁迅笔下的阿Q一样，既有对美好生活的向往，又在迷茫中陷入了堕落。王小二是伪满时期千万的底层群众之一，迟子建对王小二的塑造，显示了她对伪满时期底层人物的怜惜与哀婉。与王小二密切关联的人物还有他的外甥女谢子兰。谢子兰接受了西式教育，喜欢唱歌，与苏联商人阿廖沙之女柳芭交好。通过谢子兰与阿廖沙一家的交往，我们看到了伪满时期苏联人在东北的生活。当日本人在平顶山肆意屠杀中国无辜百姓的时候，阿廖沙及其家人在哈尔滨吃茶点、弹琴唱歌、做祈祷、去花店买玫瑰和百合，过着如天堂般的生活，与东北百姓的生活形成了鲜明的对比。

《伪满洲国》以鲜活生动的笔触描述了伪满时期生活在东北的各阶层的人们：以王金堂、杂货张、杨三爷为代表的手艺人，以王亭业、崔家晴、胡教授为代表的进步知识分子，以王小二、四喜为代表的底层群众，以吉来、杨浩、丁力、祝梅、宛云为代表的成长的一代，以阿永、拳头为代表的智力有障碍的“傻子”，以杨昭为代表的修行者，以杨路、剃头师傅、李文为代表的抗日联军，以胡二、朱云山为代表的土匪，以溥仪、婉容、祥贵人为代表的政治傀儡，以羽田、山口川雄为代表的日本人，以阿廖沙、柳芭为代表的苏联人，等等。小说描述了这一时期的民众因权势的此消彼长而出现不同的生活状态，同时也呈现了东北地域这一处于关外的“边地地带”具有的多元文化交汇的文化特征。

小说以鲜活生动的笔触描述了东北民众的真实生活图景：溥仪并不像书本上的皇帝那样威严，反而像长不大的孩子，性格乖戾，反复无常，虽然享受着奢华的生活，但是没有任何决定权，一切都只能听从日本人的安排；知识分子虽然对时局表示强烈不满，却不愿意为革命献身，只能以“读书会”的名义纸上谈兵，对国际势力抱有幻想；日本军人也并不是人人都好战，当军官羽田满怀正义来到中国时，看到自己成为侵略和施暴的一方，他内心抗拒战争却不得不执行上级的任务，内心的矛盾与挣扎无时无刻不在折磨着他；土匪胡二放荡爱自由，喜欢流连于各种女人之间，曾因为女人让同伴为其丢了生命，最终却也因为有了妻子和儿子，金盆洗手，终日与山林、妻儿为伴……小说的这些描写如此深入人心，伪满洲国的人民并非终日以泪洗面，但也并非过得平和安静。

《伪满洲国》是用文学的手段探寻这一历史时期百姓的真实生存状态，它生动而鲜活地描绘出这段动荡历史背景下形形色色的人们，是一种“深描”式的历史民族志书写。《伪满洲国》具有文学人类学意义上的文化真实，它不仅生动呈现了伪满时期东北地域的生活图景和文化特征，还对这一历史时期各阶层人物的生活有民族志般的认识。

《伪满洲国》也是一个揭示权力、实践和人性的寓言。它通过对不同人群对日本侵略中国的态度来达到关于普遍性的抽象的思考和认识。从郑家晴这类进步知识分子身上我们看到，他们虽然幻想对抗日本，却不能认清社会现实，妄想把希望寄托于国际势力，希望国际势力可以帮他们圆了自己的梦想，却不知这梦想只有通过自己才能实现；从杨靖宇被叛徒举报走向死亡，窥见了人性中的贪欲才是毁灭正义的源头。《伪满洲国》自出版发行后便得到读者的好评，这部耗费迟子建多年心血的长篇小说也基本奠定了她写作的方向：以具有民族志性质的文学创作告诉读者一个真正的东北，在思考地方性、民族性、现代性等基本问题的同时，也思考人类普适性的问题。

二、地图描绘与疆界意识的强化

细读《伪满洲国》会发现，文本中人物的命运与情节的发展是随着地理位置的转变而展开的。迟子建把有关地理位置的描述穿插在文本中，大到城市和日本、苏联等异国他乡，小到县城、乡镇、村庄，每一次地理位置的出现都有其特殊的意义。《伪满洲国》的第一章便是以吉来逛新京街头的铺子开始的。

吉来在这里起到了小说的导游和路标的作用，是展开人物关系和小说情节的突破口。透过吉来的视角，我们看到了小学老师王亭业，从吉来的口中得知王亭业家里有一个生病的妻子和与吉来差不多年纪的女儿宛云，一家几口人的生计都靠王亭业微薄的教师收入，生活过得入不敷出，经济上的困顿也使得王亭业变得唯唯诺诺，敢怒不敢言。在王亭业给妻子拿药回家的路上，他遇到了同事郑家晴。虽然平日与郑家晴并不熟悉，但是他却盛情邀请王亭业参加“读书会”，好奇心强的王亭业参加了“读书会”，在“读书会”上他认识了大学老师胡教授及其侄女于小书。于小书在第一章中出现的次数并不多，但是她却关联了两个重要的人物此后的命运：进步知识分子郑家晴与日本商人山口川雄。王亭业在理发店剪发的时候，听到了剃头师傅的哀怨，得知剃头师傅的哥哥因为跟随抗日联军抗日而被残忍杀害，遂而让王亭业抄写其写的藏头诗，这也为后面王亭业被日本人抓捕入狱埋下了伏笔。作为一个自幼在新京长大的少年，吉来喜欢走街串巷，因此，通过吉来的视角走进新京就显得合理而又自然。文中每一次地理位置的转移都与吉来有着或多或少的关系，吉来成了文本的中心纽扣，带领读者聚焦新京、哈尔滨、奉天、平顶山等地，走进文本中的“田野”。

例如，随着吉来视角的转移，我们了解到了时代历史背景：“这座城市刚刚来了一位皇上，把长春改成了新京，年号也变了，可街上的店铺还是老样子，流氓地痞该有还有。”① 翻开历史文献可以得知吉来所描述的皇上，正是溥仪。因此，文本中也有了关于皇上在新京生活的相关描述。《伪满洲国》的每一章都有一节专门描述包括溥仪在内的皇室成员的生活，以第一章第七节为例，该节以皇后婉容的视角讲述了她与溥仪在新京皇宫的生活。通过婉容的内心独白，我们能感受到她在皇宫中的孤独、皇上被日本人操控的无奈，以及“伪满洲国”终将走向穷途末路的命运。

例如，在吉来对美莲姑姑的思念中，小说的地理位置转移到了平顶山。美莲嫁到了平顶山一个矿工家庭，原本过着幸福的婚后生活，但在中秋节这

① 迟子建. 伪满洲国［M］. 北京：人民文学出版社，2004：2.

天被日本人无辜杀害。在小说中，美莲正是在平顶山惨案中被日军无情地杀害。作者以理性、客观的笔触描述侵华日军在平顶山的暴行：美莲身怀六甲，被日军先把裤子趴下，用刺刀挑开她的肚腹，将婴儿抛向远方，并刺中美莲的咽喉。地理位置的转移也带来了不同的人物命运走向，更展现了日本侵略者的残暴，毫无人性可言。这样的描述使得单一的历史想象变得立体又具有真实性，也凸显了《伪满洲国的》民族志意识。

在对美莲姑姑的思念中，吉来想起了王小二。王小二因在新京遭遇了爱情和事业的失败，便前往哈尔滨投靠他的二姐，小说的地理位置又转移到了哈尔滨这个国际都市。哈尔滨是多元的，这里既有王小二、二姐夫一样的底层群众，也有如谢子兰一般的中学生，还有以阿廖沙、柳芭为代表的苏联人。文中通过王小二接送谢子兰沿途所看到的图景，展示了哈尔滨的多元性与丰富性。迟子建对哈尔滨的描述没有停留在风景的层面，而是以民族志的写作方式对哈尔滨的多元性进行了深层探索。例如，王小二的二姐信奉天主教，这与西方传教士在哈尔滨的传教有着密切的关系。谢子兰与苏联女孩柳芭交好，有着音乐天赋的她得到了柳芭奶奶的指点，因而有着西方人独有的奔放与热情，也为她与阿廖沙结婚埋下了伏笔。文化的碰撞与交融，不仅带有文化交融的复杂性，也在哈尔滨留下了不可磨灭的痕迹。

《伪满洲国》通过“新京”“哈尔滨”“奉天”“平顶山”“承德”“四平”这些城市的律动组合，为我们展现伪满时期东北的多层图景，但其最终目的都指向一个具体的实体——国家。“伪满洲国”是世界历史舞台上罕见的政治傀儡政权，对这一时期的历史真实进行合理想象，总结它从出笼到垮台这一发展过程的历史经验，是《伪满洲国》的历史意义，也体现了迟子建的中华民族共同体意识，这种意识是通过地图描绘体现的。

国家是什么，在哪里？这对于每一个处于边地地区的人民，尤其是历史上遭受过他国侵犯的边地人民而言都有着直观的体认。在伪满洲国时期，中国百姓处于水深火热之中，而日本、苏联势力下的外国人民却依旧可以在战火纷飞的年代过着如“天堂”般的生活，这样的两极分化的生存状态，使迟子建更加明确了“国家”的概念。迟子建正通过描述“伪满洲国”这样一个特殊的历史时期百姓的生存现状，借助对东北各城市的地图描绘，表现出国家、民族、人民这三者之间的融合性，这种表现不仅仅是通过地理位置实现的，而是展示了作者蕴藏其中深切的家国情怀。

三、口述历史与“过程-事件分析”策略

20 世纪以来，人类所处的社会是前现代、现代和后现代社会的诸种要素错综复杂地交织在一起的社会，如果要透彻地理解一个特殊的历史阶段的内涵，就需要洞悉整个历史过程和逻辑。透过民族志的视角，可以发现《伪满洲国》是一部以伪满洲国的成立为历史背景、以不同权力势力下的历史事件为中心、以人物活动为主线的叙事文本。

（一）两种口述历史方式

《伪满洲国》与传统的书写历史方式相比的独特性就在于，它通过伪满时期的各色人物，更加真实地构建了历史真相。《伪满洲国》通过不同人物的个人命运史叙述和迟子建的全知叙事视角，介绍全文人物，并进行组织和评论。两种口述历史方式融为一体，构建出伪满历史时期不同阶层人们的真实生存状态。

在伪满时期，人们的命运随着时局的动荡而改变，处在不同生活环境的“少年们”的命运也发生了不同的变化。杨浩本是吉来姑父的二侄，父母都是煤矿厂的技术工人，从小过着衣食无忧的生活，在平顶山惨案后，杨浩失去了所有家人，所幸被一位老爷爷救下并收养，杨浩的命运也发生了改变。虽然老爷爷一家的生活比较清贫，但是老爷爷和老奶奶的善良，以及杨路、杨昭兄弟的热情开朗，让杨浩度过了一段温馨的时光。然而老奶奶的去世使杨浩的命运又一次发生了转变，棺材铺的杨三爷看中了杨浩无依无靠，强行把杨浩带走，作为其棺材铺的免费劳动力。在棺材铺，自私的杨三爷和杨三娘无情地剥削杨浩，任其起早贪黑地付出劳动而不给予任何回报。但是杨浩

并未对生活丧失信心，他始终保持着少年的纯真与善良。对待喜欢的女孩栾喜梅，他努力生活，时常带着粮食去看望家庭并不富裕的喜梅，对其倾尽了所有的心思。但杨浩也带着一丝滑头，为了报复卖油郎给杨三爷出主意将他从老爷爷身边带走，他在棺材铺门口给卖油郎设计使其被钉子扎伤。平顶山惨案不仅使杨浩失去了家人，也让杨浩学会在低处学会看人眼色。家人成了他心中永久的秘密，只有在节日在郊外偷偷给家人烧点纸钱以表安慰。杨浩是孤独的，他在杨三爷与杨三娘所营造的逼仄的棺材铺中小心翼翼地活着，希望有朝一日可以与喜梅建立属于自己的小家庭。但即使是这样的愿望，也被自私的杨三爷所剥夺。在杨浩与喜梅新婚之夜，杨三爷露出了丑恶的嘴脸霸占了喜梅，这也触及了杨浩内心深处的恶。终于，在一次殓尸途中，杨浩残忍地杀害了杨三爷，并继承了棺材铺，与喜梅过着貌合神离的日子。时局的动荡使得杨浩失去了家人，在寄人篱下的生活中，杨浩仅有的善良又被毫无人性的杨三爷所泯灭，杨浩最终走向了恶的深渊。

与杨浩一样，迟子建通过宛云、丁力、杨昭、杨路、祝梅、吉来等“少年们”的命运走向的不同，展现了时局的动荡对于年少一代的命运的改变。虽然他们离历史很远，但是他们的命运却始终与历史环境息息相关。宛云作为王亭业唯一的女儿，本应该在父亲的教导下在学校里学习文化知识，却因为父亲被日本人抓捕迟迟未归，不得已放弃学业，随母亲在酱菜园照顾“傻子”阿永。就在母女的生活有所好转的时候，阿永侵犯了宛云，使宛云的生活坠入了黑暗。最终，宛云被生活所迫，成了阿永的童养媳。然而，大学生耿舒非的出现又一次改变了宛云的命运，虽然已经为人妻，但是忍不住年少情动的她还是与耿舒非发生了恋爱关系，等待宛云的不知道是光明还是黑暗，但少女的命运就此彻底改变了。杨昭、杨路两兄弟因为父母与奶奶相继离世，选择离家开辟自己的天地。有着宗教信仰的杨昭四处游荡寻找精神的归宿，原本信仰天主教的他立志要做一个传教士，却被贫富意识强烈的神父拒之门外。失落的杨昭在与佛教徒屠夫交往的过程中，被屠夫经历了丧女之痛却依旧能坦然面对的心境打动，前往哈尔滨的极乐寺出家。与世隔绝的修行生活让杨昭内心获得了短暂的安宁，疾病的困扰让他选择重返家乡，殊不知回到家乡不久就被吃人的土匪残忍杀害。而杨路在离开家乡后加入了抗日联军，并在战场屡获战功，成为连长，却在一次执行任务中被当地百姓出卖而英勇牺牲。

当读者越来越接近这些人物的命运史时，就会发现迟子建对动荡时代“少年们”的不同的命运走向的讲述，是为了展现他们成长的“心灵史”，以及他们在动乱和生存困境下所迸发的对于生的勇气和对于死的不畏惧。迟子建对于个人命运历史的构建，正是体现了这一点。

《伪满洲国》还有第二种口述历史方式，即通过迟子建的全知叙事视角，深切关注小说中的人物命运，使这些人物的主体性得以凸显。“我”在文本中并未直接出现，而是始终隐藏在文中。山口与王恩浩的一见如故并未通过二者彼此的对话展现，而是以“我”的全知视角的叙述展现给读者，他们共同有着对旧物的迷恋，都喜欢各自国家的传统文化，都反对当前的战争与对人民的侵略，与平顶山惨案中日军侵略者对中国百姓的烧杀抢掠不同，山口与王恩浩更像是一种平等的文化交流与传播。这也显现了迟子建对日本人民和日本军国主义分子的态度：日本军国主义侵略中国，使得中国人民遭受深重的灾难，这是战争，是侵略，是奴役。但是应该把广大的日本人民与极少数军国主义分子严格区分开来，把制定侵略政策的极少数人同受这种政策所驱使的绝大多数人严格区分开来。因此，在平顶山惨案中，迟子建毫不留情地展示日军侵略者对中国百姓的暴行，但是在山口与王恩浩的交往中，我们又能感受到中日两国人民对真善美的共同追求。

全知视角的“我”有时也会将叙述权交给其他人，此时的“我”不再是非聚焦视角的异叙述者，而是人物的第一人称的聚焦叙述。例如，通过军官羽田的叙述，我们了解到日本在中国东北的移民侵略行为。

历史上的移民政策是日本帝国主义大陆侵略政策的重要组成部分。1932年8月30日，日本第63届临时议会决定第一次满洲移民五百名，预算二十万七千元，称之为“满洲试验移民费”。紧接着，在日本陆军省和在乡军人会的参与下，从在乡军人中选拔移民。[①] 羽田口中的“移民开拓团”正是日本移民侵略队伍的其中一支，借助羽田的叙述，可以了解到作为“开拓团”成员的日本人民被迫离开自己的故土，并不了解移民政策的真正用意，而移民政策也使中国百姓流离失所。

日本军国主义的残酷暴行不仅让中日百姓受到了无辜伤害，也使部分日本军人产生了厌战情绪，小说中不止一次表达羽田的厌战情绪。通过羽田的内心独白，我们感受到了战争不仅给被侵略者带来了伤害，即使是实施侵略的一方，也受到了伤害。这种难以言说的痛，不仅是羽田个人的痛，更是中日两国人民乃至全人类的痛。

文中通过全知叙事视角侧面展现了迟子建的评论。当“读书会”的成员热烈地讨论国际形势，把全部希望寄托在李顿调查团时，迟子建指出了以胡教授为代表的知识分子的软弱性。文中也有以象征和对比为特征的隐性评论。平顶山惨案中，美莲被日本人无情地剖腹刺杀后，迟子建形容美莲死后肚腹流出的血水“就像艳极了的红牡丹的花瓣在临风舞动”[②]。牡丹花的娇艳与日军侵略者的残暴形成了对比，显示了战争的毫无人性与残暴。文中也以反讽的形式展现含混的评论。郑家晴以进步知识分子的身份出现，却在国难当头选择了逃避，始终以个人利益为先，最终在绝望中走向了堕落。反观有着良好家庭背景的李文，却逃离了舒适的家庭，选择在抗日联军中锻炼自己，在战友杨路牺牲后，前往苏联学习军事理论思想，在艰苦的战争环境中磨炼了意志。以李文在艰苦环境中逐渐成长对比郑家晴在纸醉金迷中迷失，讽刺了知识分子的软弱性。

凡此种种，可以发现，通过口述历史，小说中的人民在重新创造过去的过程中也经历了历史。《伪满洲国》使用口述历史的方式，结合历史文献和历史田野考察的形式再现了伪满洲国时期的“历史想象”，是用人民自己的语言把历史交还给了人民。逝去的历史不再是历史文献上冷冰冰的文字，而

① 姜念东. 伪满洲国史［M］. 大连：大连出版社，1991：339.
② 迟子建. 伪满洲国［M］. 北京：人民文学出版社，2004：39.

是成为可触摸的、鲜活的生活图景。伪满洲国时期的历史以民族志的书写形式成为关于“人”的历史，而不再是简单直接的“历史常识”想象。

（二）“过程-事件分析”策略的文本典范

迟子建在《伪满洲国》中构建城市图景的同时，也把笔触伸向了广袤的农村，她细致地刻画村民们的社会行动，特别是由他们的行动所形成的事件与过程，透过事件在过程中的发展，将一种难以言说的“微妙性”解释清楚，这种书写方法正是人类学家所提出的“过程-事件”分析策略。

《伪满洲国》将生活在伪满洲国时期的村民生活描述为故事文本，对其进行分析和解释。随着日本侵略中国的进程加剧，抗日武装力量的抵抗活动也日益加强，日本帝国主义逐渐认识到，不能单纯依靠武力征伐，必须辅之以反革命的政治工作，推行归屯并户就是其中一个举措。《伪满洲国》以村民狗耳朵一家在归屯并户的过程中所发生的故事，对日本帝国主义这种法西斯行为进行了分析和揭露。

迟子建对归屯并户的行为进行了“深描”。首先，归屯并户造成了村子的拥挤，使村民被迫离开了自己的家园，也带来了生活的不便；其次，归屯并户使得村民没有人身自由，受到监视和管制，毫无人权可言；第三，归屯并户的村民的生活得不到保障，生活凄惨。狗耳朵的体验和观察展示了日本帝国主义实行的归屯并户和集团部落计划对村民的残害，也侧面显示了抗日联军与日本侵略者作斗争的艰难过程。

实行保甲制度也是日军侵略者对抗抗日武装力量的举措之一。保甲制度负有组织自卫团的义务，年满十八岁到四十岁的男子，除公务员和残废者外，均负有充当团员的义务，受日伪统治当局的驱使。[①] 狗耳朵与其继子丁力都是自卫团的一员，“所谓自卫团，无非是站岗、放哨，有时还要被人驱赶着外出修路”[②]。可见，自卫团只是日伪当局利用村民为其无偿劳动想出的一个

① 姜念东. 伪满洲国史［M］. 大连：大连出版社，1991：206.
② 迟子建. 伪满洲国［M］. 北京：人民文学出版社，2004：224-225.

名目而已。丁力因偷吃了管理自卫团的甲长的一些黄豆，便被打成重伤，无法行走，在悲愤与绝望中，纵身跳入家中的酒缸自杀而死。丁力与甲长同为战争的受害者，但因为少年贪吃黄豆就对其施暴导致其自杀，体现了在广大群众中，有一些人存在利用狡猾手段欺骗人民的两面派行为。通过丁力的悲剧，我们看到了战争对青少年身心所带来的创伤，也展现了战争对人性的伤害与扭曲。

迟子建将“归屯并户”“保甲制度”放在狗耳朵的家庭情境中进行过程描述，使这一历史事件呈现其过程性，并通过丁力自杀的悲剧对这种侵略行为进行分析与反思，展现了迟子建运用“过程-事件”策略使其创作产生了一个新的突破。她将历史情境化与过程化，在真实的历史事件中，建构起小人物的生活世界，展现小人物在历史进程中的心灵史，使读者更能走进历史真相。这也意味着，迟子建运用民族志的书写方式，使自己的知识视野得到了无限延展。正如人类学家格尔茨所说的“人类学家不是研究村落，而只是在村落中进行研究”，那么，迟子建的《伪满洲国》则是“不是研究伪满洲国，而是在伪满洲国中进行研究”。

四、畸形历史时空观照下的“深描”

《伪满洲国》的民族志特性还在于对“深描”方法的运用。《伪满洲国》将 1932 年至 1945 年期间发生的历史事件与小说情节融合在一起，并以传统史书的编年体分章记事；同一年再依据小说人物的不同视角，凸显当下的时空背景。《伪满洲国》是通过深描的方法，展现小人物各自的生命际遇，拼凑出那个时代的历史样貌，透过 14 年连续漫长的时间，书写出一部厚重写实的特定阶段的东北文化史。

小说的深描方法的展现，首先从目录与各章节的扉页设计可以看出。小说的目录以西元纪年，方便读者指认具体时间。但是，在各章节里可以发现在西元纪年的下方，也标注着不同政治势力纪年的方式。例如，在 1932 年下方，注明当时是民国二十一年、昭和七年、大同元年。由此可知，以上分别是中华民国、日本以及伪满洲国纪年的用法。迟子建将当时各类政治势力的纪年加以罗列，是为了真实呈现伪满洲国时期在中国东北的各派势力。由于以上几种势力各自占据东北的部分地区，当他们需要指称年代时，自然会使用不同的纪年方法，读者也可以借此察觉不同年代间各派势力的权力消长与微妙变化。

以 1934 年为例，除了大同三年，亦有康德元年的记录。“大同”“康德”皆为伪满洲国的年号，读者从前后年号的转变，便能知晓这年必定有重大政治事件发生。溥仪在这年于新杏花村举行登基典礼，溥仪成为伪满洲国的“元首”，初期称号为“执政”，年号“康德”。迟子建在《伪满洲国》提及溥仪热爱举行登基典礼时所穿的龙袍，“喜欢它通身所绣的五彩云霞和金光灿灿的龙”①。借由溥仪私下定做各式龙袍与嫔妃旗袍之举，不仅彰显溥仪对龙袍的情有独钟，同时也呈现出溥仪对光复大清的殷切期盼与雄心壮志，他深信有朝一日能风风光光穿上龙袍，不再需要看日本的脸色。这段描述可以根据溥仪的自传《我的前半生》相互对照：

> 我在队列前走着，熙洽忽然指着一队夹在太阳旗之间的黄龙旗给我看，并且说：“这都是旗人，他们盼皇上盼了二十年。”听了这话，我不禁热泪盈眶，越发觉得我是大有希望的。②

从上述文字可知，迟子建在刻画小说中的文化背景时，除了把它当作小说情节推展的主要脉络，同时也会参考大量的文本材料，借此丰富小说的血肉与精神，这正与“深描”方法的特点相契合。这是迟子建民族志书写的一大特色，她擅长运用历史文献，以写实、冷静的笔调，还原当下的文化时空。以 1932 年于中国平顶山发生的日军屠杀东北百姓为例，迟子建不仅平铺直叙地描写现场情景，也以此延续大难不死的杨浩此后艰难沉重的人生。

呈现历史事实时，迟子建除了借由述说人物故事来营造当下的整体时空，

---

① 迟子建. 伪满洲国［M］. 北京：人民文学出版，2004：152.

② 爱新觉罗·溥仪. 我的前半生［M］. 北京：人民文学出版社，2019：36.

使读者眼前浮现生动的画面与情节，同时还将自身投射在过去的历史脉络中，以一个文化持有者的文化身份对这个惨案进行描述。迟子建对这段历史的描述是文学性的，她用诗性的方式在完成民族志中对一种侵略行为的深度诠释，展露出其对于人性观察与情感刻画的细腻。

由此可见，迟子建对于日军屠杀无辜百姓的暴行与学者的类似科学民族志的记录方式是不同的。迟子建在史料的佐证下，将历史事件化为小说的整体架构，以文化内部视域的视角建构平顶山事件的来龙去脉，更为真实地还原了日军屠杀无辜百姓的罪行，以及事后焚烧房屋与尸体、企图灭迹的行径。她多角度、多层次地去揭示日军的罪行以及帝国主义的殖民行径，从而让读者能更深刻地了解这段令人悲痛的历史，这本身就是一种"深度描写"。

总之，《伪满洲国》是在历史人类学的视野中对"伪满洲国"这一特殊历史时期各阶层人物的生存现状进行探讨，力图通过构建伪满洲国时期的生活图景更加接近历史真相，因而对历史的书写是立体的。它通过对历史的强调，阐释了在伪满这一特殊的历史境遇中，身在其中的民众是如何形成一种特殊的文化形态或者文化精神。它既有对主要人物的描写，同时也穿插多个人物群像，从而探究一个民族文化精神的深度。此外，《伪满洲国》大量描写民众的日常生活、民风民俗、宗教仪式、政治组织等文化特征和内在精神，承担了民族志中对所观察对象的历史文化记忆书写的功能。《伪满洲国》历史民族志书写的意义是不可忽视的。一方面，它以民族志的书写方式构建文学文本，其内容涉及多种学科知识的整合，对长篇小说而言，是一种文体的变革与实验，对中国当代文学尤其是长篇小说的文体变革有着重要的借鉴意义；另一方面，它把历史书写与民族志相结合，与新历史主义小说、"伪历史"小说相比，更具严肃性和知识性。它不仅发挥了人类学诗学的认知效应，对于如何使历史转换成文学文本，从而更接近历史真相，读者对于文本的接受及人文社会科学如何塑造社会公众意识，都有非常珍贵的价值。

第三节　《群山之巅》：边地小镇的地方民族志尝试

《群山之巅》以位于松山山脉龙山顶峰的龙盏镇为地理背景，铺陈当地居民的生活样貌及情感流动，迟子建以充满神话色彩的想象力、隽永洗练的语言，对龙盏镇人的生活进行民族志式的细节考古挖掘，并在文字间洋溢着一种人性悲悯的情怀，《群山之巅》堪称书写东北边地小镇的一次地方民族志尝试。它的出现，不仅是对近年来以阿来、莫言等作家为代表的"边地写作"精神的一种继承与延续，更是对21世纪以来，全球化与地方表述、传统与现代化、人与自然关系等重大主题的"文化人类学"式的思考。

21世纪以来，中国乡村社会经历了政治、经济、文化和生活方式的诸多变革，在城市文化经历着摧枯拉朽式的推进的时候，中国乡村依旧有着顽强的文化自生能力。即便城市已经完成了真正意义上的现代化，但这并不意味着传统乡土也随之消失不见。在现代化的背景下，如何关涉乡镇的风土民情及其人物关系，如何表述同一时空维度不同人物的生存状态，《群山之巅》为我们提供了一个成功的样本。

一、民间社会的文化裂痕与重塑

乡土中国的表述方式主要有两种：文学性的和民族志式的。文学表述和民族志表述的差异在于二者对于文化的投射是反向的，文学表述的文化投射具有弥散性，而民族志表述的文化投射具有聚合性。当我们把一部文学作品作为民族志参考文本，无论是将其看作阐释性的文本还是文化知识的表征，其文本内容的有效性和真实性都是值得考量的。小说是虚构的文本，小说中提到的地理环境、人物和情节，并不能在可表征的现实生活世界中一一找到确证，但我们依然认为，可以作为民族志文本的文学作品具备认识和理解乡土中国的对象物的特征，因为小说建构的乡土生活世界和民间文化世界具备表现生活和阐释时代的功能性因素，通过文学个体的讲述，乡土中国的文化内部景观得到了视觉化和人类学的呈现。

与同时期的当代文学作家一样，迟子建也在文学创作过程中构建起属于她的“北极村世界”。迟子建的“北极村世界”是以她的故乡北极村为起点，讲述了东北边地上的人情世故、民风民俗、宗教信仰等。迟子建的“北极村世界”既有对小镇生活的描述，也有对都市历史的探寻。长篇小说《群山之巅》正是以松山山脉龙山顶峰的龙盏镇为地理背景，铺陈当地居民的生活样貌及情感流动，讲述在面对外在环境及时代变迁的冲击下，小镇居民在保守封闭或改革开放的矛盾中游移不定的处境。

龙盏镇依松山山脉的龙山而建，在沿海和发达地区都以牺牲环境来发展经济的时代，龙盏镇却始终保持着青山绿水，小镇的大家长——镇长兼书记唐汉成不惜一切代价保护小镇的环境和资源，拒绝破坏环境和资源的产业入驻龙盏镇，因此，龙盏镇如同一扇门，一扇城乡之门、时代之门。在门的外面，是高楼大厦林立的现代化世界，而在门的里面，是一片与天地自然融为一体的和谐景象。但是“门”的作用不仅仅是阻挡内外两个世界，“门”同时也是沟通外界的纽带。龙盏镇自觉地与世隔绝、固守传统，但是来自外部世界的“敲门”声却未曾停断过。龙盏镇的传统性与乡土性，无疑是中国传统乡土社会的代表，站在以龙盏镇为代表的传统乡土生活的门外，敲门的是谁？敲门人会给龙盏镇带来什么样的改变？虽然镇长唐汉成用尽手段拒绝现代化对于龙盏镇的侵蚀，但是城市化的进程如汹涌洪流不可阻挡，以龙盏镇这扇时代之门为界限，一边是中国漫长的传统乡土历史，而另一边是现代化进程影响下的后人类社会乡村图景，传统与现代、历史与未来相互贴近、重叠，龙盏镇所构建的传统民间社会文化逐渐产生了裂痕，又在断裂与隔膜中得到了重塑。

《群山之巅》的民族志属性体现在通过对龙盏镇“整体的想象”，把民间社会的文化裂痕以及对裂痕的弥合都融入文本中，向读者展示东北边地小镇的民间社会图景。

《群山之巅》的文化裂痕是通过两代人的感知障碍体现的。以辛开溜、辛七杂为例，辛开溜在抗战时期参加了抗日联军，但在一次逃亡过程中与大部队走失而没有继续参战，从此辛开溜便被人误认为是逃兵。解放后，辛开溜在一次跑船的途中认识了日本开拓团的成员秋山爱子，彼时秋山爱子的丈夫作为战俘被送往苏联前线，生死未卜，秋山爱子带着儿子太一郎在中国流浪，辛开溜看中了秋山爱子的甜美与娴静，便将秋山爱子娶回了家，并生下了辛七杂。原本平静的日子因太一郎的意外离世被打破了，失去了孩子的秋山爱子褪去了以往的娴静，与辛开溜渐行渐远，最终秋山爱子寻夫心切，抛弃了辛开溜与辛七杂，逃往苏联寻找日本丈夫，直至死去都未曾回来过。父亲是“逃兵”，又娶了日本女人，长大后的辛七杂鄙视父亲的所作所为，不愿自己后代的血液里流着日本人的血，扬言只娶不能生育的女人，最终辛七杂娶了已经结扎的王秀满，并抱养了女知青的私生子辛欣来为养子。辛开溜与辛七杂是两代人，因为成长的处境不同，父子之间的沟通很少，辛七杂甚至拒绝与辛开溜沟通交流。迟子建运用人类学式的深描手法，反复刻画辛开溜与辛七杂之间的感知障碍，目的是以细微的心理波动来勾画时代的跌宕起伏，通过两代人的割裂反映民间社会的文化裂痕。

辛七杂与辛开溜产生裂痕的原因在于不同时代带给两代人不同的文化认知。文学和文化都是隐喻性的表达，通过文化认知，我们能够实现对世界和自身的理解。辛开溜与辛七杂不同的人生经历，注定了他们对于世界和自身的理解有所不同。辛开溜出生于浙江萧山的一个堕民之家，因为家境贫寒，七八岁便跟随母亲靠哭丧谋生。在一次哭丧中，因偷吃了葬礼上长明灯里的油，遭到了主人家的毒打和报复，母亲怕他因此失去性命，便在他十四岁时把他卖给了一个哈尔滨的茶商。哈尔滨的茶商将他作为礼物送给了鹤立镇开煤窑的罗掌柜，做他家的马童。在罗掌柜家，辛开溜不仅每日吃得饱穿得暖，而且还能看到壮美的景色。但是好景不长，九一八事变后，日军进驻东三省，成立了“伪满洲国”，将罗掌柜的煤矿占为己有。罗掌柜将手中的钱分给工人和老婆孩子后，便骑马绝尘而去，辛开溜也被日本人抓去做了劳工。因为修筑飞机场的需要，辛开溜从地下工作转为地上工作，在一次解手中遇到了牧羊人，他央求牧羊人为其剪开铁丝网，侥幸逃出。在逃跑的过程中与一支抗联小分队相遇，辛开溜与同伴没有犹豫便加入了抗联小分队，在其中做火头军，负责军队的伙食工作。因日军在东北实施“归屯并户”，切断了抗日联军与老百姓的联系，使得辛开溜所在的队伍缺少补给，不得已要把队伍中的马杀掉充饥。辛开溜不忍心看杀马的场景，便离开营地，为队伍寻找干蘑进行充饥，又看到了狍子，便想抓住狍子为战士们充饥，在追逐的过程中，辛开溜迷了路，与队伍走失了，成了“逃兵”。辛开溜顺着河流的方向走，走到了林岗，留在了林岗的当铺做伙计，因怕再次被抓去做劳工，他几乎不外出。抗战胜利后，辛开溜到依兰跑船，遇见了日本开拓团驻留中国的遗孀秋山爱子，辛开溜喜欢她乌黑的眼珠，便不顾他人的眼光，娶她为妻，成立了家庭。虽然秋山爱子最终还是离开了辛开溜，但是在动荡岁月中，辛开溜为拥有过一段温馨的家庭生活而感到欣慰，并时常怀念起秋山爱子的模样，甚至秋山爱子曾经画画的扇子都被辛开溜一直珍藏。对于经历过饥饿、战争、流离失所的辛开溜而言，能过上一段安逸的家庭生活是多么难得！

而辛七杂自幼生活在龙盏镇，从未经历过动荡岁月的他，只能通过别人的表述了解那段历史，因而也随着人们的是非观念去看待“英雄”与“逃兵”，他从未真正走进辛开溜的内心世界，父子的感知障碍因此形成。辛开溜父子的感知障碍是一种时代的感知障碍，不同的历史环境造就了不同的人生际遇，也造成了不同的文化认知，从而使民间社会产生了文化裂痕。这种裂痕不仅体现在辛开溜父子身上，也同样体现在单尔冬单夏父子、唐汉成唐眉父女等人身上。威廉·狄尔泰（Wilhelm Dilthey）强调，“现实仅仅存在于由内部经验所赋予我们的意识的事实之中”①，文化的解释最终要回到个人对于文化表征的学习和记忆，也就是回到个人经验的层次上，这构成了经验人类学的基础。而作为外在文化表达与内在文化理解之间可以沟通的桥梁就是

① 赵旭东. 表征与文化解释的观念［J］. 中国社会心理学评论，2010（1）：158-194.

表征本身。《群山之巅》通过探寻两代人之间感知障碍的缘由，深描个体行为背后的意义，将经验性的描述纳入理性思考的框架，强调的是对生活和时代的现实处境的关注以及思想的介入。

二、民间社会的文化黏性与惰性

百年来“乡土”这个概念一直与“民间社会”缠绕在一起。如何通过乡土民间社会的民族志描述来表述学者理解中的“中国社会”？这一问题向来吸引着海外人类学家。在国内，乡土民间社会研究则倾向于追问一个问题：现代社会如何可以在乡土社会中确立起来？由此可见，海外学者更多地带着现代性话语中的社会一体观来考察中国的乡土社会，而国内的学者则更多地将中国的乡土社会看成现代性的“异己”来研究。

中国的乡土民间社会的内部构成具有复杂性，因为构成其组织的类型多种多样，既有单独的个体，也有以家族为单位的群体，更有以小商品经济为代表的小型经济组织，类型的多样性也造成了这些组织成员的思想观念的分歧，这也是现代社会发展的必然趋势。不同的群体组织呈现出一种多元的依存关系，传统的乡土民间社会呈现出一种文化的离散趋势，这种离散趋势随着现代化进程的加快而加快，并在文化离散中对传统乡土民间社会的非理性沉渣进行过滤，但是现代社会的理性秩序并未完全取代乡土民间社会的传统秩序，乡土民间社会文化的黏性依然存在，乡土民间权力在这种过渡阶段显现出一种扭曲性。

龙盏镇的实际掌权人，即镇长兼书记唐汉成。唐汉成的父亲本是伐木工人，在他出生以后不久就去世，母亲含辛茹苦将其养大。因长相出色被陈美珍及其哥嫂算计，被迫与陈美珍结婚，婚后育有一儿一女。唐汉成热爱他所成长的龙盏镇，为了留在龙盏镇拒绝提升职位。唐汉成喜欢龙盏镇的原生态与传统性，对于其他地方为了发展现代化不惜牺牲环境的行为予以否定，因此他也拒绝污染环境的产业到龙盏镇落脚。唐汉成并没有依靠现代社会的法治观念对龙盏镇进行治理，而是依托民间习俗使龙盏镇的百姓安居乐业。在龙盏镇人的眼里，习俗更像是一种黏合剂，对小镇的公共事务起着杠杆作用，如安雪儿。在安雪儿被辛欣来强奸之前，龙盏镇居民视安雪儿为神灵，安雪儿的只言片语便能影响人们的行为。因此，当安雪儿被辛欣来强奸后，唐汉成想方设法隐瞒事实，甚至想让女儿唐眉在安雪儿的医学鉴定报告上作假、试图贿赂单四嫂子掩盖她目睹辛欣来强奸安雪儿的事实。唐汉成作为镇长却有如此看似失去理智、扭曲的行为，究其原因便是习俗对于他而言，是治理龙盏镇的天然法条。因此，迟子建这样描述唐汉成得知安雪儿遭到强奸的内心独白："在镇长唐汉成心目中，辛欣来强奸安雪儿，比他杀掉养母更加十恶不赦！安雪儿是龙盏镇的一块招牌，或者说是一盏灯。"①

《群山之巅》描述人物的方式，可以从各章节的标题看出。小说共分成十七节，几乎每一章节都以特定人物作为主要视角与故事主线，全书从整体上而言更像是不同的人物主角在讲述各自的故事，各说各话，如"制碑人"这一节，就讲述了龙盏镇的神仙安雪儿的故事。安雪儿的父亲安平是基层法警，母亲在得知父亲的真实身份后，生下安雪儿便与安平离婚了。安雪儿便被安平送到了龙盏镇的父母家。安雪儿身高与常人不同，长到 92 厘米便停止了生长，是一个侏儒，但是智力超群，本身有望上大学的安雪儿读到高中就回到了龙盏镇，以刻碑为生。与此同时，安雪儿也拥有预测他人死期的能力，因此龙盏镇的人称她为"安小仙"。她独自住在格罗江边，与日月星辰为伴，是属于龙盏镇的神话。而"白马月光"一节，则讲述了鄂伦春女人绣娘与英雄安玉顺的故事。绣娘原名孟青枝，因喜欢缝制婚服得名绣娘。绣娘在文工团认识了英雄安玉顺，并嫁给他。安玉顺为了绣娘与其定居在龙盏镇。绣娘是个热情奔放的鄂伦春姑娘，喜欢骑马、打猎、打鱼、喝酒，但随着自然环境的恶化，渔猎工具不知不觉间成了摆设，因为自己民族的很多人因为酗酒过早地失去了生命，绣娘选择戒酒。

《群山之巅》的每一章节都在讲述不同人物的故事，这些人物有屠夫、

---

① 迟子建．群山之巅［M］．北京：人民文学出版社，2015：32.

绣娘、制碑人，也有大学生、小商贩，小说讲述这些人物的生命历程，实际上是对当下乡土民间社会的文学想象。在现代化进程中，传统的乡土社会的内部伦理义务在逐渐瓦解，而文化惰性却依旧左右着乡土民间社会的未来。中国当代文学作家对于乡土民间的表述多突出历史感，但是《群山之巅》却强调现场感、在场感和当下的现实感，一个边地小镇的百年兴衰、面对现代化进程中是否改革的矛盾处境、个体在时代洪流中的命运与无奈等等，这一切都可以作为考察乡土民间社会的线索。迟子建试图还原真实可见的乡土社会现实，同时也捕捉当下现实中不同人物的心理现实。

学界对乡土民间文化持不同的观点，认为人们创造各种文化符号来表征社会关系，这些文化符号可能包含乡土民间社会的文化习俗、传统思想、现代新思想等或者是这些元素的综合。《群山之巅》中的镇长唐汉成就是这样一个具有复杂意义的文化符号。

成年后的唐汉成长相出色，是当地有名的美男子，很多姑娘都来他家提婚，但是他却娶了大他四岁、丑得出名的陈美珍。因陈美珍哥哥仕途顺利，唐汉成也从一名伐木工人被提拔为龙盏镇的镇长兼党委书记，成为龙盏镇的实际掌权人。作为地方政治模式的实践者，也是这种模式建构的参与者，唐汉成能熟练地处理好乡土民间社会的各种事务，他关爱龙盏镇居民的生活，为困难家庭提供工作岗位，为了保护龙盏镇天然的自然环境，他拒绝污染环境的产业到龙盏镇落脚，他不遗余力地为龙盏镇的居民谋取福利，在镇上有着举足轻重的地位。

但是，他也不会拒绝权力为他带来的福利和好处。得知女儿唐眉要住在镇上人烟稀少的西坡上，为了唐眉的安全，唐汉成以震慑犯罪分子为理由，利用特权，在唐眉的木屋旁，盖起了一栋二层小楼，将派出所搬迁进来，等于是给唐眉安排了全天候的卫兵。为了让唐眉放弃镇上卫生院的工作，唐汉成故意不改造基础设施落后的卫生院，希望破落的工作环境能让唐眉心灰意冷。安雪儿是龙盏镇的“安小仙”，在唐汉成眼里，安雪儿是一株仙草，一年四季释放香气，安雪儿的神秘性也潜在地帮他治理了龙盏镇，当得知安雪儿被强奸后，为了继续利用安雪儿的能量治理龙盏镇，唐汉成便利用特权，想让唐眉和单四嫂子做假证掩盖事实，虽然后来均被拒绝，但可以见得唐汉成并不拒绝权力给他带来的各种便利和好处。

这个龙盏镇的掌门人所信奉的人生哲学，正是乡土民间文化的创造性和惰性的结合体。而唐汉成的女儿唐眉同样具有象征意义。唐汉成虽然坚守在龙盏镇，却想女儿能有更好的发展，但是女儿毅然回到龙盏镇，还住在了格罗江边上，并带着智力有障碍的大学同学陈媛一起生活，这成为唐汉成夫妇永久的烦恼。唐眉的纯粹与善良和唐汉成夫妇的处心积虑形成了鲜明的对比，在对比的书写中，迟子建表达了对纯真人性的深切呼唤。

《群山之巅》中还以亲情乡情关系的改变来展现乡土民间文化的逐渐解体。这种关系的改变冲破了传统乡土民间文化内在的冲突性和稳定性，取而代之的是因现代化发展而带来的经济关系。迟子建通过讲述年轻军人安大营的人生悲剧，表现了这种经济关系对于年轻一代爱情观、人生观的腐蚀。

安大营是安玉顺的孙子，为了完成祖父的遗愿，他放弃了读民族大学的机会，应征入伍，在龙盏镇附近的野狐团驻扎。安大营有军人的刚正不阿，拥有一颗纯洁的内心，但是近几年部队的腐败，让年轻军人的信仰发生了动摇。安大营最喜欢的团长郭晋侠骨柔情，与士兵同吃同住同训练，与士兵结下了深厚的友谊。但是郭晋调任松山地区军区却只去了一个不起眼的后勤部门，而后来的团长李奇贪财、好吃、喜欢打猎、迷信风水，在部队里大搞特权主义。两年后，李团长直接提拔到林市军分区，而郭晋却只是平调。接着调任的汪团长喜欢附庸风雅，虽有家室却贪恋风月，与龙盏镇的唐眉是公开的情人关系。

唐眉与林大花都是安大营中意的人，自唐眉做了汪团长的情人后，安大营心中就只有林大花。但是林市军分区于师长一行来野狐团视察工作，不仅带走了林大花，也带走了安大营年轻的生命。于师长视察完工作后，汪团长不仅为其准备丰厚的特产，还要林大花以为于师长拔火罐的名义陪睡。接送林大花的任务都交给了安大营，安大营亲自把林大花接到野狐团，看到林大花在小白楼与于师长共度一夜，内心充满了愤恨与绝望。在送林大花回龙盏镇的过程中，安大营因不想走于师长和汪团长走过的路，特意转到格罗江边的小路。路上安大营与林大花发生了争执，得知林大花为了八万块钱出卖了自己的初夜，并被林大花嘲笑自己与汪团长等人是一路人时，愤怒的安大营在草丛中脱光了自己的衣服，向林大花展示自己的清白。而林大花也哭诉自己的无奈选择，她没有显赫的家世也没有光鲜的学历，为了生存，她选择了出卖自己的初夜这种捷径换得八万块钱，可以在龙盏镇租个门面过完自己的下半生。绝望中安大营加速开车，途中因撞到路面上的大石头翻车掉进格罗江，周边百姓盖房子在格罗江上不停地挖沙，因此出现了巨大的凹陷，安大营的车掉进了江内的漩涡中，在生命的最后一刻，安大营奋力救出了林大花，而林大花却先将装着八万块钱的桦树皮盒子丢上岸才去救安大营，此时安大营早已被汹涌的格罗江水卷走，化为格罗江深渊的一条鱼。一个月后，安大营成为英雄，与他的祖父为伴。

安大营的悲剧向我们展示了乡土民间亲情爱情关系的改变，一切都以经济关系为主，这种改变使不同文化背景下的人们很难达到共鸣与理解，这是产生悲剧的根源。在文化人类学理论中，文化、社会结构、人格体系是展开民族志研究的核心三要素，而这三要素是通过民间文化景观来展现的。《群山之巅》通过展现龙盏镇的乡土民间文化、社会结构、人格体系，把存在于物化象征意义之上的意义转换为人的行为，从而构成可理解的文化表征，这种文化表征的构建可以消解线性历史的宏大野心，也有利于建立一个属于东北边地小镇的诗学化时空。

三、民间信仰的存续与拆解

在现代化进程中，如何看待民间信仰在时代的浪潮中的存续与拆解，也是民族志书写的一个有效视角。信仰是民众依托心灵感悟而产生的一种非理性的文化形态，民间信仰是民众在民间自发形成的一种集体性行为，这种信仰往往与怪、力、乱、神交织在一起，具有地域性、原生性、自发性以及内在的闭合性。一般而言，民间信仰产生的“神”往往体现了当地民众的现实诉求。随着现代化进程的加快，作为乡土民间文化的民间信仰也一样发生了变化，年轻一代对于过去人们所遵循的“诸恶莫作，敬畏神灵”的原则并不在意，他们不仅不敬畏神灵，甚至亵渎神灵，尽情释放压抑已久的情欲和物欲，民间信仰在时代的潮流中也遭受了外部的质疑和拆解。

在《群山之巅》中，龙盏镇各色人物命运的走向是与民间信仰的拆解紧密相关的。在龙盏镇，民间信仰的核心便是安小仙，安小仙经历了人生的变故，从一个人们敬奉的“神仙”逐步跌入民间，龙盏镇的民间信仰也逐渐被拆解。因为有安小仙的存在，龙盏镇的居民始终遵循着“诸恶莫作，敬畏神灵”的生活准则，每到除夕祭拜祖宗时，人们还不忘到安小仙的石碑坊讨寿，给她送上年礼。可以说，安小仙是龙盏镇活着的神仙。也是龙盏镇的神话，然而，龙盏镇的神话被杀人犯辛欣来打破了。

辛欣来是辛七杂与王秀满的养子，他不喜读书，性格暴戾，曾因偷种罂粟、吸烟不慎引起森林火灾两次被捕入狱。出狱后的辛欣来向往大城市的繁华，却又因为没有能够赖以生存的技术，在龙盏镇百无聊赖地虚度时光，在准备前往上海寻找其亲生父母的前夕，因养母王秀满的话语刺激，便用养父的斩马刀杀死了养母，并强奸了龙盏镇的神话安小仙后逃逸。安小仙被强奸引起了全镇人们的恐慌，人们认为她已经堕入凡尘，不再具备神性。而安小仙在经历了这次变故后，也发生了变化，只有 92 厘米身高的她，突然发现自己开始长高了，在夜深人静的时候，她能听见身体生长的声音，而她曾经望着天空预测死亡的能力也随着这次变故逐渐丧失了。

安小仙神性的消失意味着在乡土民间社会，民间信仰的拆解不仅仅来自外部现代世界的影响，主要根源还在于内部。辛欣来是龙盏镇的年轻一代，与年龄相仿的安小仙的家庭不同，辛欣来的祖父是一个不被认可的抗日老兵，而安小仙的祖父则是被世人认可的抗日英雄，占尽了龙盏镇的风光。人们对安小仙的敬畏一方面来自她奇特的预测死亡的能力，另一方面则来自安小仙有一个英雄祖父，人们把对神灵的敬畏与对英雄的崇拜之情合二为一，视安小仙为神灵与英雄的化身，把个人的生死时刻与安小仙联系在一起。而辛欣来虽然与安小仙年龄相仿，却已经有过两次牢狱经历，第一次出狱后，他本想改过自新，重新生活，却在一次森林火灾事故的追查过程中，被警察屈打成招，蒙冤入狱。迟子建以对比的方式展示同样为抗日老兵后代的不同命运，引起人们对于乡土民间社会的思考。乡土民间文化原本是一种传统的自足体，但是在时代的洪流中，它逐渐发生了改变，面临来自过去和未来的双重质疑。

《群山之巅》的民族志属性是建立在对乡土民间生活景观、文化景观、信仰景观的微距观察之上的，以民族志的视角探讨乡土民间社会的文化意义一直被文化人类学家们所践行。人类学家詹姆斯·克利福德（James Clifford）就认为："民族志的传统是希罗多德的史学和孟德斯鸠的《波斯人信札》的传统。它偏过一个角度去看远近的所有集体性安排。它使熟悉的变得陌生，奇异的变得平常。"[①]《群山之巅》正是以龙盏镇为乡土民间社会的表征，讲述乡土民间社会在现代化的进程中所遇到的文明、文化、阶级、种族和性别等边界问题。文本所具有的乡土民间文化景观、信仰景观、知识性、地域性都是对于东北边地历史和多民族群像的深刻阐释，具有地方民族志的属性，是一次关于东北边地小镇的地方民族志的尝试，《群山之巅》在一定程度上达到了民族志书写的价值维度。

---

① CLIFFORD J, MARCUS G E (Eds.). Writing culture: the poetics and politics of ethnography [M]. Berkeley: University of California Press, 1986: 31-35.

第四章

迟子建小说的民族志书写的文化人类学特征

民族志与文学结合以后，文学作品也呈现出独特的景致，迟子建小说的民族志特征就非常明显。首先，迟子建的小说中充满了丰富的东北民间文化资源。在迟子建的笔下，对东北边地的自然风光、神话传说、风俗节庆及人们的生活现状都有非常细致而深刻的描述；同时，在对这种独具特色的民间生活的描写之上，蕴含着丰富的人类普适性的思考。其次，迟子建的小说中充满了丰富的东北少数民族文化，如对鄂温克族、鄂伦春族、赫哲族的生活形态、民族信仰、渔猎文化的描述。最后，迟子建还通过描写他国在中国东北的发展与活动，呈现两国的交流、互动情况。

迟子建的作品是全方位对东北文化的描述，也是传统民族志文本不可替代的样式。文化人类学家一般认为，人类学家的工作就是选择一项引起他注意的文化事象，然后对它进行详尽的描述，并阐释这种文化的意义。如果用人类学家的要求去对照迟子建的文学创作的话，可以发现迟子建的文学创作契合了人类学家民族志写作的根本目标，具有鲜明的文化人类学特征。

第一节　鲜活的东北民间文化

迟子建的文化理解、文化阐释的目的是抒发对故乡风土人情的怀念。因此，她创作的作品中出现的是与都市文化不同的北极村形象，再现了异于现代文明的东北原初的生活形态。她在创作中，展示了东北鲜活的民间文化，对东北地区的地方性生产活动、民间信仰与仪式、民间风俗节庆等，作了展示性的描述与介绍。迟子建对这些和中原文化完全不一样的文化样式的描述，是文学题材上的陌生化技巧的自觉运用，给读者吹来了东北大地一股神秘的风，展示了东北地域异样的文化、人生、生存方式，这构成了迟子建文学表达的主要内容。

一、民间生活的自然展现

迟子建在其文学作品中，对东北地域文化的各种样式进行了介绍，其中有生产活动、生产工具、民间艺术等等，这些都是迥异于都市的文化样式。对于迟子建而言，这些文化事象的选择，都是她民族志书写策略的选择。

在迟子建的笔下，农耕不仅仅是一种物质生活形式。在农耕生活中，我们能看到善良本分的农人、应时守则的农事、丰富多彩的农俗等等，这一切都充满着旺盛、强大的生命力量。

在迟子建看来，农耕生活最根本的便是遵守农时。事实上，古人很早就告诉我们农时的重要性，天、地、人三才中，天（农时）居首位：“凡耕之道，在于趋时和土、务粪泽。”（《氾胜之书》）《孟子》也提出农时是农业的根本：“不违农时，谷不可胜食也。”（《孟子·梁惠王上》）《吕氏春秋》更是专辟《审时》篇，强调农时的重要性。另有农谚“季节一把火，时间不让人”“打铁看火候，庄稼看时候”等等。迟子建笔下的农人也遵守着传统农业顺应天时的原则，如《采浆果的人》里的大鲁二鲁随着季节不同开展不同的农事。

然而，随着现代市场经济的发展，人们不再像以前那样遵守农时，而是以经济利益为首要。在金井山庄的秋收刚要开始的时候，一辆蓝色的卡车打破了山庄世代遵守的农时规律。卡车的车主是来金井收购山上的浆果的，因为给的报酬丰厚，原本要去秋收的村民们纷纷放下了农具，进入山林采摘浆果。就在村民都忙于进山林采浆果的时候，大鲁二鲁两个智力有缺陷的兄妹，却依旧按照农时进行秋收，“大鲁二鲁刨完了土豆，又砍了白菜和大头菜，把它们运回来，腌了两缸酸菜和一缸咸菜，然后把余下的菜下到窖里”①。在同村人还沉浸在采浆果换得金钱带来的快乐时，一场突如其来的大雪打破了村民的发财梦，金井人一年的收获，全部掩埋在大雪之下，大地彻底封冻，而大鲁二鲁成了村里唯一收获了庄稼的人。

违背农时规律放弃秋收，进山采浆果换得金钱，改善了金井山庄村民的生活水平，这理所当然地受到村民的欢迎，但是这种违背自然规律的行为必然要付出惨痛的代价。对于靠土地为生的农人而言，最惨痛的莫过于没有食物储备过冬，然而这种代价是不可逆转的，人们也只能望着远去的卡车暗自后悔。在现代市场经济的冲击下，迟子建以大鲁二鲁和其他村民面对经济诱惑的截然相反的对比，认为无论市场经济发展到何种境地，农耕文化依然严格受制于农时。因此，如果想要真正改善人们的生活水平，必须严格遵守农时。

在大兴安岭，渔猎也是东北农村人日常生活样式的一部分。在作品《鱼骨》中，迟子建就展示了漠那小镇人民的渔猎生活。

漠那小镇是典型的东北原始村落，人们世世代代都以渔猎为生。因为小镇突然出现的鱼骨，燃起了人们渔猎的热情，于是一场等待鱼汛的渔猎活动开始了。迟子建是这样描述漠那小镇的渔猎活动的：“这一宿我们都要守在江面上。一般的鱼汛期，要接连几天不合眼。每隔半小时就要起一次网，那

① 迟子建．一坛猪油［M］．北京：人民文学出版社，2012：38.

种紧张感和幸福感，就像打了一场漂亮的伏击战。”① 渔猎并不是一时的行为，而是整夜都要守在江边。“后半夜是最难挨的时光，寒冷、饥饿、疲乏同时袭来。”而就在这个时候，同样守护在这里的老人开花袄喝了一瓶白酒，坐在江上对着火盆唱起沙哑的歌子，与此同时，旗旗大婶也深情地唱起一支歌来：“在冰封河流上，跑着我心爱的雪橇。雪橇上有我的粮食和取暖的干草，还有一个美丽的姑娘，夕阳下抱着我的小娃娃。”②

事实上，东北各族人民不但是渔业生产的能手，而且也在长期的渔业生产中创作了很多优秀的渔歌。渔歌在他们的文化生活中，占有很大的比重，甚至是文化生活中不可缺少的精神食粮。迟子建在记述着渔猎这种生产样式的同时，也展现了渔猎的人们在守候鱼汛过程中的情状。旗旗大婶带着她的养女旗旗前往江边捕鱼，在捕鱼的过程中，人们能感受到旗旗大婶那种乐观、积极的生活态度与爽朗的性格，丈夫的离开，一个人抚养养女长大的艰辛被她一笑带过。还有被人们戏称喜欢睡女人的老爷爷开花袄，年轻时曾是一个优秀的捕鱼高手，虽然这次没有捕到鱼，但还是在江边守到了天亮。开花袄有一种侠客精神，为七个无儿无女的老太婆送终，这是东北底层老百姓的真实写照。文中多处描写到东北原始村落的景象，而现实的残酷却又告诉人们，鱼汛再也不会来了，是镇长把鱼骨放在村里，试探大家是否还保留着那股原始的蛮劲。鱼汛的消失代表了传统的渐行渐远，但是镇长召集大家去猎熊，代表着人类的原始力一直在体内蕴藏不曾丢失。年长的开花袄、旗旗大婶的不甘落后，少女旗旗的兴高采烈，都证明漠那小镇是一个有生命力的地方，也证明了生命不止，生生不息的原生力量不曾离开。

采摘也是迟子建文化书写的重要对象，构成了其作品中一个重要的呈现东北农村日常生活世界的审美意象。

在作品《在低洼处》中，迟子建描述了妇女柳子进山采摘蘑菇这种生产

---

① 迟子建. 北国一片苍茫［M］. 北京：人民文学出版社，2012：97.

② 迟子建. 北国一片苍茫［M］. 北京：人民文学出版社，2012：100-101.

活动，“秋季采蘑菇，是山里人的习惯。每逢这时，沉寂的大山就涌进了人，来来去去的不断溜。背筐的，提篓的，挎桶的，挽包袱的，应有尽有”①。蘑菇需要在低洼地寻找，迟子建在作品中绘声绘色地描述了柳子在洼地里找到大片蘑菇的经历。柳子在采集的过程中心情大好，竟然唱起了家乡的民歌，这民歌也是东北劳动妇女在采摘劳动的过程中产生的，柳子的采摘民歌唱的是从正月到八月每个月份所开的花的品种，如“三月里桃花红呦四海，四月间葡萄架呦上开，五月里石榴尖呦对尖，六月间芍药赛呦牡丹”等等。采摘民歌反映了东北劳动妇女在采集过程中的生活情景，也是她们对于自然规律的掌握，通过民歌的形式抒发了她们的辛苦和欢乐。迟子建生动地描述了这种采摘蘑菇给人带来的喜悦、惊喜之情，让人身临其境。这就是迟子建对东北生活样式的诗性描写。

人类为了生存繁衍，需要有一个能遮风挡雨，能避酷暑严寒，能防御野兽毒虫侵袭的休憩居住的场所。不同族群、不同地域形成了不同的居住习俗，东北因其独特的气候环境，形成了独具特色的建筑风格。

迟子建在小说《关于家园发展历史的一次浪漫追踪》中，详细地描述了东北农村盖房子的过程及民俗。

建房子伊始要选一块地皮作为房点，接着就是采购建筑房屋所需要的各种材料，材料准备齐全后就是打地基了。地基打好之后需要砌墙，同时筹划内部的格局，“咪咪的主人正在筹划房屋内部的格局，朵落提醒他们要盘一铺大炕和至少两面火墙，那是这里过冬的必须措施。此外朵落还建议在厨房里挖一个地窖以备储存冬菜”，房屋四壁的墙砌好了以后，就要上顶了，上顶后一座房屋就诞生了。在东北，房屋建成了，还需要一个院落，“有了房屋，如果没有院落，那么就没有家园的气象。院落是房屋的围墙，它是防范的象征。我向来觉得一个没有院落的房屋就无法安顿一个真正的家庭”。就这样，一个极具东北农村特色的房屋与院落建起来了。迟子建对于建造房子

① 迟子建. 北极村童话［M］. 北京：作家出版社，1989：265.

过程的描述，虽然用的是文学的手段，但是这种文学描述为我们展示了东北农村建筑房屋的基本过程。这种艺术描述的方式，具有立体感，颇具浓郁的地域色彩，具有很鲜明的人类学特征。

迟子建在作品中写到过两种房子，一种是生者住的房子，另一种则是死者住的房子，因而她感慨房子对于人类的重要性。现在的东北农村，生产力得到极大的提高，这些传统的生活方式，有些已经慢慢淡出我们的生活，迟子建的这些文化描述，保留了一份文化记忆，这份记忆，既具有文学的审美性，也具有民族志书写的立体性。

二、民间信仰与仪式的有机穿插

在迟子建对东北文化样式的展示中，民俗信仰也是非常重要的内容。在她的作品中，常常提供关于民俗信仰的有趣资料，如东北民间占卜。

占卜是东北民间的一种巫术活动，被用来判断吉凶、辨别是非。在《沉睡的大固其固》里，媪高娘一直惦记着魏疯子的异常行为，经常通过占卜来预测吉凶，如相面人来到了小镇上，媪高娘很想通过相面人来解决心头的这个问题，便出现了文章开头的占卜场景："媪高娘坐在炕沿上，一遍一遍地摆着扑克，她的孙女楠楠已经等得不耐烦了。'奶奶，饿死了，我先吃了。''嗯，吃吧，去吃吧。'她仍旧在倒扑克、抽对儿。一绺白发飘到满是皱纹的额头上。'对圈，嗯，好，有贵人。再抽一张看看。'她自言自语着，嘴角挂着掩饰不住的笑意，又抽出一张。'红桃尖，好，好！圈配尖，贵人指路，又是红的，能走通！楠楠，给奶奶端碗饭来！'"① 媪高娘在自家的炕头上用扑克牌都能随手占卜，可见在东北地区，占卜具有广泛性。事实上，人类学家曾在东北地区展开调查，占卜不仅在汉族范围内广泛流行，甚至在包括满族在内的北方诸民族，不论任何地方、任何人都能讲出、掌握一两种占卜方法。②

① 迟子建. 北国一片苍茫［M］. 北京：人民文学出版社，2012：2-3.

② 富育光. 萨满教与神话［M］. 沈阳：辽宁大学出版社，1990：181.

东北民间乐于使用占卜，究其原因，除受萨满教灵魂观念等影响外，人本身便有一种好奇、求真、向往美好的心理意识。人的意识时常在活动着，根据每个人的生活素质、经历、爱好、愿望以及喜、怒、哀、乐、忧、恐、惊等情感，思维在运动着，在思想着，在不停地产生对客观世界千奇百怪现象的心理反映。一旦遇到疑难事务，就期盼去解释它、解决它。媪高娘担心魏疯子的精神状况，也担心魏疯子会给小镇人民带来危害，所以不停地在家进行占卜，以求得内心的安慰。这正是对魏疯子行为异常的心理求知反应。

东北的民间信仰，还体现在一种叫作“招魂”的巫术活动中。小儿惊吓，大人招魂，或给死者招魂，过去在东北民间是普遍存在的。由于先民缺乏科学知识，认为人死后灵魂不死，可以离开肉体独立存在，因而又有生魂与死魂、鬼魂之别。他们还认为人的灵魂分为三种，有生魂即命魂，还有梦魂或游魂，再有一种是意念魂即智魂。在《伪满洲国》中，少年杨浩在平顶山惨案中侥幸逃脱，并被杨老汉收养，但是平顶山惨案的惨绝人寰一直刺激着杨浩，造成他丢魂失魄。

杨老汉为杨浩招魂的描述表现了迟子建对东北民俗信仰的细致观察。首先，在20世纪90年代初的东北农村，由于战乱纷争导致医疗条件匮乏，现实的困顿使得人们掌握了一些民间巫术；其次，民俗信仰在百姓心里是有一定的位置的，杨老汉是一个普通的农人，但是看到杨浩在梦中呓语，并有丢魂的迹象，便立刻用啐痰的形式为杨浩招魂。虽然迟子建并未说出招魂的内在原理，但是她肯定了丢魂、占卜一类的民俗信仰在东北具有广泛性和日常性。

迟子建在多本小说中，还提到“算命”这一民间信仰样式。所谓的算命，“看相者妄称根据人的面相、五官、气色、体态、骨骼、手纹等等，能推算、预测人的吉凶祸福、贵贱贫富、婚姻寿夭及气数、命运等”①。迟子建

① 宋德胤. 黑龙江民俗［M］. 兰州：甘肃人民出版社，2004：283.

则将算命归纳为以下两个重点：首先，算命是与生俱来、与天交相感应的才能，无法经由后天学习而来，如在《伪满洲国》中，吉来虽然是丰源当铺未来唯一的继承人，但他对当铺管理以及父亲信奉的经世济民之学毫无兴趣，而是一心只想向神机妙算的吴瞎子学习算命，但吉来并不具备吴瞎子所要求的与天交相感应的能力，因此即使吉来想学，也无法如愿；其次，算命料事如神，一旦违背算命的结果而反向行事，十有八九会有祸事发生。《伪满洲国》里土匪朱云山每次去砸窑（土匪下山进行抢劫）之前都要邀请搬舵的（相当于军师）掐算良辰吉日。朱运山最后一次砸窑之前让搬舵的进行卜卦，搬舵的占到“履”卦，意为踩到老虎的尾巴上，是不祥之兆，但是搬舵的却对朱运山撒了谎，最终也成为朱运山等土匪砸窑失败的原因之一。

此外，迟子建还通过信仰仪式彰显人有前世来生的民间观念。因此，当有人出生、去世时，便有一系列的具有仪式感的行为。

在作品《树下》中，迟子建对婴儿出生的“踩生”仪式进行了介绍。七斗的姨妈被算命仙指出，若不为一对双胞胎踩生，将会遭遇杀身之祸。“踩生”仪式可以决定婴儿未来的命运，因而很被人看重。由于相信算命先生的说辞，七斗姨妈便想方设法成为踩生人，期望能借此消除灾祸。迟子建在此处结合了民间信仰和仪式，一是承认算命这种民间信仰的存在，二是将踩生视为日常的民间仪式。

根据《树下》后面的情节发展得知，姨妈其实根本不是婴儿的踩生人，这不过是产妇为了让姨妈开心而编造的善意谎言。因此，姨妈自然也未能躲过这场灾难。关于姨妈争当踩生人的情节设计，也凸显出迟子建刻画人性的功底。人一旦面对生死攸关的困境时，想到的只有自己，一向善妒、自私自利的姨妈突然很热情地带着鸡蛋和红枣去产妇家踩生，她想到的只是通过这种仪式让自己免于灾祸而已，姨妈并不在乎产妇是否希望她成为婴儿的踩生人，也不在乎婴儿未来的命运。从姨妈兴冲冲跨进产妇家争当踩生人的举动来看，便可知在大难临头之际，人性具有复杂和自私的一面。

在作品《支客》中，迟子建以诗意的手法描写了民间的丧葬仪式，她对于唱丧歌和丧葬仪式进行了深描，相当于一篇地方文化民族志。关于丧葬仪式，《中国民俗通志：信仰志》就曾指出，除了凡间的亲戚朋友有一整套纪念死者的民俗活动外，还要向阴间的鬼吏通报以及办理有关“手续”，以便让死去的亲人的亡魂顺利到达阴间，投胎转生。①

在《支客》中，迟子建用文学的方式，讲述了丧葬主持人支客主持的丧葬仪式：“支客磕巴，平常说话七折八扭的，断断续续的像打点滴。奇怪的是一旦死尸入殓，他手持一碗清水，用大拇指和二拇指捻着水珠，往棺材里的每一处洒着，唱着葬歌的时候，他的情绪就火苗子浇了油一般地蹿上来，干哑的嗓子变得浑厚而清晰，嘴也不再磕巴，而是激情满怀地流利地唱：‘开眼光哪，看八方；开嘴光哪，吃四方；开耳光哪，听八方；……’就这样一直唱下去，直至到‘开脚光，走四方’为止。唱毕，他碗里的水几欲洒尽，而他眼里的泪也充溢不止了。”②

迟子建对东北民间丧葬仪式的展现，深刻地反映了东北民间存在的灵魂不死的观念。在支客的村里，除了支客，没有人再能唱葬歌、主持葬礼了，这无形中又透露出作者对于传统丧葬仪式的重视。事实上，东北民间传统的丧葬仪式充分显示了以血缘纽带联系起来的集体的强大，并且在不断加固着这种强大。

迟子建对于东北民间丧葬仪式的描述，从浅层意义上说是呈现出一种民间文化样式，从深处想，也是在解释东北民间传统仪式的逐渐消失。支客作为村子里最后一个会唱葬歌的人，没有孩子也没有徒弟，村里的其他人知道他前往蛇山后，都认为其无生还希望，在村里大摆丧仪，但是在周围找不到一个会唱葬歌的人。传统在消逝，迟子建隐含失落，但牧童的出现又隐藏着迟子建的期待，希望新生力量能够让这古老的传统世代流传下去，永不消逝。

---

① 郑士有．中国民俗通志：信仰志［M］．济南：山东教育出版社，2005：381.

② 迟子建．北国一片苍茫［M］．北京：人民文学出版社，2012：65-66.

三、民间风俗节庆的天然颉取

迟子建小说的民族志书写的文化人类学特征，还表现在她常以年年循环不息的传统风俗节庆来呈现时间的流逝，从而展现百姓生活的各种形态。风俗节庆之所以具有被研究的价值，是因为节日具有时间的特殊性，节日“用事先精心策划过的节目内容去填满时间，使它变得十分紧凑，从而使时间在心理上具有一种暂留的特征”①。在迟子建的作品中，这些每年固定到来的民俗节庆，具有鲜明的民族志属性。

迟子建之所以时常写到风俗节庆，大概有两个原因：首先，迟子建出生于1964年的元宵节，也许与风俗节庆的缘分在她出生的时候就注定了；其次，则是源于迟子建的童年经验。迟子建的童年是在辽阔寒冷的大兴安岭度过的，黑龙江地处偏远边陲，冬季漫长而寒冷，人们更加希望通过节日的氛围来消磨时光，因而黑龙江的传统节日风俗更加浓烈别致，还保留着乡土的原汁原味，这也成了迟子建过往记忆的一道美丽的风景。迟子建在散文《原来姹紫嫣红开遍》中就有如此描述：

> 我怀念三四十年前的年，怀念我拿着父亲写就的“肥猪满圈”的条幅，张贴到猪圈的围栏上时，想着猪已毙命，圈里空空荡荡，而发出的快意笑声；怀念一家人坐在热炕头打扑克时，为了解腻，从地窖捧出水灵灵的青萝卜，切开当水果吃，而那个时刻，蟋蟀在灶房的水缸旁声声叫着；怀念我亲手糊的灯笼，在除夕夜里，将我们家的小院映照得一片通红，连看门狗也被映得一身喜气……可是这样的年，一去不复返了……好在繁华落尽，我心存有余香，光影消逝，仍有一脉烛火在记忆中跳荡，让我依然能在每年的这个时刻，在极寒之地，幻想春天！②

迟子建在这篇散文中解释了她为何如此喜欢风俗节庆。除了节庆里有诸

① 朱狄. 信仰时代的文明：中西文化的趋同与差异［M］. 北京：中国青年出版社，1999：56.
② 迟子建. 原来姹紫嫣红开遍［M］. 杭州：浙江文艺出版社，2016：74-75.

如赶年货、蒸干粮、糊灯笼、写春联、贴春联、买年画等一系列有乐趣的活动外，更重要的是风俗节庆代表着家人团聚，每逢过年时，迟子建的父亲总是不厌其烦地将自制的灯笼送给她，对于青年时期就失去父亲的迟子建而言，风俗节庆还代表着父亲给予她的无尽的爱与祝福。迟子建在小说中通过对东北风俗节庆这一地方性知识进行深描，不仅表达了她对于童年记忆的怀念，也反映了东北人独特的文化方式和思想观念，同时也以风俗节庆的诸多细节来烘托小说气氛，使读者心里产生强烈的震撼效果。

小说《腊月宰猪》有一段描述礼镇百姓忙年的情景，可以说是迟子建童年经验的投射，也体现了迟子建通过东北人民过春节“忙年”这一风俗，展现东北文化的内核。何为“忙年”？《黑龙江民俗》这样介绍“忙年”：“每年一进入腊月，村子里便有了年味……忙年的内容很多、很丰富，准备过年吃的……准备过年喝的……准备穿的戴的；准备过年玩的……进了腊月门，女人就开始浆洗被褥……黑龙江省最重视干干净净过新年。”①

在迟子建的笔下，礼镇的“忙年”是忙碌而紧凑的，首先要准备过年吃的，其次要准备过年用的。可见，迟子建以“礼镇”为个案，对“忙年”这一风俗进行考察和描述，展示了东北文化中的风俗特质。通过“忙年”这一东北风俗，迟子建为我们展示了东北人热爱生活、富于情感、善幻想、重形式等一系列诗性气质，这种诗性气质是东北文化中最为内核的文化因子，这也是东北文化特质的浓缩。

除了描述“忙年”，迟子建还时常在作品中提及元宵节赏灯的风俗。《黑龙江民俗》中有记载：“正月十五是传统的元宵节，古语中正月称为‘元月’，宵即夜，故把此节称为‘元宵节’，又称‘上元节’……黑龙江省过元宵节，家家张灯结彩……元宵节家家都制冰灯……黑龙江人也有元宵节吃元宵的习俗……令人最欢快的是扭大秧歌、舞狮子、耍龙灯、跑旱船……真是热闹非凡。”②

---

① 宋德胤. 黑龙江民俗［M］. 兰州：甘肃人民出版社，2004：190.

② 宋德胤. 黑龙江民俗［M］. 兰州：甘肃人民出版社，2004：197-198.

可见，元宵节本是一个令人快乐的传统节日，但是在迟子建的笔下，不同的人物过元宵节的心情是不一样的，也展现了迟子建将风俗节庆与人物心境相结合，从而起到烘托故事氛围的效果。在小说《树下》中，迟子建描述了孤女七斗在元宵节赏灯的情景："果然，夜深到不能再深的时候，雪轻轻柔柔地飘起来了，灯笼漫上了雪，光晕显得朦胧而温和了，正应了那句民谚：八月十五云遮月，正月十五雪打灯。就是在那天夜里，七斗发现姨父趁着大家闹闹哄哄地看灯的时候，在人群中拍了一下栾水玉的屁股。"①

此处描写有三层意义：首先，引用民间谚语本身就蕴含着强烈的民族志色彩，只要中秋夜的月亮被云层遮住，第二年的元宵节就会下起鹅毛大雪，人们就需要点灯度过元宵节，民间谚语的产生本身就是人们自古以来的生活智慧的诗性体现，黑龙江省本身也有元宵节家家户户挂上冰灯赏花灯的习俗，这可从清西清《黑龙江外纪》中得知："上元，城中张灯五夜。有镂五六尺冰为寿星灯者，中燃双炬，望之如水晶。"②

其次，展现了姨父的好色与七斗的报复心理。从《树下》的前后脉络来看，七斗失去父母后便寄养在姨妈家里，姨妈的刻薄与姨父的好色让年少的七斗备受折磨，七斗屡次遭受姨父的性侵害，终日活在恐惧与焦虑之中。元宵节这个时间点，姨父将注意力转移到有夫之妇栾水玉身上，七斗也得以短暂地喘息。七斗知道姨父想借元宵节看灯的机会与栾水玉独处，但是想到姨父对她的种种恶行，七斗故意充当二人的电灯泡，让姨父无法得逞，借以报复。

最后，此处描写也体现了七斗对未来生活的期待。虽然七斗当时深陷泥潭，但是元宵节的灯为七斗带来了一丝希望。近处的希望就是躲避姨父的侵犯，元宵节当日，人们都在院子里赏灯，姨父关注着栾水玉，这也使七斗躲避姨父的愿望得以实现；而远处的希望就是能够有机会摆脱现在的生活，体验另一种崭新的生命历程，根据小说的情节发展，姨父最终也为其不轨的行

① 迟子建. 树下［M］. 太原：北岳文艺出版社，2001：125.
② 宋德胤. 黑龙江民俗［M］. 兰州：甘肃人民出版社，2004：197.

为付出了生命的代价，七斗得以获得自由，开启了人生的新阶段。

此外，《伪满洲国》中也有对元宵节的描述，迟子建以吉来的爷爷奶奶在元宵节赏灯这一行为，凸显了在动乱年代，普通夫妻之间相互帮扶、彼此关爱的情谊。吉来的奶奶是满族人，因家族的败落与首次婚姻的失败，最终选择嫁给了吉来的爷爷——小她十几岁的罗锅。在文中的时间点，吉来的爷爷奶奶都年事已高，吉来的奶奶更是许久不曾出门，走起路来也多有不便，但是她热衷于元宵节看灯，当吉来的爷爷王金堂并没有在元宵节这天带她出去看花灯的时候，奶奶不禁发起了脾气，憨厚的王金堂得知老伴儿想去看元宵花灯，便立马为老伴儿穿戴整齐，紧紧挽着她带她上街看灯。

事实上，这个时间段，也就是小说中所描述的1936年，国家正处于动乱时期，东北大地饱受战争的摧残，溥仪在日本军国主义者的扶持下建立的伪满洲国是一个名副其实的傀儡政权，并不能给东北百姓带来生活的新希望，人们更没有心思在元宵佳节挂起灯笼供人观赏，而王金堂为了满足老伴的愿望便带着她来到了挂着三盏灯笼的通亨里饭店的门前，因老伴儿眼神不好，王金堂便耐心地为她描绘灯笼的样子，甚至为了讨她欢心竭尽全力地夸张描述灯上的图案是如何生动，逗得夫妇二人都开怀大笑。

由此可见，迟子建借元宵节王金堂夫妇赏灯的温馨场面，表达了人性的美好与善良，更预示着在战乱年代里，王金堂夫妇得以善终的结局。了解《伪满洲国》的前后脉络，便得知自此之后，王金堂被日本人抓去做壮丁，但是凭着为人隐忍的智慧，王金堂等到了日本人投降，而王金堂的老伴在没有王金堂音讯后，也没有放弃活下去的希望，她搬到同样找不到丈夫的杂货张家里，勉强维持生存。抗战胜利后，夫妇二人最终得以团聚。可见，王金堂在元宵节赏灯这一情节的设置不仅是增添人情风采的调味料，也具有预示人物命运的作用。

除了结合自身生命经验烘托人物心境，迟子建还通过描写风俗节庆来串联故事情节，具有铺展与对照重要情节的作用。《白雪乌鸦》中以清明节的到来预示着哈尔滨鼠疫的彻底结束。军医伍连德力排众议，顶住各方压力坚持采用前所未有的隔离、焚尸等防疫手段，最终疫情得到有效控制。《白雪乌鸦》将清明节与鼠疫的终结连接起来，清明节到来的时候，哈尔滨的傅家甸又恢复了鼠疫之前的烟火状态，清明时节大地的回春与疫情防控措施的彻底取消形成了相互对照。

清明节是传统的节庆风俗，根据《黑龙江民俗》记载："清明节在农历三月，此时万物返青，地气清明，故称'清明节'。这是二十四节气之一。'清明忙种麦，谷雨种大田。''清明前后，种瓜种豆。'此时已备耕春播。"① 对于傅家甸而言，清明节的到来意味着过去肆意横生、令人闻风丧胆的鼠疫终于结束了，以清明节的到来终结鼠疫，兼具传统文化与顺应自然的意义。

迟子建在小说中大量描写风俗节庆还具有互文对比的作用。《伪满洲国》中描写平顶山惨案时，迟子建以有孕在身的美莲于中秋节供月祈福及一家其乐融融之景，来对比不久后日军惨绝人寰的血腥屠杀。中秋节又称团圆节、女儿节，此节因庄稼成熟，瓜豆上市，人们赏月举杯庆团圆。在中秋节这天，当皓月东升，家家便开始祭月。人们在庭院中设供桌，桌上点燃香烛，放上贡品，然后焚香跪拜。《伪满洲国》关于中秋节供月的描写，既表达了平民百姓在中秋节这天的日常生活，也带着全家对美莲即将出生的宝宝的期望，美莲通过供月祈求神灵保佑腹中宝宝健康。然而，这晚还没过去，美莲及其家人就惨遭日军杀害，美莲更是胎死腹中一尸两命。可见，这段民间习俗的描写，并非仅仅是纯粹表现中秋节这天百姓的日常生活，而是采用以宾显主、以虚显实的手法，让读者对"平顶山惨案"这一历史事件产生更为深刻的印象。美莲与丈夫的打情骂俏、与家人其乐融融的生活情景，与之后被日军剖腹刺喉而亡、丈夫及公婆均被日军残忍杀害的惨状相比，更凸显了世事无常、幸福稍纵即逝的惆怅之感。也正是因为前段情节的温馨动人，使得日本的暴行更让人不忍直视、难以承受。

可见，不论是礼镇人们忙年、七斗元宵节赏灯、傅家甸清明节回春，还

---

① 宋德胤. 黑龙江民俗［M］. 兰州：甘肃人民文学出版社，2004：201.

是美莲一家中秋节供月，全部有前后情节相互对照、彼此呼应的作用。迟子建在小说中对风俗节庆的描写，不仅使作品充满了浓厚的民间气息与世俗本色，而且也使其具有鲜明的人类学民族志属性，是民族志文本的诗性表达。

第二节　丰富的东北少数民族群像

迟子建诸多作品都涉及了东北少数民族，《额尔古纳河右岸》叙述追随驯鹿脚步的鄂温克族近百年的部落历史，《树下》《伪满洲国》《群山之巅》有多处描写擅长骑马的鄂伦春族的生活样貌，《逝川》《伪满洲国》则多次提到以打猎和捕鱼为生的赫哲族。对东北少数民族题材的关注不仅使迟子建扩大了文化视域，也使其创作进入了丰收期，尤其是《额尔古纳河右岸》获得茅盾文学奖后，也为迟子建带来了巨大的社会声誉。

为什么在创作中涉及东北少数民族的议题？这是由迟子建的文学活动的深入和她强烈的文化自觉意识和历史理性决定的。文学作为民族文化识别的标志，从最普遍的意义上说，是因为文学已成为民族文化真实而直观的写照。随着创作的深入，迟子建触及了东北文化的灵魂底色，逐渐采用了一个文化持有者的内部视域表达她对东北文化的近距离感知。

伴随着全球化和现代化的推进，迟子建把对现代性的反思置于城市-乡村、传统-现代的二分法中，通过把东北少数民族的原始性、人性中的真善美作为一种反观之镜，反思全球化视野中的文化困境。迟子建文化书写的目的，与20世纪末的人类学所倡导的“写文化”不谋而合。

20世纪末，人类学家认识到，真理可以有不同的视野，信仰和行为应当被看成一种“人性误解”的幽默而予以信奉或实施。玛格丽特·米德（Margaret Mead）、爱德华·萨丕尔（Edward Sapir）、艾尔西·克鲁斯·帕森斯（Elsie Clews Parsons）及露丝·本尼迪克特等人，把更多的注意力集中在文化批评上。他们开始使用人类学的论题，对二三十年代的美国状况进行分析。

迟子建把东北少数民族文化作为一种异文化推到了现代都市的读者面前，让现代都市的读者感受到了东北文化的异质处，从而反思全球化进程所带来的文化困境，这与人类学的文化批评是同步同构的。从寻找文化他者作为现代文明的参照系数的创作思想而言，迟子建的文学创作可以完全视为民族志诗学。

一、生活形态：与天地共处的自然观

尽管东北少数民族因其活动范围的差异而有不同的生活方式，但是迟子建笔下所描述的鄂温克族、鄂伦春族、赫哲族这三支少数民族仍具有高度的共通性。首先，这三支少数民族通常都是以打猎满足基本生存要求，因此最初都是过着逐水草而居的游猎生活。《黑龙江少数民族简史》中记载了这三支少数民族的分布地：鄂温克族主要居住在嫩江中游沿岸；鄂伦春族主要居住在黑龙江流域，大小兴安岭一带，以及呼玛河、法毕拉河、剌尔滨河、乌拉嘎河沿岸；赫哲族主要居住黑龙江、松花江、乌苏里江、混同江沿岸。[①] 他们以迁徙地的猎物多少来决定是否迁徙至下一营地，并且在不断迁徙的过程中，确保自然生态环境不被破坏，可为来年继续使用。因此，他们的吃、穿、住、行都有就地取材、与天地共处的自然性。

（一）居住样式的天人合一

人类为了生存繁衍，需要有一个能避风雨，能避酷暑严寒，能防御野兽毒虫侵袭的休憩居留的场所，这样的场所经群体的约定俗成，渐趋类型化，就形成了不同群体、不同地域的居住习俗。《额尔古纳河右岸》中就有对鄂温克人的居住建筑“希楞柱”的描写，鄂温克族所居住的地理环境及生活习惯与汉族人截然不同，究竟有何不同？

对比鄂温克人居住的希楞柱与汉族人居住的木刻楞房子，可以发现二者

① 方衍．黑龙江少数民族简史［M］．北京：中央民族大学出版社，1993：1-2.

因为生活习惯的不同，居住的场所也截然不同。汉族人将居住的场所称为“房”或者“屋”，鄂温克人却将其称为“希楞柱”，这不仅仅是命名或者指称上的不同，更突出两类族群对于“居住”的不同需求与想象。汉族人一旦选定居住地，短期内便不再迁徙，因此所谓的房、屋皆采用落地生根的定居模式；而鄂温克人的希楞柱通常搭建于大河的支流附近有平地、有密林的地方，这样冬天有山林挡风，夏天特别凉爽，对生产有利，对健康也好。此外，希楞柱的所有材料都来自山林中大自然的赐予，它的好搭易拆，也是适应了鄂温克人居无定所的游猎生活的需要，某种程度上更是适应了自然之神对鄂温克人的召唤。

在《伪满洲国》中，迟子建也提到了鄂伦春人居住的“撮罗子”。所谓撮罗子，是一种圆锥形的住屋，其搭建方式与希楞柱相似，“搭歇人柱的材料，一般用三四十根粗两寸、长一丈二尺左右的桦木或柳木杆。先把两根顶端带杈的杆子交错搭好，再把两根带杈的木杆搭在两侧，然后用其余的杆子交错依次搭好，搭成圆锥形的架子，这样歇人柱就算搭成了”①。可见，歇人柱的搭建与鄂温克人的希楞柱一样，都是取材于自然，体现了鄂伦春人与天地共处的自然观。

针对赫哲族的住处，《伪满洲国》中也有相关描写：

> 这一带的赫哲族自称“那乃”，冬季狩猎，夏季打鱼……他们居住的房屋是低矮的泥屋，屋前的栅栏上晾满了型号各异的渔网。李记告诉羽田，赫哲人原先不定居，夏季住桦树皮搭成的屋子，冬季搭个马架子，苫上厚实的帆布。②

可见，赫哲族有两种居住形式。一种是穴居式的较为固定的住所，即上文所提到的“低矮的泥屋”，另一种则是临时性的可移动的住所，即上文提到的“用桦树皮搭成的屋了”。事实上，历史典籍对于赫哲族的居住形式早

① 宋德胤. 黑龙江民俗［M］. 兰州：甘肃人民出版社，2004：61-62.
② 迟子建. 伪满洲国［M］. 北京：人民文学出版社，2004：113.

有记载。

关于族群居住样式的考察，人类学家凌纯生认为：“一民族的住处可从两方面去研究：地理的环境和居住的房屋。”① 黑龙江的森林密布，江河交叉，最适合渔猎民族的生存。以鱼为主要食物的赫哲人，为了谋生便利，他们的住处都在江河沿岸，主要聚集在松花江、乌苏里江、黑龙江周边，而江边附近的土壤较为丝滑、根基不够稳固，因此放眼望去尽是“低矮的泥屋”，这是先天的地理环境造就的结果。

除了泥屋外，文中所提到的“桦树皮搭成的屋子”，即撮罗安口，也是赫哲人的居住样式之一。赫哲语“撮罗”是尖的意思，“安口”是棚的意思，撮罗安口就是尖棚的意思。根据《黑龙江民俗》中记载，“撮罗安口是和鄂伦春人居住的歇人柱十分近似的圆锥形房子……夏季围棚多用草和桦树皮，冬季围棚多用布和兽皮”②。以东北山林特有的桦树作为建筑材料，符合善用当地资源、就地取材的特性，套上帆布或者兽皮，则有遮风挡雨的作用，同时也可以抵御寒冬的侵袭。

从迟子建对鄂温克族、鄂伦春族、赫哲族居住样式的记录可以发现，东北少数民族的共同点大都是以游牧为主，善于采取因时制宜、就地取材的居住形式，这与汉族长期定居某处的生活习性有显著的差异。之所以产生这种差异是因为东北少数民族这种长期积累的经验，使他们将生产、生活、环境和谐有机地加以整合，真正达到了朴素的天人合一、同一相生的境界。

（二）与动物的共生共存

东北少数民族起初过着游猎生活，与天地自然紧密相依，但是各民族也因为分布地区及生产方式的不同展现出不同的生活形态。以各民族所依赖的动物为例，鄂温克人依赖驯鹿，鄂伦春人以自产马匹为自豪，赫哲族人则有鲜明的渔猎文化。

---

① 凌纯生．松花江下的赫哲族［M］．上海：上海文艺出版社，1990：77．

② 宋德胤．黑龙江民俗［M］．兰州：甘肃人民出版社，2004：62-63．

在《额尔古纳河右岸》中，驯鹿是了解鄂温克族文化的一个窗口，通过驯鹿，我们了解到鄂温克族文化的独特性，进而了解鄂温克人的生活生产、宗教信仰乃至性格与精神面貌。在鄂温克人绘制的各种动物形象中，驯鹿的形象占据了主要地位，这是因为鄂温克人对驯鹿是最熟悉的，驯鹿既是他们的亲密朋友，又是食物服饰和其他用品的重要来源，他们以图腾之名崇拜驯鹿，解决了食用、役使驯鹿和他们所信奉的神灵崇拜之间的矛盾。

千百年来，狩猎一直是鄂温克人的主要生产方式，驯鹿饲养在很长时间里都是作为对狩猎生活的补充而存在的。但是近几十年来，这片静谧的山林不再是世外桃源。森林一度被砍伐殆尽，使鹿鄂温克人不仅失去了维系其传统生活的基本条件，而且其心灵深处最为依恋的驯鹿的饲养也受到威胁。在《额尔古纳河右岸》中，迟子建展现了使鹿鄂温克人对于家园的失去导致驯鹿不断死去的忧伤和无力感，失去了驯鹿也就失去了使鹿鄂温克人的精神之根。大兴安岭还适不适合驯鹿生存，什么样的大兴安岭适合驯鹿生存，这是迟子建在小说中留给读者的问题，也是留给鄂温克人的问题。

如果说鄂温克族的部落象征是驯鹿，那么代表鄂伦春族文化的则是鄂伦春白马。马是鄂伦春族陆上最主要的交通工具，是鄂伦春族出门打猎时的代步工具，被称为“鄂伦春人的双腿”，也是他们游猎生活中用以驮载一切家什的运输工具，马背就是鄂伦春人的栖息地，马背就是鄂伦春人的家。鄂伦春人使用的马是在清朝初年从邻近的蒙古人那获得的，但是经过鄂伦春人长期的饲养和驯化，逐渐形成了自己的特点，并因此而被誉为“鄂伦春马”。①

小说《树下》多次描写少女七斗与鄂伦春族马队相遇的场景，七斗与鄂伦春少年每次相遇聊天的时候，少年总是坐在马背上。《伪满洲国》中也多次提到鄂伦春马，土匪胡二在一次砸窑失败后便带着紫环辗转大兴安岭，与鄂伦春人生活在一起，并逐渐爱上了这个自由豪放的民族，鄂伦春马也成了胡二的交通工具。鄂伦春马不仅是胡二外出的交通工具，还曾救过胡二儿子

① 于学斌. 鄂伦春游猎生活［M］. 哈尔滨：黑龙江美术出版社，2003：98.

的命。除岁是胡二唯一的儿子，在除岁一岁多的时候，因突发心悸而陷入昏迷，紫环听从了鄂伦春人的意见找萨满跳神为其招魂。正在这时，胡二买了一匹上等的鄂伦春马赶回家，称赞鄂伦春马有耐力、结实。萨满为除岁招魂成功后走了出来，当胡二想把家里的贵重物品送给萨满表达感谢时，萨满却表示只要胡二刚买回的那匹鄂伦春马，虽然心有不舍，但是出于对神的敬畏，胡二只能忍痛割爱，眼睁睁看着萨满骑着黑马飞驰而去。由此可见，鄂伦春马不仅具有实用价值，在鄂伦春人眼里，它也是神的坐骑，它所具有的耐力、结实、勇猛等特性是鄂伦春族文化的精神内核。

鄂伦春马这种兼具实用与民族文化内核的双重属性在小说《群山之巅》中也有所体现。在《群山之巅》中，辛开溜在旧货节上想以一筐子煤炭换一匹鄂伦春马，就在小镇上的人们以为辛开溜异想天开的时候，镇长唐汉成牵着一匹健壮的鄂伦春马出现了，并将马的缰绳交给辛开溜，拎走了那筐煤炭。唐汉成之所以这样做，是想保护龙盏镇的自然环境，如果外界知道龙盏镇有着丰富的煤炭资源，必然会因开发煤炭资源而导致龙盏镇自然资源的破坏。辛开溜也是抓住了唐汉成的这种心理，便仅仅用一筐煤炭就换取了一匹健壮的鄂伦春马。迟子建正是通过辛开溜以煤炭交换鄂伦春马来强调鄂伦春马的血统优良，具有实用性。此外，迟子建还通过鄂伦春马，将鄂伦春族从群体聚焦至个人，从鄂伦春族女性绣娘与鄂伦春白马相依相偎的生命历程中展现鄂伦春族的民族面貌与文化精神。

在《群山之巅》中，绣娘是个热情奔放的鄂伦春姑娘，喜欢骑马、打猎、打鱼、喝酒。从年轻到衰老，从山林到乡镇，绣娘出门的代步工具始终是鄂伦春马。在绣娘眼里，鄂伦春马浑身都是优点，绣娘一生中骑过四匹马，在生命的最后几年，陪伴她的是一匹银鬃银尾的白马，绣娘特别喜欢这匹白马。

由此可见，白马对于绣娘而言不仅仅是代步工具，也寄托了她对于天地万物的情感。即使已经远离山林很多年，绣娘仍以鄂伦春族狩猎文化最朴素的智慧守护着人与自然的和谐关系，同时也以鄂伦春人的耐力与勇敢传承着民族精神。因此，当绣娘得知白马已经在树林中死亡时，只留下一句“你们好好享受着，我见白马去了”[1]，便倒地没有了气息。可见绣娘直到要离开人世时，心里都是时刻念着她心爱的白马。虽然绣娘去世的时代已经在推行火葬法，但是绣娘的儿子安泰宁愿冒着丢官的风险，还是按照鄂伦春族风葬的传统将绣娘葬在白马旁。迟子建通过对绣娘与鄂伦春白马共生共存的生命历程的描写，不仅体现了绣娘对于白马的温柔深情，也表达了鄂伦春人敬畏自然而遵从自然的文化理念，表现了他们尊敬生命、善待万物的生命观。

（三）取之自然的民族艺术

与自然融为一体的东北少数民族不仅在住行上体现了天人合一的自然观，在生活用品的制作上也善于运用当地资源，产生了丰富的桦树皮文化、鹿哨文化、鱼皮文化等。迟子建多次提及鄂温克人、鄂伦春人、赫哲人用桦树皮、鹿骨、鱼皮制作的各种生活用品，包括桦树皮船只、桦树皮器皿、鹿哨、鱼篓等。

从世界各民族的发展过程看，民族文化的形成不是偶然的，都有其必然的因素。民族文化是支撑一个民族发展的基础，是民族生存的精神动力。所以，每个民族都重视民族文化的传承和发展。文化从来都是具象的，是可触摸和可感知的。如果说狩猎文化和渔猎文化代表的是东北少数民族的面孔，那么桦树皮文化、鹿哨文化、鱼皮文化就是这张面孔上最为精彩的几种表情。在迟子建笔下，它们散发着特有的自由、热烈、神秘、朴拙的气息。它们的美，可以穿越时空，走向永恒。

在大兴安岭，白桦树是一种风景树。走进寂静的白桦林，那洁白挺直的树身，树身上忧郁凝视的“眼睛”，秋风里无声飘落的金黄树叶，总能让人浮想联翩。而在生产力水准低下的遥远年代，在生活在大兴安岭深处的东北少数民族的眼里，这种广布于寒带山区的落叶乔木却实实在在地是他们的衣

---

① 迟子建. 群山之巅［M］. 北京：人民文学出版社，2015：306.

食之源。当不知道制陶术为何物时，他们利用白桦树皮来制作各种工具和容器，满足生活的必需。它们本不是为美而生的，但经过岁月的淘洗、滋养，美竟然悄无声息地生长起来，长成了一种独特的桦树皮文化。

在《额尔古纳河右岸》里，迟子建介绍了鄂温克人用桦树皮做出多种多样的生活用品。鄂温克人使用的桦树皮并不是通过砍伐白桦树得来，而是在不伤害白桦树的基础上，剥取白桦树干上的树皮，文中“我”的母亲就是一个剥桦树皮的高手。不仅鄂温克人使用桦树皮制作各种生活用品，鄂伦春人也拥有丰富的桦树皮文化。在《伪满洲国》里，紫环与胡二定居在大兴安岭深处，与鄂伦春人成为好朋友，紫环跟着鄂伦春人不仅学会了采摘、囤野菜、晒肉干，还学会了如何用桦树皮制作各种生活用品。

透过迟子建笔下的鄂温克人、鄂伦春人对于桦树皮的使用，可以发现东北少数民族的桦树皮文化体现在两个方面。首先，对于桦树皮的使用是以不破坏自然环境为前提的。白桦树的生命力很强，不会因为剥皮而枯死，《额尔古纳河右岸》中介绍鄂温克人使用桦树皮制作生活用品的一个主要原因就是桦树皮可以再生。桦树被剥去树皮的地方，第二年变成黑色，第三年又开始长出一层薄薄的新皮，以后逐年变厚，直至长成与树皮一样的颜色。其次，桦树皮的用途非常广泛，大到歇人柱、桦皮船，小到碗、杯、盒、桶，涵盖了东北少数民族衣食住行的各个方面，尤其是一些器皿和生活用品，装饰着各种图案，不仅实用，而且美观。《伪满洲国》中除岁的桦树皮摇篮上就刻画了各种花草、小鸟、神像、蝴蝶等图案，虽然构图简单，但是极具自然性和生命活力，这实际上是东北少数民族长期细腻地观察自然界的各种现象、动植物的特点的结果，表现出鲜明的原始艺术特色，具有丰富的民俗寓意寄托。

此外，因为不同民族有着不同的生活习性，于是分别设计出不同的实用物品，如鄂温克人的鹿哨和赫哲族的鱼篓，都凸显出鄂温克人重视打猎、赫哲人重视渔业的谋生需求。

据人类学家孔繁志撰写的民族志《敖鲁古雅的鄂温克人》记载：鄂温克

猎民为了在八九月犴、鹿交配时进行捕杀，便在实践中创造了桦木制作的鹿哨。[①] 猎人根据雄鹿寻找雌鹿交尾的属性，利用木质的鹿哨，夜间在有鹿的地方模拟吹出雌鹿的叫声，雄鹿听见声音就来了，当雄鹿跑到离猎民不远的地方，猎民的枪声响了，雄鹿便应声倒在树丛里。《额尔古纳河右岸》中就有一段关于鹿哨的描写，在一次男人们带着鹿哨猎鹿的行动中，因为安道尔与维克特吹的鹿哨的声音与真实的鹿鸣声音太相似，都被对方误以为吸引了野鹿，在鹿哨的呼应逐渐靠近对方的时候，善于射击的维克特扣动了猎枪的扳机，但悲剧的是，维克特射杀的是自幼善于吹鹿哨的安道尔。

狩猎一直是鄂温克人赖以生存的生产方式，无论是制作鹿哨还是练习鹿哨都是为了能打到猎物；但是鄂温克人又是一个对待大自然非常虔诚的民族，因而对待狩猎怀有一种矛盾的心理。

鄂温克人自幼对鹿哨的练习，原本是为了方便打猎，但是为了缓解信仰与生存的矛盾心理，鄂温克猎民在练习鹿哨时把自己想象成野鹿，在不断的练习中使自己与野鹿融为一体，因此在《额尔古纳河右岸》中，才产生了因分辨不出真正的鹿鸣与鹿哨的声音，最终酿成了一桩悲剧。从维克特阴差阳错射杀安道尔这一悲剧也可以看出，鄂温克人在内心赋予动物与人同等尊贵的地位，安道尔与马粪包吹鹿哨吹得最好，经常在不是猎杀野鹿的季节也练习鹿哨，马粪包经历了自残后更是经常一个人在森林深处吹鹿哨，仿佛在呼唤已经远离他的雄性气息。迟子建将鹿哨与鄂温克人的情感相互串联，通过鹿哨展示了一个民族的精神内核，足见她深厚的写作功底，这不仅仅是一个作家对文化样式的审美反映，也是迟子建以人类学家的视角对他者文化的民族志书写。

赫哲族是我国东北唯一以捕鱼为生的民族，其渔业文化很有特点，在《伪满洲国》中，日本军人羽田为了寻找新的可被开发的殖民地，走到了乌苏里江畔，到达当地赫哲人居住的渔村。在渔村里，羽田认识了赫哲族女主

---

① 孔繁志. 敖鲁古雅的鄂温克人［M］. 天津：天津古籍出版社，1989：53.

人玛尼，玛尼的生活生动地展现了赫哲族的渔猎文化。羽田第一次见到玛尼时，形容她的眼睛像条鱼，玛尼“个子很高，颧骨突出，眼睛的形状酷似鱼，鼻孔有些上翻，嘴唇很厚，说话时特别爱绞着十指”①。在羽田看来，赫哲人的生活都与鱼有关，玛尼穿的衣服是用鱼皮缝制的，并以铜铃点缀，看起来很像铠甲。玛尼招待羽田用的是生鱼片，当羽田被发现是一个潜伏在赫哲渔村的日本间谍时，玛尼将羽田绑起来扔进了用来捕鱼的鱼篓里并丢进江里，欲置羽田于死地。

赫哲族自古以来就以捕鱼为生，以鱼代食，受渔业文化的影响，他们的服饰，早年多用鱼皮制成，鱼皮衣服在赫哲语里叫“乌提库”，多为长衣服，主要是妇女们穿的。关于赫哲人穿鱼皮的说法，早在《山海经》卷九《海外东经》中就有记载，到清代民族志《皇请职贡图》中说：赫哲族女性穿的鱼皮衣服，衣领、衣襟、袖口都缝有五色彩布，有的还缝有贝壳、铜铃等。可见，玛尼所穿的鱼皮衣服正是典型的赫哲族女性服饰，这体现了迟子建对于赫哲族文化的细腻观察，使作品在描述历史情境的同时，也具有鲜明的民族志特征。随着社会的发展，赫哲人的生活方式已经发生了改变，传统的民族工艺已经渐渐淡出了我们的生活，迟子建对于赫哲族的这份文化记忆，不仅具有文学性，更有人类学价值。

二、信仰禁忌：萨满文化的神性与人性

中国北方萨满教文化作为东北地域文化的一个重要文化丛，在迟子建的成长过程中产生了重要的影响，著名评论家孟繁华这样评价萨满教与迟子建的关系：“迟子建在萨满教文化环境里长大，萨满教文化塑造了她的文化人格，也使她笔下诞生出遍地精灵的神性世界。”②

迟子建生活的白山黑水中，萨满教无处不在，它的文化氛围是广袤而辽阔无限的。更令人惊奇的是，在 1990 年的春天，人类学家还在黑龙江省大兴

① 迟子建. 伪满洲国［M］. 北京：人民文学出版社，2004：90.
② 孟繁华. 东北文化与东北文艺［M］. 北京：: 科学出版社，2019：136.

安岭林区深处，请到了正在捕歼的鄂伦春族著名萨满孟金福老人，击鼓诵唱年轻时神授的萨满歌舞。撮罗子里的鄂伦春男女欢笑着附手相和，场面十分热烈感人。同时，在 1990 年的谷雨过后，人类学家在吉林省永吉县杨木乡发现了一户满族人家珍藏了百余年之久的萨满手抄满文神谕、神像、神偶及其他神器等珍贵实物。[①] 可见，萨满教在中国东北地域的存在与影响，并未因时代的推移而消逝或褪减。

因此，孟繁华认为萨满教文化塑造了迟子建的文化人格也就一点也不足为奇了。原始萨满教与其他宗教不同的最根本观念是，世界上不论有生物或无生物，人身以外的所有客体都有灵魂或神气，甚至人本身死后的灵魂仍然不死不灭，存在于时间或宇宙中的任何所在。历代萨满依据神话神学，朴素地回答周围世界上发生的许多为什么和怎么样两个问题的故事。神话是对现象之间的因果联系的意识的最初表现[②]，是自然而正常的。随着历史的发展，强大的汉族文化及汉族神话在民间的渗入和传播，使得萨满教文化得以丰富、学习和发展。文学艺术本来就是非常复杂而且具有多元性的意识形态，神话作为一种文学艺术的意识形态在东北各族之间渗透与影响，也是非常自然和正常的。

迟子建受萨满教的浸染，在作品中经常讲述关于萨满神的神话传说。在作品《支客》里，她讲述了人人都惧怕的蛇山的传说。山神爷寻访大兴安岭的时候，听见一首非常清丽婉转的女子唱的歌谣，山神爷循声望去，见到了一座孤山，山神爷询问此事，小女子用歌声讲述了自己分山时没有赶上步子，被落在后边的命运。山神爷听后勃然大怒，大手一挥，就把孤山周围的山变得草木萧条。而孤山从此变得体态轻盈，藏珠掖宝。山神还把能治百病的仙草置于此山，但是因为孤山女子日益骄横，目中无人，山神就将此山变为蛇山。迟子建笔下的山神不仅可以游历大兴安岭，决定山的命运，还能掌管山里的禽兽的多少。山神因为不满意孤山女子的骄横，便将此山变为蛇山，这

① 富育光. 萨满教与神话［M］. 沈阳：辽宁大学出版社，1990：1.
② ［英］爱德华 · B · 泰勒. 原始文化［M］. 蔡江浓，译. 杭州：浙江人民出版社，1988：45.

种山神观念正是鄂温克族与鄂伦春族所信奉的萨满教中的山神观念。鄂伦春人认为，山神专司禽兽，每次入山狩猎，无论猎获多少，无论猎获什么野兽，全凭山神“白那查”赐给的运气；而鄂温克人也以为山神主宰野兽，所有野兽都是山神饲养的，所以他们对山神十分崇敬。在迟子建的作品中，这样的神话传说还有很多，如《沉睡的大固其固》中关于大马哈鱼的传说，《旧土地》中关于人死后“翻身”的传说，等等。正是这些神话传说的存在，使迟子建的作品充满了神性的光彩。

在信仰萨满教的北方诸民族中，萨满是氏族的精神领袖、智慧的化身、力量的源泉，必然受到全氏族成员的敬畏。如此重要的神职的遴选、传承，自然有着它特殊的仪轨。据民族志《鹿鸣兴安岭：鄂温克族》记载，萨满的产生有三种方式：神灵遴选、世袭传续和久病难愈而萨满附体得治。[①] 这也是所有信奉萨满教的东北少数民族选择萨满的方式，这三种继承方式实际上也是统一的。三种方式间也有很多共同性，重点是在“久病难愈者”中的骤然痊愈者上，这类人是萨满的主要候选者。因此，那些突发疾病、病态反常、久治不愈，一旦许诺当萨满却立刻就好的人就成了萨满传承的重要对象。

在《额尔古纳河右岸》中，尼都萨满和泥浩都是以这种方式成为萨满的。在林克与达玛拉成亲后，尼都萨满的行为突然异于常人，泥浩成为萨满之前也有一系列类似的异于常人的行为，先是在下雪的晚上赤脚在雪地上奔跑，然后泥浩就病了。

迟子建在刻画萨满形象时，并没有直接表述萨满的功能与作用，而是以循序渐进的方式，逐步揭开萨满的神秘面纱——即将成为萨满之前，那些被萨满神选中的人都要经历突发疾病、病态反常、久治不愈等过程才能成为真正的萨满。虽然成为萨满的表现方式各不相同，但是萨满的使命是相同的。满都尔图先生在《中国北方民族的萨满教》一文中，将其概括为消除灾祸、驱鬼治病、祈求丰收三大使命。此外，传承民族历史也是他们所要担负的重

① 都永浩．鹿鸣兴安岭：鄂温克族［M］．上海：上海锦绣文章出版社，上海文化出版社，2017：116．

任。这四大任务，其实也是东北少数民族中萨满的共同职责。

据孔繁志的《敖鲁古雅的鄂温克人》记载，萨满对于性别并没有明确的要求。因此，《额尔古纳河右岸》中的尼都萨满在“我”的印象中，始终是女装打扮，而泥浩因为是女性，则无需在穿着上做刻意的改变。

无论是男萨满还是女萨满，他们共同的职责都是一样的。那如何发挥他们作为“神的使者”的职责呢？《额尔古纳河右岸》中通过描述萨满的“跳神”仪式为我们展现神的能力。在迟子建的小说中有多场跳神仪式的描述，这不仅仅是将萨满跳神仪式作为一种艺术呈现方式，更是以文学文本描述人类学的文化事象，从而引发对萨满教产生原因的人类学思考。

首先，萨满教是鄂伦春族、鄂温克族等氏族社会、部落社会为维护社会生产规范而产生的。在过去，大部分东北少数民族长期从事的都是原始狩猎生产、渔业生产活动，在极端的生存环境中，个人的能力再突出，离开氏族都难以生存，对于他们而言，氏族意味着一切。而要团结氏族，协调规范每一个成员的行动，必须有一个统一的精神，一种共同的信仰，萨满教就是这样的信仰。

在《额尔古纳河右岸》中，尼都萨满的任何关于生产生活的决定，部落的人都是无条件服从。当俄国安达来到营地交换物品时，交换什么物品以及物品的数量都是尼都萨满说了算；营地何时搬迁何时驻扎也由他决定。在一次搬迁营地时，因“我”的母亲刚经历了生产、丧女之痛，父亲便希望母亲能够养好身体，恳求尼都萨满晚些搬迁，但是尼都萨满仍然坚持第二天搬迁，虽然父亲林克是一个出色的猎手，部落里一半的猎物都是父亲的功劳，但也只能遵从尼都萨满的意愿，于第二天开始搬迁；当“我”的姐姐列娜走失了，营地的人都很焦急地寻找，生性恶劣的达西却诅咒寻找列娜的猎手会被狼吃了，这时尼都萨满警告达西，如果继续胡言乱语，便会将他的舌头变得像石头一样僵硬，受了警告的达西便再也不敢胡言乱语了。可见，以萨满教为归依，鄂温克人形成了自己的一些习惯法和生产、生活、语言、服饰、居住等多方面禁忌，并以此来规范个体行为，从而塑造整个民族的精神风貌。

其次，通过萨满的信条来规范氏族成员的道德行为，也是维系民族社会稳定不可缺少的手段。鄂温克人与鄂伦春人直到新中国成立以后，仍居住在大兴安岭深处，以狩猎为生，他们的生活仍然接近于原始社会。在原始社会以内，并不像现代社会这样有维系社会稳定的法律和规章制度。因此，社会结构的维持、权利义务的互惠，以及如何分工合作，都需要有一种普遍的行为准则，也就是说每一个社会成员都需要知道自己被期望的是什么。在原始社会中，这个普遍的行为准则维持就是全凭不假外力的道德规律。所谓道德规律，必然没有个人的行为标准，没有伦理的派别，没有道德意见的分歧，而是所有社会成员共信共守的普遍规律。因此，在氏族社会中，道德规律一定是公开的、全体一致的。对于鄂温克人和鄂伦春人，这种公开的、全体一致的道德规律就是萨满教，而制定与执行这种规律的人无疑就是萨满，萨满是氏族的精神领袖、智慧的化身、力量的源泉，因而受到全氏族成员的敬畏。

在《伪满洲国》中，土匪胡二与妻子紫环辗转定居在大兴安岭深处，与鄂伦春人成为邻居。通过紫环与胡二的描述，我们看到了萨满教影响了鄂伦春人生活的方方面面。在紫环眼里，鄂伦春人全民都生活于神的世界里，生活中的一切都期盼超自然力量的帮助，狩猎的丰收、生活的美满都是神灵所赐，而疾病、死亡、瘟疫、灾难都是神灵给予的惩罚。因此，他们对神灵是虔诚的，对神是敬仰的，谁也不能得罪神灵，生活中的一言一行、一举一动都必须合于规范。当除岁生病邀请萨满为其“招魂”时，虽然紫环很想留在屋里陪伴除岁，但是老萨满跳神有不准其他人在场的规定，因而紫环只能遵从规定在屋外等候，就连戾气很重的胡二得知萨满在为除岁招魂时，也只能守在门前。萨满跳神仪式主张一命换一命，当老萨满为除岁招魂成功后，只要胡二新买的黑马，虽然胡二嗜马如命，但也只能忍痛割爱，让老萨满牵走。由此可见，萨满教不仅在精神社会中约束人们不得任意侵犯万物，在社会生活中也以一种约束来适用于现实。

最后，通过萨满教的约束，人们才能有限地领会和理解世界和万物。历史上，在东北少数民族的社会里，萨满教的宗教组织与社会组织是重合的。透过神灵的“法规”，以狩猎为生的鄂温克人和鄂伦春人能够与自然和谐相处。人们特别小心地观察和爱护给予他们一切的自然，探寻和熟悉自然的规律。鄂温克人和鄂伦春人知道，只有通过这一系列社会的和神灵的约束，才能有限地领会世界和万物。

用禁忌约束人们的言行就是萨满教作用于鄂温克氏族社会的一种体现。在《额尔古纳河右岸》中，为了使族众有畏惧感，禁忌往往是以神灵的名义昭示的。例如，对于火神的禁忌，“我”所在的部落非常崇敬火神，从“我”记事起，营地的火就没有熄灭过，平时还常淋一些动物的油到火上。“我”和姐姐从小就懂得敬畏火神。关于熊的禁忌也有很多，如打到熊的时候，会举行“熊祭”，首先将熊头挂在萨满的希楞柱前，并苫上皮，让玛鲁神悄悄享受它们；接着再将熊的血涂到萨满口袋里诸神像的嘴上，将熊的肥肉扔到火上，并覆盖上卡瓦瓦草，将装着神像的皮口袋在烟雾中晃一晃，再将神像放回原地，熊祭就结束了。[①]

每一个鄂温克氏族都有自己的公共墓地，但是诸如被雷击死、难产死亡、被枪杀、被熊咬死等非正常死亡者，不能葬入公共墓地。“我”的父亲林克在去阿巴河畔换取驯鹿的途中，不幸被雷电击中而亡，尼都萨满并未将林克运回属于氏族部落的公共墓地，而是在林克身亡的那片松林中为其进行了风葬，“尼都萨满说，林克是被雷神取走的，雷来自天上，要还雷于天，所以他的墓一定要离天更近一些”[②]。可见，按照鄂温克人的禁忌，林克的死亡属于非正常死亡，因而只能就地风葬，不能葬入氏族的公共墓地。同时，林克生前所用的生活用品都需要一起风葬，按照鄂温克人的禁忌，如若非正常死亡的人的生活用品不这样破坏后再进行陪葬，将会使活着的人遭殃。

可见，信仰和禁忌让人们始终感觉到神灵的无处不在，并敬畏神的力量、服从神的旨意，从而不敢逾越族规神定。同样，一些森林法则也是借助神的

① 迟子建. 额尔古纳河右岸［M］. 北京：人民文学出版社，2010：43.
② 迟子建. 额尔古纳河右岸［M］. 北京：人民文学出版社，2010：58.

理论，约束着鄂温克猎手的语言，规范着他们的言行。“熊祭”等仪式就是以一种内在的力量来克制猎手滥杀野兽的欲望，既维护了自己的衣食之源，又使动物种群保持自然繁衍的平稳节律。总之，萨满教的禁忌和对万物的敬仰，有效地约束了东北少数民族氏族内部人员的感情和意识。

三、人际互动：热情坦率的人情味

星散于茫茫林海、草原和江边的东北少数民族，为了适应各自不同的自然环境，必然需要在生活中互帮互助，因此迟子建笔下的东北少数民族显得热情坦率、活泼开朗，展现出温情而又质朴的面貌。

这种热情坦率的人情味，首先表现在同族之间的信任与交流上。在《额尔古纳河右岸》中，“我”在寻找娜什杰卡的过程中，在森林里迷失了方向，在“我”饥肠辘辘之际，无意间看到了其他氏族的靠老宝，“我”爬上了靠老宝找到了肉干等食物充饥，当“我”被靠老宝所属的氏族人员拉吉达发现时，拉吉达并没有因为“我”的偷吃而愤怒，而是将“我”平安送回“我”所在的乌力楞。

据民族志《鹿鸣兴安岭：鄂温克族》记载，所谓“靠老宝”，是一种建在野外的高脚仓库，里面储存有肉干、粮食、烟、盐和皮衣、鹿鞍、桦树皮等用品。它通常离营地很远，搬迁时也不拆除。过路的猎人或行人用品短缺了可以去拿，日后可还，也可不还。①“我”在森林中迷失多日，不仅饥寒交迫，还差点被熊袭击，最终还能平安回到营地里，靠老宝可以说是功不可没。这种约定俗成的生活理念，既体现了鄂温克人的生活智慧，也体现了鄂温克人顺应、尊重自然的传统文化价值观，这种生活理念甚至融入了鄂温克人的日常生活中，形成了生活谚语：

从我记事的时候起，大人们爱跟我们说这样两句话，一句是“你出

---

① 都永浩. 鹿鸣兴安岭：鄂温克族［M］. 上海：上海锦绣文章出版社，上海文化出版社，2017：61.

门是不会带着自己的家的，外来的人也不会背着自己的锅走的”，另一句是“有烟火的屋子才有人进来，有枝的树才有鸟落”。①

由此可见，这种互帮互助的理念早已渗透进了鄂温克人的生活。前句指出，无论是自己还是他人离家出门在外，都有遇到困难的时候，面对突如其来的状况，人们可能来不及做准备，因此彼此之间的互帮互助显得尤为重要。鄂温克人这种互帮互助的风气的产生，与他们的生产和分配原则有关。平均分配与集体生产是鄂温克人的根本原则，在鄂温克氏族部落里，这一原则不容许被破坏。每一个氏族都是平等分得所获猎物，不管其成员是否具备劳动能力。因而，鄂温克人对猎物分配的观念是：没有打着猎物的人，有权先要打中野兽的人的猎物。自己打的都给别人，这样的人，永远都能打着野兽。只顾自己，不顾别人的人，永远打不着野兽。这种分配原则体现在鄂温克人的生活里，就是要学会互帮互助，只有凡事考虑到其他人，能够在别人处于危难的时候伸出援助之手，族群的力量才会越来越强，也会帮助更多需要帮助的人，青年人在老年人的熏陶下一代传一代，互帮互助之风沿袭成俗。

其次，除了表现同族之间的信任与互帮互助，迟子建还以文化他者的视角展现东北少数民族的互动关系。她以生活在东北的汉族人的视角，抒发自身对东北少数民族的赞美与崇敬。

小说《树下》就以汉族女孩七斗的视角，展现她与鄂伦春少年的互动关系。在小说中，七斗的人生充满了坎坷和悲剧，母亲自杀、父亲外出务工、寄养刻薄的姨妈家、姥爷病逝、多次被姨父强暴、父亲归乡途中遭遇车祸身亡、姨妈一家惨遭邻居杀害……这一系列事件，使得年少的七斗过早地懂得了人生的无常，拥有了超出年龄的成熟与清醒。现实生活的残酷让七斗更加珍惜人生中所遇到的美好的人或事。七斗人生的美好源于生活在大兴安岭深处的鄂伦春族马队，他们热情、自由、奔放，不被世俗所羁绊，这一切都是七斗所向往和羡慕的。每一次与鄂伦春族马队以及鄂伦春少年的相遇，都使

① 迟子建. 额尔古纳河右岸［M］. 北京：人民文学出版社，2010：83.

心灵饱受折磨的七斗得到短暂的治愈，久而久之，鄂伦春族马队成了七斗苦难人生路途中的一盏明灯，始终照耀着七斗前行，使她形成了顽强、乐观的人格特质。

大兴安岭位于祖国的东北边陲，这是一片神奇而令人向往的土地，它像两条蜿蜒盘旋的绿色长龙镶嵌在祖国的东北版图一角，这里庇护和养育了一个古老的民族——鄂伦春族。在绵亘数千里的原始森林中世代居住着一个勇敢强悍以狩猎为生的民族，没定居之前，鄂伦春族依靠一匹马、一杆枪、一只猎犬，常年游猎在山岗，过着逐野兽而迁徙的生活。大兴安岭既是他们的天然猎场，也是他们世代居住的家乡。长期以来他们与大山为伴，不畏险阻，在大小兴安岭之间，在茂密的原始森林之中留下了沉稳、厚重的脚步。

七斗所生活的惠集小镇处于大兴安岭深处，是一个四面被群山环绕的汉族小镇，由于地理位置的特殊性，惠集小镇的人们与同样生活在大兴安岭深处的鄂伦春人成了邻居。七斗之所以能够与鄂伦春族马队产生交集，是因为随着商品经济的发展，鄂伦春人传统的交换方式发生了改变。根据《黑龙江少数民族简史》记载，清朝统一黑龙江各部落以后，鄂伦春人与满、汉、达斡尔等民族有了更广泛的接触，开始形成以物换物的原始交换方式。但是随着鄂伦春族所在地区商品经济的发展，原来的以物易物的这种古老原始交换方式逐渐被等价交换方式所代替。① 正是因为鄂伦春人需要与其他民族交流进行物品交易，才无意间促成了七斗与鄂伦春少年的多次相遇与互动，借此展现了汉族少女对鄂伦春族的他者想象。

《树下》中多次刻画七斗与鄂伦春人的情感交织，既有七斗对鄂伦春人的向往与想象，也有她与鄂伦春少年真实的相遇、重逢、互动情景，这一切都使处在人生困境中的七斗燃起了生的希望。半个多世纪以前，鄂伦春族像很多北方民族一样，生活境况非常严峻，物质文化比较简单，于是人们通常会认为他们的民族及文化都是落后的，对于鄂伦春人就形成很多刻板的印象，

① 方衍. 黑龙江少数民族简史［M］. 北京：中央民族大学出版社，1993：95.

认为他们原始野蛮、无规则、无制度，或者没有道德和法律的约束而进行偷盗。但是21世纪的今天，面对全球性的生态灾难，如海啸、地震、全球变暖，我们发现了许多“发展”中的弊病，而鄂伦春族和其他东北少数民族的智慧，他们几千年来祖祖辈辈传下来的与大自然和谐共处的存在方式，都值得我们现代人去学习。因此，迟子建透过少女七斗纯洁的眼光，向读者展现了一个摆脱人们刻板印象的鄂伦春族，他们用鄂伦春人独有的真诚让一个满是哀伤的少女始终没有放弃生命、没有丧失对真善美的追求。面对小镇上的人们对鄂伦春人的无端污蔑，七斗相信眼见为实，凭借自己与鄂伦春人几次相遇的真实感受，以及苏大娘对鄂伦春人的赞美，认定鄂伦春族是一个坦率真诚且充满智慧的民族。

七斗的父亲在她小的时候经常外出打工，七斗常在路边等他回家，等不到父亲的时候，有时会看到鄂伦春人经过。在一次与鄂伦春族马队相遇的时候，他们热情地送给她一个装盐用的桦皮篓，她开始期待再次见到他们。母亲去世后，七斗被寄养在姨妈家，困苦的人生中，七斗唯一的期待便是能听到鄂伦春族马队的声音。终于在有一天傍晚，七斗又听见了熟悉的马队声，这次相遇，七斗结识了与他年龄相仿的鄂伦春少年，她与少年之间展开了一段友善的对话，并获赠了一块狍子肉，使他们建立起初步的友谊。马队过去了，七斗流着泪目送他们消失在道路的尽头。从此以后，盼望与鄂伦春族马队、鄂伦春少年再次相遇变成了七斗苦难生活中唯一的支撑。

七斗与鄂伦春少年的第二次相遇是在斯洛古小镇的码头上。七斗跟随姨妈一路乘船到达斯洛古，在码头上又听见了那熟悉的马队声，她与少年好像多年的朋友一样聊天，少年许诺教她骑马，七斗也向少年确认了小镇老师皮箱被盗事件与鄂伦春人无关，这一切都让七斗心里充满了奇遇的惊喜。七斗在与姨妈看望产妇成美娣时，不禁想到自己和鄂伦春少年，幻想可以与他生四个孩子。可见，七斗在此时对鄂伦春少年的感情已经不仅仅是好感，而是在时间的沉淀下，逐渐转化为类似爱情的情愫。然而，七斗与鄂伦春少年的第三次相遇竟是他娶亲的时候，当得知少年要去迎娶其他的汉族女孩时，七斗只觉得天旋地转，当再次确定少年所说的是事实时，“七斗站在路边，无声地哭泣着。天就要黑了，她却不知道自己的家在哪里”①。

《树下》是以七斗遭遇人生的困境陷入失落、与鄂伦春人相遇燃起希望、再次遭遇人生低谷、与鄂伦春族马队重逢获得救赎的循环中展开的。双亲的相继离世、姨妈的刻薄、姨父的多次强暴，都让七斗对于当前的生活充满了抵触与憎恶。七斗与鄂伦春人的几次接触，让她感受了鄂伦春人自由自在、随遇而安的生活方式，他们在七斗眼里，无疑是帮助她脱离现在生活、获得解放的浮木。因此，当七斗得知鄂伦春少年即将结婚的时候，她的反应如此强烈，不仅仅是对少年的爱慕，还意味着她幻想摆脱现状的梦想彻底地破灭了。因此她感觉不知道家在哪里，因为对于七斗而言，只有幻想与少年结婚、生儿育女的那个家才是属于她的家，但是现在这个幻想破灭了，七斗在现实生活与精神层面上都显得失落而孤独。

《树下》中的鄂伦春人，不论是萍水相逢或是相识已久，都表现出真诚待人的人情味，他们与七斗初次见面，就送给七斗一个桦皮篓，鄂伦春少年更是慷慨地送她狍子肉，答应教她骑马，处处都可以感受到鄂伦春人的热情、豪爽、坦率、不拘小节的真性情。

不同于《额尔古纳河右岸》书写东北少数民族的部落史，《树下》是以汉族少女七斗的个人生命历程来彰显鄂伦春族的民族性与独特性。事实上，这种以汉族人的视角呈现东北少数民族的叙事方式在迟子建的其他作品中也有所展现。《群山之巅》中鄂伦春人绣娘与汉族人成婚，搬到了龙盏镇定居，生活在龙盏镇的人们大部分是汉族人，即使有类似于绣娘的鄂伦春人，但是随着时代的进步，他们的生活方式和生产方式已经发生了巨大的变化。迟子建塑造绣娘这个角色，实际上是以人类学他者的视角呈现鄂伦春人下山定居后的生活状态，从而引发人们的思考，这既能丰富鄂伦春族的文化内涵及民族性格，也能使鄂伦春族的群体形象更具体、更真实。

---

① 迟子建. 树下［M］. 北京：人民文学出版社，2014：181.

事实上，在一种前所未有的深度中，迟子建对东北少数民族的描述显示的不仅仅是一种文学形象，更是呈现出对一种文化事象的阐释和描述。她对东北少数民族的观察是一种“他者的理解”，在写作中她也强调田野工作的重要性，这种强调事实上是在进行民族志文本形式的实验，既丰富了民族志文本的表述方式，同时又能保持文学文本的传统权威。从民族志诗学角度而言，迟子建写作的目的并不是简单地以提供一种权威性、推广资料的方式，来让读者信服她的验证和描述。她从一个谜一样、复杂文化的混合描述，发展到借讨论不同但相关的主题来对东北少数民族文化作有选择的漫游式的探索。迟子建的写作之所以形成持久的吸引力，就在于她对文化事象与民族志书写之间这种亲密关系的强调，从而形成她文学文本的特殊风格，这种书写方式创造了一种文学式的民族志书写模式，即将文学文本中的神话和仪式作为一种人类学式的隐喻，使得文学写作具有了一种叙述真实性，也拓展了实验民族志的表述方式。

第三节　他国文化的进入与交融

迟子建在其作品中，多次通过描写他国在中国东北地区的发展与活动，来呈现东北地区多国交流、互动的情景。这种独特的历史文化内容必然性地会进入和出现在迟子建的文本结构中，构成其作品独特的文化与人生景观，体现出其创作民族志书写的特色。

一、俄罗斯文化在哈尔滨的变形

在迟子建的作品中，俄罗斯文化对哈尔滨影响的第一个明显的标志，就是它在给哈尔滨带来罪恶的同时，也给哈尔滨带入了一些资本主义性质的城市基础设施、市政管理手段和新的科技知识，这些在一定程度上刺激了哈尔滨经济的转向和发展，造成哈尔滨在空间结构和社会结构上急速向近代化演变，城市外部形貌显现出典型的多元组合特征。以《白雪乌鸦》为例，迟子建描写了在哈尔滨鼠疫期间，俄罗斯文化在哈尔滨的发展样貌，以及它对于东北各方面的潜在影响。

迟子建在《白雪乌鸦》的段落间，总是不时地呈现哈尔滨三区地貌景观、人民生活的差异。虽然生活在同一片天空，但是三区人民的生活水平是截然不同的。王春申作为一个人力车夫，白天都在埠头区、新城区接客，到了夜晚回到傅家甸。当他赶着马车回傅家甸时，这里早已是一片漆黑，而埠头区却依旧灯火通明。虽然傅家甸的多半住户也已经用上了电，但是为了节省一个多大洋的电费，人们还是喜欢用省钱的油灯。不仅生活上的差异有着天壤之别，哈尔滨三区的建筑风格也截然不同。以生活在埠头区的谢尼科娃为例，作为一个生活在埠头区的上层俄侨，谢尼科娃的家显得优雅而又高贵，反观傅家甸的建筑，不仅毫无风格而言，甚至居住环境也极其恶劣。

之所以呈现哈尔滨三区的这种差异，一是为了突出20世纪初哈尔滨的时空风貌，使读者了解哈尔滨鼠疫的历史背景；二是看到在西方列强频频叩关的炮火中，哈尔滨亦同全国一样，迈出了其屈辱与悲怆的社会近代化的步伐。1910年前后，俄罗斯文化之所以在哈尔滨如此盛行，甚至对哈尔滨的影响延续至今，皆源于当时俄侨的大量涌入。日俄战争后，根据《朴茨茅斯条约》，俄罗斯帝国将中东铁路南线长春至旅大段，以及大连商港、旅顺军港皆割让给日本，特别是《哈尔滨自治公议会章程草案》的通过，使俄国人在哈尔滨的经济势力又有了进一步的扩张，俄侨也有了一定数量的增加，无论是在经济实力还是在侨民数量上都进入了一个新的发展时期。几十万的俄侨在哈尔滨定居，他们的活动涉及宗教、贸易、教育、艺术、文学等文化领域，对当地居民产生影响，起到了文化传播的作用。

为了便于俄侨的宗教生活，俄国当局陆续在哈尔滨建立教堂。据《中国与俄苏文化交流志》统计，“至1940年前，在哈尔滨及其邻近地区约三四万俄国侨民中已设有二十座东正教堂，同时还设了犹太教堂、天主教堂和亚美尼亚教堂，宗教活动一应俱全，甚至单独印刷哈尔滨俄文的宗教台历《三勇士》”①。这种宗教文化的传入，必然会潜移默化渗透在东北人民的生活方式中，《白雪乌鸦》中就多次呈现出哈尔滨人民的生活被“宗教化”的痕迹，由此显示出俄罗斯文化对哈尔滨影响之深远。

在《白雪乌鸦》中，糖果店老板娘陈雪卿在丧偶后，选择通过挨门挨户地分糖来缓解自己的悲痛，这种行为成了鼠疫以来，埠头区出现的一道最美的风景。这种分糖的行为实际上是源于俄罗斯东正教的一种仪式，信徒们身处教堂，唱起弥撒曲，由孩童扮成天使，手提篮子站在信徒身旁，为捐款的教徒分发糖果，信徒在虔诚的默祷中体会人生的欢欣与悲苦。可见，虽然陈雪卿并未身处教堂践行分糖仪式，但是她通过这种行为来缓解内心的悲痛，实际上是受到俄罗斯的宗教文化影响的，教会的分糖仪式并非仅为陈雪卿所知，生活在哈尔滨的其他人也或多或少地了解这种宗教仪式，宗教文化就这样深深地卷入、渗透进了哈尔滨人的思想中。

除了宗教的影响，俄侨还在哈尔滨开展各种形式的生活和娱乐活动，使当地生活显得丰富多样，他们在哈尔滨建成多个剧院、电影院、马戏团等娱乐场所供人消遣。1911 年，俄侨在哈尔滨建成铁路会堂，大厅设一千五百个座位，还有旋转舞台，故称为哈尔滨的音乐表演中心，经常演出的是俄国人组成的哈尔滨交响乐团和歌剧团，也有俄国来的著名演员。《白雪乌鸦》中的谢尼科娃就是供职于剧院的歌剧演员，谢尼科娃的丈夫雅思卢金是中东铁路管理局的一名高级职员，铁路开筑之初，他便带着妻子移民到哈尔滨，他与谢尼科娃是典型的生活在哈尔滨的俄侨。在有演出的夜晚，王春申都会驾着人力马车送谢尼科娃到剧院演出。尽管没有亲眼看见谢尼科娃在舞台上的演出，但是每次赶马车的时候，王春申都能听见她的轻声吟唱。王春申也能根据她去的不同场所分辨出不同的歌声，虽然王春申是一个底层劳动人民，但是在接送谢尼科娃的路途中，也不自觉地接触到歌剧这种艺术，可以根据

① 李明滨. 中国与俄苏文化交流志［M］. 上海：上海人民出版社，2010：277.

谢尼科娃不同的吟唱方式分辨出不同的曲调，可见俄罗斯文化在哈尔滨的影响之深刻。

据《哈尔滨俄侨史》记载，“至1913年时已有各种形式的俄文报纸近20种，初、中、高等及各类专业技术学校12所，电影院、戏院、马戏团7个，以及一些俱乐部、图书馆、跑马场等文化娱乐设施若干个”①。这些娱乐设施的建立，不仅满足了哈尔滨俄侨的精神生活，也被哈尔滨本土人员所接受。在《白雪乌鸦》中，谢尼科娃作为一个在哈尔滨生活多年的俄侨，最常去的地方除了圣尼古拉教堂，就是敖连特电影院。王春申也喜欢带继宝看马戏团的演出，每当继宝生病时，王春申带他看一场有耍猴子的滑稽小丑的马戏表演，继宝的病就神奇地好了。继宝所喜欢的马戏团，也正是俄国人在哈尔滨创办的鲍罗夫马戏团，历史上这个马戏团从1904年便活跃于哈尔滨，成为哈尔滨人消磨时间、娱乐消遣的好去处。可见，一些哈尔滨人并不是很排斥俄侨带来的一些文化，这些文化因为表演风格通俗易懂，因而能够被市井小民所接受。

俄罗斯文化对哈尔滨的影响，还体现在对东北语言、风俗及生活方式的浸润渗透和潜移默化上。换言之，与生活中和迟子建作品中众多的俄侨人物相比，已经渗透到语言、风俗和生活方式中的“俄化”痕迹，更能显示出俄罗斯文化对哈尔滨乃至东北的影响之深远和普遍。在《白雪乌鸦》中，迟子建对此虽无专门性的、集中的描绘，但是在无意的、零星的、穿插性的描叙中，却时常表现和透露出这一方面的内容。而且，唯其无意，往往更见出影响的自然化与普泛化。

在《白雪乌鸦》中，俄罗斯的饮食文化已经深深渗透到哈尔滨人的饮食习惯中，成为东北饮食文化中本土化的重要组成部分。翟芳桂去罗扎耶夫的鞋铺做鞋的时候，罗扎耶夫请她吃薄饼和果子羹，翟芳桂与罗扎耶夫已经是多年的朋友，她知道俄国人擅长做果子羹，因此她并未惊讶，而是毫不客气，

---

① 石方，刘爽，高凌. 哈尔滨俄侨史［M］. 哈尔滨：黑龙江人民出版社，2003：50.

拈起一块就吃；翟桂芳被丈夫囚禁多日获得自由后，第一件事则是去餐馆饱食一顿俄式大餐，包括奶汁肉饼、乳渣馅饼、奶皮香蕉等等。与此同时，俄国的服饰和生活用品也成为哈尔滨人生活中不可缺少的一部分，如罗扎耶夫的鞋铺已经成为人们经常光顾的地方，翟芳桂与陈雪卿更是每年都要在这里定制一双靴子。也正是因为俄侨的到来，使类似于王春申这样的底层人民能够增添收入，因而他并不反感俄国人。可见，一种习焉不察的生活方式已经在慢慢改变人们的性情与观念，俄罗斯文化就这样深深地卷入、渗透进哈尔滨人的生活。

虽然俄侨的进入丰富了哈尔滨人的生活，但是不能忽视的是，俄罗斯帝国是作为侵略者进驻哈尔滨的，因此大量俄侨的涌入是与沙俄对华采取的经济政策有着密切的关系。例如，俄罗斯帝国对哈尔滨及其附近地区进行商品倾销活动，从而控制垄断我国东北北部市场。在《白雪乌鸦》中，傅百川眼见着一家家小型火磨作坊，被俄国人开的大型制粉厂所吞并；眼见着曾经兴旺的糖厂和肥皂厂，一天天地走向穷途末路；同时他所从事的烧酒行业也受到俄国人的啤酒厂挤压。同时，在哈尔滨的俄国商人还享受着减税特权。因此，王春申的人力车不愿意拉俄国人。可见，在1910年前后，哈尔滨商人不得不面对来自俄侨的商业挑战，陷入前所未见的窘境，轻则影响业绩，获利不如以往；重则不堪亏损，最终只得黯然停业。

从俄罗斯文化在哈尔滨的传播以及沙俄在哈尔滨实行的经济政策中可以发现，不同的民族与文化可以通过对艺术与审美的共同追求而有所交流和互动，但是这并不能撼动彼此根深蒂固的文化特性，无论是文化影响还是艺术传播，都无法改变沙俄侵略中国的事实。通过中俄两国商人的对立矛盾的展现，迟子建向读者暗喻不同民族仍难以交融的事实。

20世纪初的哈尔滨，中俄民族之间如何进行交流与互动？在《白雪乌鸦》中，迟子建以生活在傅家甸的喜岁去埠头区、新城区卖报纸为例，展示了中俄两国人民通过报纸进行交流和沟通的场景。喜岁最开始卖的报纸是俄文报纸，为了便于推销，喜岁还学会了简易的俄语，卖报纸的同时还兼卖可供消遣的瓜子、香烟。

从喜岁卖的报纸的种类可以了解到，俄侨在哈尔滨办的报纸相当活跃。根据《中国与俄苏文化交流志》记载："筑铁路初期就有《哈尔滨》和《哈尔滨通报》。几年之后再有《新生活》问世，到二十年代初期，这个拥有十万人左右俄侨的地方已经发展到有十几家俄文报纸，所以在1926年《满洲通报》就指出：'这不但对哈尔滨的生活，而且对于整个俄国远东地区看来，都是空前的盛况。'"① 因为在哈尔滨的俄侨人数众多，单一的报纸已经不能满足俄侨的多种阅读需求，为了观照不同阅读需求的俄侨读者，俄侨在哈尔滨发行各种类型的俄文报纸。但是值得关注的是，尽管为了俄侨的阅读需要，大部分报纸是以俄文为主，但是1910年开始，也出现了俄国人创办的中文报纸，如《远东报》。

如果说俄国人出版发行俄文类的报纸是为了满足在哈尔滨的俄侨的文化需求，那么创办中文报纸则是为了吸引中国的读者，借以通过中文报纸打入中国民间内部，向中国百姓宣传其殖民政策，麻痹中国读者。可见，《远东报》实际上是俄侨宣传其政治目的与殖民政策的工具，是想通过歪曲其在哈尔滨的殖民行为，来影响读者对当下时事的看法。《白雪乌鸦》中就提及，哈尔滨鼠疫期间，尽管中国政府想尽办法控制鼠疫的蔓延，但是《远东报》却对中国政府的防疫政策多有批评，道台府因此蒙受了不少来自国际和国内的压力。

光是呈现俄罗斯文化对哈尔滨的影响是远远不够的，迟子建还展现了生活在傅家甸的底层劳动人民对于俄侨的看法，透过不同的人物经历真实地表现和描绘了广泛出现于东北各个生活领域中的众多的俄侨的形象。之所以能够这样熟稔俄侨的生活与文化，与迟子建的生活经历相关。迟子建在北极村姥姥家居住的时候，姥姥家的邻居就是一个苏联老太太，幼时的迟子建很喜欢与她互动，并与她建立了深厚的友谊。而迟子建所在的北极村也正是中苏

---

① 李明滨. 中国与俄苏文化交流志［M］. 上海：上海人民出版社，1998：278.

边境所在地，与苏联只隔一条江，正是自幼的观察与接触，使得迟子建将多年对于他者文化的观察与体认，融入《白雪乌鸦》中。

在《白雪乌鸦》中，迟子建以傅家甸周家祖孙三代人对俄罗斯文化的态度，呈现出哈尔滨人由开始的被动地、不自觉地受到渗透于生活中的“俄风”影响，到后来自觉主动地学习和借鉴俄罗斯文化，接受其影响与熏染的过程。喜岁的爷爷奶奶周济、周于氏热爱中国文化胜于俄罗斯文化，甚至对俄罗斯文化有些排斥。以宗教而言，周于氏曾因被狐仙附体，而成为出马仙，可以为别人指点迷津，周家因为周于氏的出马而财源滚滚，即使出马仙不再灵验后，周于氏也坚持每月初一、十五去关帝庙烧香。周于氏最不能容忍出现在哈尔滨的俄罗斯教堂，认为耶稣不是中国人的神灵，便也不能庇佑中国人。喜岁的爷爷不喜欢西洋景，更不喜欢洋行，甚至从来不到俄侨居住的埠头区和新城区。相比较而言，喜岁的父母周耀祖、于晴秀则明显不排斥外国人，周耀祖夫妇做的点心深得俄侨的青睐，当得知周耀祖将点心卖给歌剧演员谢尼科娃时，周于氏臭骂周耀祖，周耀祖表面答应周于氏不再卖给俄侨，但是内心却认为“有生意不做，不是傻瓜吗”[①]？由此可以看出两代人对于俄罗斯文化接受的程度不同。与前两代人相比，喜岁专门做俄国人生意，每天来往于埠头区、新城区与傅家甸，甚至为了多赚钱，还专门学习了简单的俄语，借此拉近与俄侨的距离。

周家三代对待俄罗斯文化之所以出现态度的转变，与时局的变幻有着密切的联系。以周济为代表的老一辈经历过历史纠葛带来的伤痕，因而排斥俄罗斯文化的情绪最为强烈，但是随着时局的转变以及俄侨采取多方面行动进行文化殖民，年轻一代逐渐淡忘了历史的伤痕，因而经历从祖辈的排斥，到父辈的友善相处，再到孙辈的积极融入的情感过程，由此也能看出俄罗斯文化对哈尔滨的渗透与影响。

---

① 迟子建. 白雪乌鸦［M］. 北京：人民文学出版社，2010：26.

二、伪满时期日本对东北的文化殖民

1931 年，日本侵略者借伪满洲国外衣，对东北人民实施了残酷的文化殖民，使东北人民遭受了 14 年的苦难。战后经过国际军事法庭审判，当年发动九一八事变的许多战争罪犯受到惩处，日本帝国主义者的侵略罪行铁证如山，记录在案。然而二战结束至今，日本国内仍有一股右翼势力在猖狂活动，他们千方百计地否认侵略、变本加厉地为军国主义歌功颂德，公开为日本侵略中国和亚洲其他国家的历史翻案，借此美化殖民统治。对此，中国人民一方面表示强烈的愤慨和坚决反对，另一方面要以不可辩驳的历史事实进行有说服力的反击。正是由于日本对东北渗透侵略所具有的历史罪恶特征，迟子建在其长篇小说《伪满洲国》中，试图真实地再现这段历史，从而揭示东北沦陷时期日本殖民统治的全貌。

伪满洲国时期的中国东北，由于各方面都受到日本掌控，使得东北地区逐渐日本化，日常生活中随处可见日本文化的痕迹，如在语言文化上给东北人民带来的影响。1932 年“满洲国”成立后，日本在占据、封闭和破坏东北教育机构的同时，开始全面实施殖民地教育政策，公布并实施了“新学制”。“新学制”的重要政策之一就是“重视作为国语之一”的日语。这种殖民地统治思想的教育，并不仅仅局限在各学校的学习过程中，还扩大到以全体东北人民为对象，通过社会教育来进行。这种教育政策，给东北人民思想和精神带来巨大的影响，使一些人的人性产生了扭曲。

《伪满洲国》里监管劳工的陈工头本身是个中国人，但在日本高压强权的政策下，不仅心理产生了扭曲，连行为都变得异常。首先，陈工头在外表的打扮上向日本人靠拢：“头发梳得油亮油亮的，唇上蓄着撇乌鸦翅膀似的八字胡，看人时仰着头，斜睨着眼睛，很不屑很不齿的神情。”① 其次，陈工头说话时也刻意模仿日本人的说话方式，如当工棚的劳工的伙食里突然多了

① 迟子建. 伪满洲国 [M]. 北京：人民文学出版社，2004：297.

几片肉，白面馒头的霉味也少了些，他便站出来解释："大日本皇军大大的好，知道你们过年了，给肉吃，有馒头，干劲要大大的好！"

可见，陈工头作为一个中国人，却为了讨好日本人，言谈举止处处模仿日本人，希望借这种模仿的"日常仪式"使自己逐渐内化为日本人，忘记了自己的中国人身份，从而产生了人性的扭曲。出现这种情况主要有以下几点原因：首先，回到文中的时空背景 1937 年，这一年，卢沟桥事变爆发，日本帝国主义大规模的全面侵华战争开始，是时日本政治和经济开始全面实行战时体制，日本及其从属者伪满洲国之间所谓"日满不可分"关系，也被要求"进一步发展为一体化"的关系，这期间，日本不但能以不正当手段征收东北百姓的粮食和土地，甚至还以各种理由强逼男性的中青年人口进入工棚参与不人道的劳动。在这种高压强权的政治背景下，有的人就如陈工头那般，人性扭曲而不自知。

其次，陈工头原本是土生土长的中国人，却处处以模仿日本人而自豪，为日本军国主义歌功颂德，由此可见日军不仅通过暴力对东北进行殖民统治，还辅之以思想政治。史学家解学诗所著《伪满洲国史新编》中有记载：为了尽快把新制造的伪满洲国纳入准备与美苏大战的日本总战力体制，日军在东北成立了协和会，协和会的活动极其广泛，首要的是竭力进行所谓"建国精神"和"国家观念"的宣传，驱使人民群众服从日本帝国主义的统治，为其效劳。① 可见，日军正是基于协和会的理念，雇佣中国人管理中国劳工，一是为方便管理中国的劳工，而且没有语言沟通的障碍；二是通过将工头培养为日军的思想统治工具，进而利用工头影响其他劳工，更有利于日本帝国主义在东北的殖民统治。陈工头正是深受日军的殖民统治思想的浸染，从而对日本臣服，这也正是日军所希望看到的结果。从《伪满洲国》中陈工头人性扭曲的例子可以知道，日本帝国主义通过各种文化专制手段对东北人民进行压迫，给广大东北人民生活带来巨大冲击和影响，也赤裸裸地暴露出其侵略

① 解学诗. 伪满洲国史新编 [M]. 北京：人民出版社，2015：365.

者的凶残本性，这正是对日本右翼势力美化侵略、掠夺、奴役中国人民的谬论的有力反击。

值得注意的是，自从1894年日本发动侵华的甲午战争之后，日本帝国主义对中国的侵略给中国人民带来了深重的灾难，也使日本人民深受其害。中国共产党和毛泽东同志指出，日本对中国的侵略是其军国主义扩张政策的必然结果。我们在处理中日关系时，要把广大的日本人民同极少数军国主义分子严格区分开来，把制定侵略政策的极少数人同受这种政策所驱使的绝大多数人严格区分开来。《伪满洲国》正是基于这个立场，将日本军国主义政策的制定者与日本人民严格区分开来，并从中日百姓的立场出发，说明他们各自对中日两国的看法。

《伪满洲国》通过日本人中村正保与中国人张秀花的婚姻悲剧，展现了战争对于广大人民的侵害。中村正保是日本开拓团的成员之一，他们在日本帝国主义侵略势力的威逼利诱之下，走上所谓的“开拓”之路。羽田少尉在护送移民开拓团时，一位来自北海道的移民因未受到当地老百姓欢迎而感到不解，在他眼中“他们是来帮助他们建设新国家的”①。中村正保也是带着建设美好生活的理想来到了东北，刚到东北的时候，他爱唱故乡歌谣，并对未来充满了期待。中村正保不仅很快适应了东北的生活，还学会了说汉语、抽旱烟，并迎娶了一个中国姑娘张秀花为妻，婚后也全心全意用心经营着家庭。

反观张秀花，她不愿意嫁给日本人早已有迹可循。首先在婚礼上，张秀花拒绝穿日本和服，而是提议穿传统的满族服饰举行婚礼。婚后的张秀花也抵触与中村正保交流，仍旧保持中国人的生活习俗。在对待中日两国语言上，张秀花也是抗拒日语，热爱汉语，“她觉得日本话不好听，说得太急，就像开了的水哗哗地叫，还像饿了的雏燕叽叽喳喳地闹。她说中国话好听，一句是一句的，而日本话黏黏糊糊的，让人分不清个数”②。可见，张秀花不仅不喜欢日语，甚至警告中村正保不能教女儿说日本话。如果仅仅因为日语的发

① 迟子建. 伪满洲国［M］. 北京：人民文学出版社，2004：83

② 迟子建. 伪满洲国［M］. 北京：人民文学出版社，2004：470.

声不符合张秀花心中对语言的美的标准，那么不准女儿学习日语则就涉及了民族与文化的认同问题。迟子建描写张秀花与中村正保的悲剧，正是强调这种移民侵略政策对于中日两国人民带来的伤害。

张秀花对日本人的抗拒与抵触的态度还源于当时日本侵略者对中日人民政策的不对等。仅以生产和消费为例，日本移民开拓团下设配给站，生活物资包括吃、穿、用等一切物品统一由配给站定期发放。为了让如中村正保这样的日本移民能够安心在开拓团定居，日本当局还为开拓团成员寻找家属，强行让本地的未婚姑娘出嫁，张秀花在嫁给中村正保之前有一个相恋多年的表哥，甚至怀有身孕，但是也被强行安排嫁给了中村正保。同时，日本当局不供给当地百姓白米，只配给粗粮和杂合面，而开拓团的日本移民却有足够的白米和白面，因而“配给到开拓团的这些姑娘，初来总是几近疯狂地吃白米”①。因此，从张秀花的视角来看，正是因为这场没有爱情与信任基础的不对等的关系，使张秀花自始至终不曾敞开心扉认识并接纳中村正保，自然无法为她与中村正保带来美好幸福的家庭生活，最终酿成了“杀子发疯”的悲剧。

除了实行开拓团计划，强行让本地未婚女子与日本移民通婚，日本侵略者还在东北农村建立“集团部落”，并成立“协和会”，对东北人民实行文化专制。日伪当局为了打击东北抗日武装活动，在其重要的游击区“归屯并户”，建立“集团部落”，从而切断抗日武装与人民群众的联系。但是面对东北人民抗日斗争日趋高涨的紧迫形势，日本侵略者感到急需一个能够配合军事“讨伐”和政治镇压，从思想和政治上统治群众的所谓“思想的教化的组织”，因而成立了协和会。协和会最大限度地从思想和政治上控制和统治人民群众，实际上就是想方设法迫使殖民地黎民百姓服从日本帝国主义的摆布。

《伪满洲国》中就提到狗耳朵所在的集团部落里的协和会，要求女人们

① 迟子建. 伪满洲国［M］. 北京：人民文学出版社，2004：340.

都穿着千篇一律的协和服。裁缝李进财看不惯协和服的古板，“嫌它拘谨、僵直，不显女人的身材。看到谁穿协和服了，他管不住自己的嘴，非要告诉人家穿上那衣裳匠气，不美”①。李进财不仅心里认为协和服与传统的中式服装相差甚远，甚至把老婆的协和服给改了，“领口缩小了，袖口也给弄得蓬松了，后面还开了襟儿”②。但是李进财也为此付出了惨痛的代价，不仅被日本警察捉去吊在南门下打，还被说成是一个反日分子，大逆不道，死有余辜，最终用刀剁下他的一双手，让他永远也别想再改一件协和服。

可见，所谓的协和服，只是协和会成员为了辅助日军侵略行动的一项规定，其目的是使民众周知日伪当局的政策，同时搜集民间的不满，并协助政府对这种不满的行为进行打压和消除。李进财擅自改动协和服，在他而言只是为了让其更加美观，更加符合中国百姓的审美，但是在协和会成员眼里，这无疑是挑战日满合作与平等共处的协定，是对日伪当局在东北地区推行的文化政策的不满。同时，协和服是由日本人设计并分发给集团部落的民众，代表的正是日本文化的象征，而如今协和服被擅自改动，改动它的人还只是一介平民，因此在日军看来，李进财的行为无疑是中国百姓对日本“以下犯上”的挑衅行为，使李进财遭受毒打，也导致其最终不堪受辱而自杀。李进财的悲剧证实了协和会的虚伪性与残暴性，正如李淑娟等学者所言，伪满“协和会”是日伪当局官办的政治团体，并伪装代表民意，实际上是日本关东军发号施令的传声筒。③

三、因时命而生的东北犹太文化

迟子建的笔下也多次提及生活在哈尔滨的犹太人的议题。在其小说《晚安玫瑰》《烟火漫卷》中，迟子建通过书写犹太后裔的日常生活展现丰富的

① 迟子建. 伪满洲国［M］. 北京：人民文学出版社，2004：382.
② 迟子建. 伪满洲国［M］. 北京：人民文学出版社，2004：385.
③ 李淑娟，车霁虹，段永富，等. 日本殖民统治与东北农民生活（1931—1945 年）［M］. 北京：社会科学文献出版社，2014：69.

犹太文化，并将犹太后裔的人生际遇与宗教习俗、民俗节庆等文化因素紧密相连，力图展现定居于中国东北的犹太人的生活情貌。

哈尔滨为何出现犹太人的踪迹？从历史脉络来看，犹太人最早到达中国的历史大致可以追溯到一千多年前。1840 年鸦片战争以后，随着外国资本主义的入侵，少数西方犹太商人来到上海等中国沿海城市经营事业。而大批犹太人进入中国，则发生在 19 世纪末 20 世纪初。第二次鸦片战争使中国进一步沦为半殖民地半封建社会，随着西方资本主义列强加紧对中国的侵略，沙皇俄国也乘机在中国的东北和西北进行殖民扩张。为修建中东铁路，一批批俄国军官士兵、工程技术人员和商人来到中国东北，而在时隔不久的日俄战争和十月革命前后，又有大量俄国侨民涌入中东铁路沿线地区，其中许多人就定居在哈尔滨这座中东铁路的枢纽城市。而来自俄国的侨民中，就有一部分是犹太人。

在《烟火漫卷》中，混血儿于大卫的母亲谢普莲娜就是一位定居哈尔滨的犹太人。谢普莲娜的人生轨迹正是哈尔滨犹太人的真实写照。谢普莲娜出生于波兰，自幼随着经商的父母辗转世界各地。中东铁路贯通后，各国的生意人纷至沓来，侨民激增，谢普莲娜十五岁时便随经商的父亲来到哈尔滨，继续学习芭蕾舞蹈，进入犹太中学，学习中文和俄文，还在一所音乐学校学拉小提琴。事实上，据《哈尔滨犹太侨民史》记载，犹太人来到哈尔滨，在此安家置业，投资经营，修建教堂，办学办报，最多时曾达到 2 万多人。当 20 世纪 20—40 年代犹太人在欧洲一些国家遭受纳粹灭绝种族的杀戮之时，哈尔滨这座中国东北内陆新兴城市成为犹太人在中国的移居地和避难所。[①] 可见，正是哈尔滨的包容与开放，使得犹太人能够在哈尔滨正常地从事经济、社会和文化活动，这也是谢普莲娜能够在哈尔滨接受良好教育的原因。

因特定时空的历史情境，犹太民族流散于世界各地，单纯以人类学中的

① 刘爽. 哈尔滨犹太侨民史［M］. 北京：方志出版社，2007：2.

地缘因素对其进行区分显得并不现实。犹太教的历史已有数千年，其宗教活动随着犹太人在世界各地的流动和时代的变迁也发生着一定的变化，尽管世界不同地区的犹太教在活动形式上已经出现了不小的差别，但他们的宗教精神却一直保留着、传承着。因此，如果借由相同的宗教信仰来辨认并保留它的民族性则显得更为贴切与实际。犹太人通过犹太教的传承而形成其独特的民族特点，以城市地景而言，最具代表性的便是犹太人的信仰中心——犹太会堂。在《烟火漫卷》中，透过刘建国的视角，迟子建具体描述了犹太会堂的前生与今世：

> 老会堂音乐厅在道里通江街上，由犹太老会堂改造的，有百年历史了，曾是生活在哈尔滨的犹太人的主要活动场所。上世纪三十年代初，穹顶遭受过一场大火，修缮时将两颗六芒星保留为一颗，至今仍是哈尔滨城市上空，在白天时也会闪烁的星星……橡木地板，胡桃色的祈祷席风格的观众席，舞台中央上方园窗镶嵌着的白色六芒星，以及黑色三角钢琴，这宗教与艺术符号的美妙结合，是都市夜晚的一杯酒。①

多个世纪以来，犹太人一直在世界各地流浪，无论短暂地定居在哪里，也逃脱不了被排斥的命运。唯有置身于犹太会堂，他们才能找到同族与情感的依靠。对于犹太人而言，宗教活动是他们日常生活的重要内容，是维系犹太社区成员相互关系的牢固的精神纽带。在《烟火漫卷》中，主人公刘建国在火车上不慎丢失了犹太后裔的孩子铜锤，从此便开始了漫长的寻子路，二十多年的寻子路上，刘建国经常到访的便是哈尔滨的犹太老会堂。犹太老会堂现在被改造成音乐厅，他把这里作为寻子的一个固定考察点，是因为铜锤的祖母谢普莲娜是纯正的犹太人，这里曾是如谢普莲娜一样的哈尔滨犹太侨民诵经的地方，多年寻子未果的他，也只能将渺茫的希望寄托于神，同时表达对于谢普莲娜的愧疚之情。

① 迟子建. 烟火漫卷［M］. 北京：人民文学出版社，2020：24-25.

在《晚安玫瑰》中，除了具体描述哈尔滨犹太会堂的历史沿革以及分布位置，迟子建也指出了犹太人对于犹太会堂的依恋之情。犹太会堂是散居在世界各地的犹太人精神生活的中心和相互沟通的纽带，在维系犹太民族共同信仰、共同文化、共同情感和共同特征等方面发挥了极为重要的作用，哈尔滨的犹太会堂也突出地体现了这些功能。但是也应该看到，即使哈尔滨热情地拥抱了犹太人，但是仍旧在犹太会堂听见他们幽怨的哭声。这是由于犹太民族难以完全融入当地的微妙心理决定的。这种微妙心理的产生，不仅与先天种族或文化的差异有关，同时也与犹太民族过往悲惨的历史有关。犹太民族虽然有 5000 年的历史，却经历了 1800 多年的流离失所，失去祖国与家园，而且几经杀戮，是一个充满苦难别情的民族。在人类史上，犹太人是遭受迫害持续时间最长、影响范围最广的一个苦难族群。这一切苦难皆使犹太人从未在某一地域形成具有影响力的群体，也从未在某一特定区域拥有归属感。

历史上，确实是俄国当局的反犹排犹的暴行，以及俄国十月革命的政权动荡，使得大量如吉莲娜母亲及外祖父一般的在俄犹太人移居中国东北。

从以上的历史背景的阐释，可以得出以下两点结论：第一，悲惨的民族历史，使得犹太人形成了“何处是家园”的潜在焦虑以及不被他族接纳的“离散人群”的心理。吉莲娜的生父当初就因为被定为反犹分子，在叶卡捷琳堡被乱石活活打死，彼时的吉莲娜还未出生。因为吉莲娜的生父是一名出色的小提琴制造师，吉莲娜一家常去剧场是为了凭吊一生热爱音乐的父亲。可见，犹太人的悲惨历史命运给吉莲娜一家带来的伤害是巨大的，通过个体的伤痛我们能够感受到整个犹太民族的苦难与悲情，这种伤痛并不是个体命运，而是在哈尔滨的犹太侨民共同的群体记忆。

从吉莲娜身上，我们能发现为何犹太人虽然不断遭受迫害、被视为“异端”，却依然能够顽强地生存下来，并与时俱进地发展着犹太文明。在吉莲娜与记者黄薇娜的一次对话中，迟子建借黄微娜询问吉莲娜一直独身是否在过去会受到歧视，暗喻犹太人对于自己民族被歧视、被“迫害”这段悲惨历史的态度。

如果只是针对当时对话的情境，可知吉莲娜展现了自己的世俗观与价值观。在她眼里，人生价值的评判标准不在于社会环境，而在于自己的内心。只要内心过得丰盈充实，即使遭遇世界歧视，又能怎么样呢？反之，如果自己被世界的声音所裹挟，一味地按照社会的标准评判自己，那即使世界不歧视你，你也会歧视自己，吉莲娜在此展现出当初对于“不婚主义”的从容不迫。但是，如果将这个回答置于吉莲娜的独特身份——定居哈尔滨的犹太侨民——之中，就能看出在特定历史时空背景下犹太人如何在多方政治势力中斡旋保全自己。

黄薇娜所问的“当年”，正是日本在东北建立伪满政权的时期。吉莲娜的终身未婚，始于伪满时期对一位日本军官的拒绝，虽然后来继父为了让吉莲娜就范还用了非常手段，但这无法动摇吉莲娜拒绝将自己的婚姻作为政治牺牲品的决心。战争结束后，吉莲娜很快坠入情网，与一位外交官相恋，但是外交官完成任务后便回国了，此后吉莲娜便终生未婚。从吉莲娜拒绝日本军官、与苏联外交官感情未果终身未嫁一举，我们能够看到在伪满这一特定的历史时期，犹太人对待日本、俄国的态度。无论是日本军官还是苏联外交官，在当时的特定的情境下都避免不了受到政治的摆布，吉莲娜与其继父截然不同的选择，充分体现犹太民族当时的情感倾向。

除了以犹太后裔的身世呈现犹太人在世界及哈尔滨的权力位置，迟子建亦细腻刻画犹太人的传统民俗节日：安息日与逾越节。安息日是犹太人每周一天的休息日，也是犹太教中神圣不可侵犯的圣日。《烟火漫卷》中就提到于大卫的母亲谢普莲娜在世时是如何过安息日的：

> 于大卫的母亲谢普莲娜在世时，每到安息日，都会关掉屋子的灯，在厅堂点燃蜡烛，在烛光中打开留声机，放一张黑胶老唱片，双膝并拢，庄重地坐在硬木椅子上，欣赏她偏爱的古典音乐，之后诵读经文，喝茶吃硬饼干。周六上午，她会去犹太老会堂做礼拜。①

---

① 迟子建．烟火漫卷［M］．北京：人民文学出版社，2020：35.

据《哈尔滨犹太侨民史》记载：安息日是指从周五下午日落到周六下午日落这段时间。在这一段时间里，人们主要是全身心地休息、祈祷和学习，并有许多禁忌，如不能乘车、驾船，不能抽烟、生火、按电钮，等等。为了不触犯“守安息日”的各种规定，人们往往要预备好次日的食物。[1] 可见，谢普莲娜严格遵守安息日的各种禁忌，关掉屋子的灯、庄重地诵经文、准备安息日所食用的茶点等等。哈尔滨犹太老会堂的安息日，一般会在周五的夜晚和周六的清晨举行祷告，因此谢普莲娜会在周六上午去犹太老会堂做礼拜。迟子建之所以在这里提到谢普莲娜为安息日而做的各种准备，以及安息日的禁忌，是想强调安息日对于犹太人的重要性。安息日是由宗教活动而逐渐变成犹太人日常生活的重要传统，自古以来维系了犹太民族的统一，使犹太人永远铭记与上帝之间的盟约，对犹太教的生存与发展起到了重要作用。谢普莲娜作为一个生活在哈尔滨的犹太侨民，并未有任何规章制度对其进行制约，但是她依旧能在日常生活中严格遵守安息日的禁忌，全身心地休息、祈祷和学习，由此可见宗教活动对于提升民族凝聚力起了重要作用。

了解了逾越节的由来以及习俗，便能理解吉莲娜这天也不吃任何发酵食品，虽然如吉莲娜这般生活在哈尔滨的犹太人已经越来越少了，但是并没有减少她对于逾越节虔诚而忠贞的心意。

透过安息日与逾越节可以反映出犹太教节日的两大基本特征。一是所有节日都与整个犹太民族相联系，而不是源于个体的业绩和生平；二是所有节日都具有强烈的宗教色彩，没有一个节日是世俗的节日，明确地表现出犹太教文化的规范性。迟子建透过安息日与逾越节向我们展示了犹太教对于犹太民族的重要性。无论是谢普莲娜还是吉安娜，她们都是接近百岁的老人，迟子建描述她们的日常宗教生活，正是为了说明，或许就是这种超越了宗教范畴的犹太精神，才是犹太人千百年来生生不息、不断前进的一个重要原因。

---

① 刘爽. 哈尔滨犹太侨民史［M］. 北京：方志出版社，2007：128.

第五章

迟子建小说的民族志书写的文化人类学意义

迟子建小说的民族志书写具有重要的文化人类学意义。一方面，迟子建小说的民族志书写是一种文化记录；另一方面，迟子建小说的民族志书写体现了文学与人类学的跨学科观照。迟子建小说的民族志书写体现了中国多民族文学和文化内部的丰富性、复杂性和多样性，为推动“中华多民族文学史观”的建构和民族文化新格局的创建提供了宝贵的经验。

第一节　文化记录：对东北地域的多元化呈现

迟子建笔下的汉民族、少数民族始终以一种多元一体的状态和谐生存，这正契合费孝通先生所提出的“中华民族多元一体格局”所体现的精神，迟子建小说的民族志书写正是对中华民族多元一体格局精神的形而上的思考与展现。

随着跨文化的生活经历和文化身份的变化，以及在这个基础上的文化视域的转换，迟子建的创作思想在不断变化与提升，逐步走向成熟，与此相对应的是，她的民族志书写也呈现出不同的审美形态和文化展示形态。根据迟子建的文化视域的流变，其民族志书写可以划分为探索期、塑造期、成熟期三个阶段。创作探索期的迟子建对东北文化的阐释是现象性的描述，而不是对东北文化本质的深入探讨，迟子建在这个阶段的文学作品中告诉读者，东北文化是什么，而没有回答东北文化为什么。在创作塑造期阶段，迟子建触及了东北文化的灵魂底色，逐渐采用了一个文化持有者的内部视域表达她对东北文化的近距离感知，对东北文化最深层的内容和价值要素进行了诠释。在创作成熟期阶段，迟子建站在历史理性的高度去表述东北乡村文化和都市文化的各种表现形态，通过表述东北的多元文化，思考中华民族的前途问题。

地方性知识的书写，也是迟子建小说的民族志书写的重要手段。在如何对抗现代文明对东北文化的浸染，把东北异质文化作为现代文明的反观之镜方面，迟子建的文化理解、阐释策略与人类学民族志达到了高度一致。

一、民族志书写与中华民族共同体意识的交汇

迟子建所出生的东北，地域辽阔，几乎囊括了东北亚大部分地区。迟子建在这片土地上成长起来，东北文化的多元性与包容性自迟子建出生的那一刻起便对其产生了影响，给予了她“东北人”的文化身份。这种文化身份的认同是原生性的，是建立在共享世系之上的，这种共享世系来自共同血缘祖先的主观情感，及其对这种共享的文化诠释，这对一个群体的构成至关重要。基于这种原生性的认同，迟子建通过文学创作对东北文化进行了本土化阐释。

在全球化与现代化之下，我们处在一个身份认同危机普遍存在的时代，这个危机，是来自“现代性”中所蕴含的西方化或全球化对世界各地本土历史文化传统的威胁。迟子建进行文学创作伊始，只是对东北文化进行外部阐释，并未触及东北地域文化的内核，随着生活阅历的开阔和文化思想的进一步深入，她开始找到了东北文化在整个中华民族中的位置，也找到了一种民族的自信心。迟子建探寻东北文化精神的过程也是探寻中华民族的文化传统与精神的过程，这是迟子建在全球化时代对自己中华民族身份的自觉认同，也是迟子建小说的民族志书写所依赖的基本条件。

迟子建的中华民族共同体意识是通过书写东北的多民族、多文化的互相

包容、融合的文化态势而体现出来的，这种文化态势与人类学家费孝通先生所提出的“中华民族多元一体格局”理念不谋而合。

迟子建笔下的东北文化是一种在不断地交流融合中生成的文化，民族与文化的不断交流与融合，渐进的统一性与多元性的互相扭结，成为东北地域文化演进中的历史性特征，也体现了迟子建的中华民族共同体意识。此外，在书写东北地域文化的发展演变中，还应注意到，迟子建也对近代以来俄、日两个民族长期侵占东北，从而对东北文化产生的影响予以了关注和阐释。

迟子建对于汉民族生活的关注，主要是通过对小人物的塑造来体现，通过各行各业之间的情貌来呈现在东北的汉族人的真实生活。迟子建笔下的这群汉族人并不是原本生活在东北土地上的，而是从中原腹地逐渐向东北迁徙而来。迟子建笔下的汉族百姓多以农耕为主，小说《树下》就曾提及惠集这座小城秋收的情景，这些人们平日栽种的作物——豆角、青蒜、毛葱、土豆等等，都是有计划且依据时令先后被人们收获。所有对于农作物的照顾与付出，最终都成了百姓自家餐桌上的菜肴或调味，可见农耕生活自给自足的精神。学者宋德胤指出，黑龙江一带土地肥沃、农产丰富，黑龙江省是世界三大黑土带之一，这里黑黝黝的土地，有人说攥一把都会流油，随便往里插根棍棍，都会生根、长叶、开花、结果。[①] 可见，从中原迁徙而来的汉族人，一并把中原的农耕文明也带到了东北。

与此同时，迟子建在其作品中也多次涉及东北少数民族议题，这与她过往生活在大兴安岭、对他族有所观察有关。《额尔古纳河右岸》叙述追随驯鹿脚步的鄂温克族近百年的部落历史；《树下》《伪满洲国》《群山之巅》有多处描写擅长骑马的鄂伦春族的生活样貌；《伪满洲国》则多次提到以打猎及捕鱼为生的赫哲族。针对鄂温克族的观察与描述，《额尔古纳河右岸》可以说是迟子建小说中的代表作，小说从鄂温克老妇的视角出发，娓娓道尽鄂温克族由传统游猎生活过渡到现代化社会的漫长历史。而对鄂伦春族的刻画

① 宋德胤. 黑龙江民俗［M］. 兰州：甘肃人民出版社，2004：16.

则是将重点放在具有个体性的生活样貌、信仰文化，以及朴直敦厚的民族性格上。自 1991 年发表《树下》以来，迟子建持续关注鄂伦春族这支少数民族，之后在《伪满洲国》《群山之巅》中皆有它们的身影。以《群山之巅》的绣娘为例，从年轻到衰老，从山林到乡镇，绣娘出门时的代步工具始终是鄂伦春马，它们体格强健、马蹄坚硬，具有极佳的坚韧与毅力，如果说鄂温克族的部落象征是驯鹿，那么鄂伦春族的象征无疑就是自养的鄂伦春马。与鄂温克族、鄂伦春族相比，赫哲族的描写在迟子建的作品中的分量明显较少，只有在《伪满洲国》有较多的发挥。在《伪满洲国》里，羽田少尉因暗中寻觅日本移民后居住的地点，辗转来到了赫哲族渔村，且差点命丧于此。文中提到了赫哲族居住在泥屋里，并以捕鱼为生。事实上，“赫哲”一族，虽因分布地区的差异而有不同的说法，但其意皆为“本地人”，赫哲的族名，最早见于康熙二年（1663 年）《清实录》中的记载。《清圣祖实录 · 康熙二年》载：“三月壬辰，命四姓库里哈等进贡貂皮，照赫哲等国例，在宁古塔收纳。”① 由此可见，赫哲族在中国东北地区历史悠久，不论是居住在黑龙江、松花江或乌苏里江，都为当地留下丰富多元的民族风貌。

此外，还应注意到，迟子建也对近代以来俄、日两个民族对东北文化的影响有所关注。对俄罗斯文化进驻中国东北的描述，在《伪满洲国》《额尔古纳河右岸》《白雪乌鸦》等作品中皆有体现。迟子建描写伪满及哈尔滨鼠疫期间，俄罗斯文化在中国东北的发展样貌，以及它对于东北地区潜在的影响。《白雪乌鸦》中从傅家甸人对俄罗斯文化的态度，可以发现俄罗斯文化在哈尔滨当地发展的轨迹。以周家三代人对于俄罗斯文化的友善程度，便能发现年轻一代较能接受外来文化的进驻与影响。爷奶辈的周济、周于氏明显拒斥俄罗斯文化，除了几乎不去对方生活的区域，对于洋行和教堂也始终抱有敌意。由此可见，老一辈经历过的历史纠葛或伤痕，在时局转变及时间沉淀下逐渐被年轻一代淡忘。此外，迟子建于 2013 年发表的中长篇小说《晚安

① 干志耿，孙秀仁. 黑龙江古代民族史纲［M］. 哈尔滨：黑龙江人民出版社，1987：476.

玫瑰》，透过犹太裔老妇吉莲娜的日常生活，展现了丰富的犹太文化。其中包含具有宗教习俗意义的礼拜会堂及民俗节庆，并与吉莲娜的人生际遇及个人特质相结合。迟子建以“赵小娥与吉莲娜同住”一事，呈现两人共同生活时的相处情形，以此塑造定居于中国东北哈尔滨的犹太人的生活样貌。

由此可见，从远古到迟子建生活的当代，多种文化不断地相互撞击与交流。这种独特的历史文化内容必然性地会进入和出现在迟子建的文本结构中，构成独特的文化与人生景观，形成迟子建的中华民族共同体意识。迟子建笔下的汉民族、少数民族始终以一种多元一体的状态和谐生存，这正契合了费孝通先生所提出的“中华民族多元一体格局”所体现的精神，迟子建的文学创作正是对中华民族多元一体格局精神的形而上的思考与展现。

二、文化的多样性与阐释视域的动态发展

一般认为，自 19 世纪以来，西方学术界笼罩着一种关注人类社会进步的意识形态氛围，人类学研究的主流是人类学家对其研究的文化对象进行周密的观察、记录，参与他们的日常生活，并以客观详尽的笔调描述、说明所观察到的现象和文化，形成人类学民族志。人类学者这种对民族志性质形成的默契，在过去几十年的时间内已经受到来自内部的强有力批评。因为不同知识背景的人类学家以不同的视角对同一文化进行观察、认知、理解和阐释时，就会出现不同的文本形态。

正是由于文化理解和文化阐释者的理解前见和在此基础上的文化阐释视域的差异导致了民族志文本形态的差异。这里其实也提出了一个问题，即民族志文本的书写方式与书写态度问题。由于不同的书写，迟子建有着不同的理解先见和阐释视域，其书写的民族志的内容本身也呈现出多元性，有的力求遵循功能学派所谓的科学民族志的模式，有的也以艺术或诗性的表达方式展现。

正是由于文化理解前见和在此基础上所形成的文化阐释视域的差异，才导致文本和日常生活世界之间的变异。而理解者和阐释者的视域不是封闭和

孤立的，运动着的视域意味着视域的可变更性，存在走向视域融合的可能性。

迟子建在跨文化的生活经历中，经受了强烈的文化冲撞、文化调适以及文化整合，这些经历也造就了她，使她在文化理解和文化阐释时能进行文化阐释视域的选择和文化身份的调整，能进行跨文化比较理解和阐释。迟子建使用审美和艺术的方式，对东北日常生活世界进行文化理解和文化阐释，由于其跨文化的生活经历和文化身份的变化，以及在这个基础上的文化视域的转换，她的创作思想在不断变化与提升，在逐步走向成熟，与此相对应的是，她的民族志书写也呈现出不同的审美形态和文化展示形态。根据迟子建的文化视域的流变，其民族志书写可以划分为探索期、塑造期、成熟期三个阶段。

（一）探索期：对东北地域文化的外部阐释

迟子建出生在黑龙江省大兴安岭地区漠河市北极村，幼年曾同父母一起去过十八站、三合站，最后定居永安（也称大固其固），6 岁时又被母亲送回北极村生活了两年，18 岁之前，她都没有离开过广袤的大兴安岭。迟子建自幼生活在黑龙江边，深谙东北的各种风土人情，厚重的东北文化给了她诗意的想象。

18 岁，迟子建离开故乡永安，前往大兴安岭地区首府加格达奇的大兴安岭师范学校求学，那是她第一次坐火车。这个没有围墙的直接面对着山峦和草滩、只有一座孤零零的楼和几幢平房的学校，让年少的迟子建大失所望，入学第一天，分到床位的迟子建未等铺开行李就开始想家，眼泪不禁往下掉，不禁萌生了退学复读的念头，但是看到身边的同学都开始正常生活了，她也决意留下适应师专的生活。很难说迟子建的文学创作与这没有关系，正是学校的偏远，年少离家思乡的苦闷，以及在人际交往上的孤僻，使得她在精神上需要释放，于是来自遥远的北极村那段温情的童年时光慰藉了这颗孤寂的心灵，故乡便成了她的精神家园。加上二十世纪八九十年代，国家对“本土化”的重视，更是激起了迟子建书写多元文化的热情。这个时候，迟子建的文化理解、文化阐释的目的是抒发“小我”的情感，比如少女忧郁的情思，对故乡风土人情的怀念，等等。这一时期她的创作是对东北文化的外部阐释，再现了异于现代文明的东北原初的生活形态。

为何说这一阶段是对东北文化的外部阐释，这是站在中国文化史的视野上，从人类学的视角对作为他者（即东北文化）的研究对象做出的科学有效的解释。

迟子建在创作探索期的民族志书写中，对东北地区的地方性知识生产活动、生产工具、民间风味、民间宗教信仰、民间戏曲、民间歌谣以及地方性称谓等，都做了展示性的描述与介绍。迟子建对这些和中原文化完全不一样的文化样式的描述，是文学题材上的陌生化技巧的自觉运用，给读者吹来了东北大地一股神秘的风。在其民族志书写的探索阶段，展示东北地域异样的文化、异样的人生、异样的生存方式，构成了迟子建这一阶段文学表达的主要内容。

迟子建创作的探索期，对于东北文化的描述是属于对该文化的外部样式的展示，并没有深入该文化的内部本质。这一阶段，独自在异乡的生活使迟子建格外怀念曾经在北极村、在永安与亲人们、与大自然的愉快生活，并不是懂得太多文学理论以及写作技巧，对于故乡童年故事的怀念充斥在迟子建的脑海里，任凭才气的肆意书写，所以这个时候，她还没有来得及去深入思考东北文化背后的文化思想。

迟子建只是凭着她的跨文化生活经历，从外部观察东北文化，在文学作品中去展示东北文化的种种样式和表现特征。而对东北文化的产生由来、本质特征等文化深层次问题的思考，迟子建此时还没有具备一个成熟作家的历史理性。也就是说，迟子建此时书写的东北文化仅仅是展示其文化表现样式，给读者吹来一股来自东北边地的清凉之风，而非揭示东北文化的本质，也没有给读者带来一种文化思想的深入思考。总之，此时的迟子建对东北文化只是现象性的描述，只是通过文学作品告诉了读者东北文化是什么，而并没有回答东北文化为什么。

迟子建在创作探索期为什么对东北文化进行外部阐释呢？这和迟子建这

一阶段对东北文化理解和阐释的外部视域有关。文学创作具有特殊的文化属性。在西方文化人类学领域，从人的活动状态去探讨文化与文明本质，探讨人之为人的文化本性，是一个重要的理论方向。人的活动作为一种创造，就不仅成为人的存在的前提，也具有文化的意思。21 世纪以来西方最重要的哲学家之一恩斯特·卡西尔（Ernst Cassirer）在其《人论》一书中从人的活动来系统审视人的文化本性及其文化创造。而且，卡西尔把包括艺术在内的诸多文化现象，看作人的整个本性的不可分割的组成部分和各个扇面，从人的活动本性去认识人的文化属性与人类文化产品，这一思考方式是极富启发意义的。它表明了人类的一切创造都具有文化属性。无论是物质创造还是精神创造，作为人类以意识、语言、思维等观念形式对外部世界自觉反应和把握的结果，由于它包含了合规律性与合目的性的统一，体现了人类在漫长的历史发展中所积累起来的精神成果，所以人的创造具有突出而普遍的文化属性。

文学作为人类创造的诸形式之一，更具有特殊的文化属性，这种文化属性首先就是由作家特殊的主体创造性质决定的。由此可见，迟子建的创作探索期所体现的对于东北文化的外部阐释的动机是与她呈现的东北文化差异性特征，以及她对于东北文化理解和阐释的外部视域息息相关的。

由于历史的原因，从远古到迟子建生活的当代，本土文化、移民文化和外来文化不断地相互撞击与交流。这种独特的历史文化内容必然性地会进入和出现在迟子建的文本结构中，构成独特的文化与人生景观。迟子建小说的民族志书写中，既有闯关东而来的外祖父、外祖母，有为了生存从城市走入农村的林场伐木工人和城市知青，也有世代生活在大兴安岭深处的游猎民族鄂伦春族、鄂温克族、赫哲族等东北少数民族，还有因为历史原因来到中国并定居中国的俄罗斯老太太，等等。在迟子建创作探索期的文学文本中，这种多民族多文化的差异性表现得尤为明显。

在长篇小说《树下》中，七斗作为一名汉族小女孩，父母相继去世，被迫寄养在尖酸刻薄的姨妈家里，不仅受到姨妈的颐指气使，需要在上学之余负责各种农活，同时还被姨父暗中强暴。悲惨的是，因为邻里纠葛，姨妈一家人最终被邻居枪击而死，只留下七斗独自留在世上。在这个时候，给予七斗精神鼓励的并不是同村的其他人，而是一个骑着白马的鄂伦春少年，少年的明朗、野性、健康成了七斗生活中唯一的亮色，带着对鄂伦春少年的爱慕，七斗熬过了一个又一个艰难的夜晚与白天。

在《树下》里，迟子建表现了汉族与鄂伦春族的文化差异。七斗作为一名汉族女孩，父母去世就要跟随姨妈生活，去外祖母家里因为受了锁柱叔叔的恩惠，临走之前需要向其问好并致谢，一切都遵从着儒家的“礼”的秩序，但是鄂伦春少年，自由、奔放、热情，鄂伦春族作为游猎民族的一支，终日游荡在马背上，向往自由漂泊不定的生活。迟子建展示了两种民族文化的差异性，却又设定七斗与鄂伦春少年的奇妙缘分，使二者在对话中达到理解，即视野的融合。

迟子建通过跨文化的理解深入不同文化，既认识其中的差异，也认识其中的相通和相同之处。七斗和鄂伦春少年在东北这片沃土上，有了沟通契合之处。

那如何定义迟子建对东北文化阐释的外部视角？我们可以从迟子建文学文本中的语言特征找到答案。在创作探索期阶段，迟子建描述东北汉族人民和东北少数民族人民的生活表现形态，展现东北人的人性底色，她通过对故乡土地的依恋热爱，来诗意传神地描述黑土地的广袤与伟美。但是我们在这个阶段可以明确感受到迟子建语言所透露出的文化信息，以及所反映出来的文化阐释立场。

在创作的探索期阶段，迟子建作品中的人物对话部分使用的是口语体，是符合东北方言的生动性特点的。地域导致东北汉语中大量地域性方言的出现，这些方言的意义，只有熟悉东北语境的人群才能凭借约定俗成的理解达成共识，如迟子建作品中出现的手闷子、狐仙、勾死鬼、趴窝子、半拉子等等都是口语性的方言。但是在非对话部分的描述上则又多以诗性的语言为主，这个时期的文本中很少看到非对话的部分有口语体的表现。同时，在作品中，我们很少听到人物的独立声音。例如，作品《红房子》中，全程并没有对话，有的只是一个做棺材的木匠对于职业的回顾以及为死者打棺材的心理描写，其语言充满了诗性。红房子的开头写了木匠看到的世界：

我站在那个春气回荡的日子里，我的背倚靠着泥土和杂草混合而成的土墙，土墙上是让人看厌了的浓厚的晚霞。我就这样站着，屋檐的滴水声传导在我的脚面上，我看见那双包裹着我陈年脚趾的大鞋在慢慢地潮湿起来，新鲜起来。[①]

这实际上并不符合一个木匠本身的心境。但是我们再看一下迟子建在探索期之后写的小说《逝川》中关于吉喜的独白：

吉喜将苍老的手指伸向网眼，又低低地骂了上帝一句什么，接着去看烤土豆熟了几成，然后又烧水沏茶。吉喜磨磨蹭蹭地吃喝完毕时，天犹犹豫豫地亮了，从灰蒙蒙的玻璃窗朝外望去，可以看见逝川泛出黝黑的光泽。[②]

迟子建这个时候在描写部分已经具有口语化的特点了。由此可见，迟子建在探索期的作品中表现得更像是一个从远距离观察并叙述东北文化的外部阐释者，她还没有真正地融入作品中，并不是以东北文化的内部持有者近距离感知，这个时候她的视域是外部的。究其原因，就在于迟子建仅凭直观感性和生活体验，缺乏真正的跨文化、跨民族研究的参照知识，她的文化身份、文化阐释立场还是一个生长在东北农村，对故乡充满了怀念之情的少女，所以她的民族志书写活动的出发点在于对东北文化题材采取一种陌生化策略，但是对东北文化实质的理解和阐释还缺少历史理性，因为只能从外部远距离感知与描述东北文化。创作探索期的迟子建对东北文化是现象性的描述，而不是对东北文化本质的深入探讨，迟子建在这个阶段的文学作品中告诉了读者东北文化是什么，而没有回答东北文化为什么。

---

① 迟子建. 北国一片苍茫［M］. 北京：人民文学出版社，2012：147.

② 迟子建. 亲亲土豆［M］. 北京：人民文学出版社，2012：125.

（二）塑造期：对东北本土文化的内部阐释

有了探索期阶段的文学积累，迟子建已经在全国小有名气。从大兴安岭到北京，从北京到哈尔滨，是迟子建生活的改变，也是思想的改变。1992 年至 2000 年，是迟子建文学创作的关键时期。随着中国的社会进程进入了一个极为复杂的历史时期，知识分子对社会问题的看法也发生了相应的改变。迟子建的文学思想在这个阶段走向深入，尝试在其文学文本中诉诸“传统-现代”“城市-农村”的二元对立的语式，探讨中国在现代化进程中的问题。迟子建小说的民族志书写在这个时期也走向了塑造期，取得了巨大成就，这也为迟子建带来了巨大的社会声誉。

随着迟子建的文学活动的深入，更需要她以历史理性去表达民族文化中最真实、最生动的感性生活途径和形象，这样才能永久存在于民族文学的内在结构之中。在创作的塑造期阶段，迟子建触及了东北文化的灵魂底色，逐渐采用一个文化持有者的内部视域表达她对东北文化的近距离感知，具有东北包括汉族、少数民族文化在内的文化持有者的内部体验，对东北文化最深层的内容和价值要素进行了诠释。

对文化事象进行本土阐释，不仅仅是迟子建的追求，同时也是中国人类学者们一直所追求的目标。

作为世界上拥有丰富人类学资料的大国之一，中国却无法在人类学学科发展上处于世界前沿，以至于在学术领域失去话语权，鲜有机会与西方人类学理论与方法形成对话与交流。因此，一百多年来，中国人类学界一直在宣泄着对人类学本土化的渴望。人类学的这种本土化诉求，其实是与世界社会政治大环境有关的。这种本土化情结不但在中国，而且在印度、巴西等广大发展中国家的社会科学界都普遍存在。“从你想说的就知道你是从哪里来的”①，本土化呼声是第三世界国家在全球化背景下的应有反应，所谓本土的

① ALCOFF L M，MENDIETA E. Identities：race，class，gender and nationality［M］. Oxford：Blackwell Publishing，2003：343.

论题，正是在本土性、地方性、文化、理论体系、价值乃至国家、民族等许多在全国流行的思想和话语中展开的。①

由此可见，在探寻本土化的路上，迟子建凭借对东北文化的理解和感知，从而运用文学手段对其进行本土化的文化阐释。而中国人类学则通过对本国文化事象进行考察，从而发展具有本国特色的人类学理论与思想。可以说，迟子建和中国人类学在探寻本土化的过程中达成了一种内在的精神契合。

在中国，提出要本土化的绝对不是人类学界的单一现象，连传统的史学界也提出要建立新史学，发出自己的声音。在文学方面亦然。但是为何要提出本土化呢？以人类学为例，在全球化时代，非西方国家要发展人类学本身就是一种趋同活动，即遵循西方人类学理论与方法的学术规范，当然也就很难摆脱西方人类学的话语模式，如按照西方学术体系训练出来的学者往往在研究本国社会和人群时，采用的理论与方法几乎全是西方或西方式。这样导致的结果就是，非西方国家的学者陷入了不知道在替谁思考、不知道想的是谁的问题、不知道在替谁说话、不知道说的是谁的话的精神错乱和人格分裂状态。为了治愈这种人格分裂，许多中国人类学家提出了要以中国本土经验来检验西方理论，从而建立具有中国本土意识的人类学理论。

反观迟子建的文化阐释经验，在其文学创作的探索期，因不具备相应的历史理性和内部视域，便无法理解东北文化的本质。因此，从文化内部去观察和表述，从内部的视角，即本土的视域进行理解和阐释，才能使文化事象的阐释更加多元、全面、立体、客观。随着迟子建的创作的深入，她对东北文化的视域逐渐从外部转入内部，以文化持有者的内部视域对东北文化进行阐释，对东北文化进行近距离的感知，全方位深入东北文化的内部，这也正是中国人类学家在追求本土过程中所要达到的境界。著名的人类学家王铭铭在《西方作为他者：论中国“西方学”的谱系与意义》一书中就提出，在中国“历史的垃圾箱”里翻找古代中国人以巡狩、封禅、取经以及撰写异域方

① ［美］罗兰·罗伯森. 全球化：社会理论和全球文化［M］. 梁光严，译. 上海：上海人民出版社，2000：198-260.

志等方式所阐释的“他者为上”的理念，从而在故纸堆中“造就一种真正有益于知识互惠的平台”①，就属于既要认同人类学的学术规范（建构与寻找他者），又要强调中国人类学的自身独特性（历史悠久和文献丰富）的尝试。

迟子建对东北文化的本土阐释还体现在，她通过城市书写表明自己的城乡态度。迟子建喜欢东北的广袤的大兴安岭林区与其脚下的原始村落，目睹了现代文明的进步而导致的自然的退化，她充满了忧虑。

除了自然的破坏，还有城市中不断扭曲的人性，人性在黑暗中徘徊，失去了光辉，生命在相互冲撞中扭曲和变异。在迟子建创作的探索期，我们看到迟子建的作品大多以乡村、传统的故事为背景。她在许多的访谈当中，也多次强调自己的写作素材大量来自童年成长中的乡村。然而，1994 年出版的长篇小说《晨钟响彻黄昏》一书中，迟子建将写作的背景拉到了城市现场，呈现出东北都市中男女的情爱关系和拥挤杂乱的市井样貌。写作背景的转变是与迟子建的生命经历分不开的。1988 年，迟子建进入北京师范大学与鲁迅文学院联办的研究生班学习。1990 年研究生毕业后，迟子建至黑龙江省作家协会工作，定居哈尔滨。都市的生活使她反省人的生存价值，《晨钟响彻黄昏》是一个典型的例子。

在《晨钟响彻黄昏》中，女主角刘天园是一个神秘且特别的女性。在她的成长过程中，父亲在她 10 岁的时候就缺席了，家里没有兄弟，刘天园自幼就和母亲、姐妹较为亲近。正是这样的成长背景，使得女性较容易成为她生命当中模仿的对象，在她的生命历程中，女性承担了所有传统上男性的责任，因此母亲与姐姐成为她生命中的模范，也导致了刘天园对同性有了特殊的感觉，成为一名同性恋者。因为困惑于自己的同性恋身份，认为同性恋身份难以被世界与自己认可，刘天园在百般不愿的情况下与大胡子博士发生了关系，希望通过这种带着几分自暴自弃又有几分挣扎的方式解决内心的困惑。刘天园内心本能地对异性的抗拒使她的尝试不仅没有带来幸福，甚至导致往后更

① 王铭铭. 西方作为他者：论中国“西方学”的谱系与意义［M］. 北京：世界图书出版公司北京公司，2007：167-168.

大的悲剧。刘天园开始在求生抑或寻死之间矛盾挣扎。在困惑中，刘天元遭到了多次强奸，最后选择了自杀。但刘天园的每一次自杀，都显露出她对生的渴望。她渴望自己不要与众不同，渴望反抗现实，但是在每一次的挣扎中，她更加认识到自己无法以这样的状态活下去，最终走向了死亡。

《晨钟响彻黄昏》中也有几位值得讨论的男性。贯穿全文的宋加文，是一个离婚的男性。在小说中，宋加文的内心是矛盾的，他既有床伴又对前妻念念不忘，他的生活似乎天天都与那些让他神魂颠倒的女性们镶嵌在一起，并没有其他突出的作为。宋加文和妻子巧巧离婚后，对前妻再嫁之事始终耿耿于怀，内心因维护男性尊严滋生出占有欲，虽然没有其他的行动，却对床伴风梨表现出强烈的控制欲。风梨是一个女贼，因在公交车上割破了宋加文的裤兜，被宋加文当场抓住，面对送公安局的威胁，风梨提出无偿倍他睡觉，以身体换取自由。最令人诡异的是，宋加文作为一名大学讲师，在社会的框架下，为人师表的他应该是一个不被贿赂的正直形象，却在情欲的诱惑下妥协了，甚至深陷得无法自拔。透过宋加文，我们可以看到，充满了异化的城市在不断地扭曲着人性。迟子建从都市人的身上看到了城市本身所蕴含的堕落与罪恶的因子，也在进城的乡下人，如刘天园等人身上看到都市对其的伤害。

在《晨钟响彻黄昏》中，迟子建还为宋加文和前妻的孩子宋飞扬留下了巨大的篇幅，由宋飞扬日记式的口述，记录这个孩子的命运。宋飞扬原本有一个温暖的家，却因为父母无法抵抗都市中的各种诱惑而分崩离析。父母离婚后，母亲再婚了，正是因为惧怕自己成为一个累赘，也惧怕自己被遗弃，宋飞扬只敢小声地对他的猫本本诉说自己的情绪。母亲因为金钱诱惑嫁给了一个他不喜欢的叔叔，宋飞扬最终也因为发现了这个叔叔与其他女人的不正当关系而被害。迟子建在作品中以 5 岁儿童的口吻描述这一切，让我们看到了繁华都市的各种欲望的诱惑让人放弃了真爱，甚至也看到了为达到自己的目的杀害一个无辜孩子的行为。迟子建又借助 5 岁儿童的不幸离世，控诉了都市人污秽的生活和思想。迟子建用儿童的口吻描述这一切是有其特定的目的的。在迟子建看来，城市的人们内在生命的丧失与灵性的枯竭，造成了人性的扭曲与异化。作为从大兴安岭走出来的极地之女，迟子建怀着一种缅怀自然与纯真的心情，呼唤人性的本真、本觉、本然。她透过5岁孩童的单纯叙述，呼唤一种自然、本真的人性。

迟子建对于东北文化的本土阐释，还体现在她借由铺陈人物的日常生活，凸显东北民间文化。迟子建对于民间及底层文化的刻画极其细腻，这种“民间化”的写作特色，不仅展现在东北平民百姓身上，甚至连皇室贵族或身份显赫之人，也有“民间化”的倾向。

“民间化”倾向的提出与中国传统文化中的雅俗文化有着密切的关系。中国当代学者陈思和受西方人类学家提出的大小传统理论影响，将中国传统文化中的雅文化称为“大传统”，将俗文化称为“小传统”。所谓“大传统”便是上层社会知识分子的精英文化，借由正规学校教育和出版机构传播其思想；至于“小传统”，则是用民间的眼光看待生活现实，不被国家权力完全控制，甚至被排斥在知识分子的精英文化传统之外。然而，也正因如此，民间文化具有强烈自在的原始形态，能相对自由地叙说农村宗族社会下的生活面貌，呈现人们自然流露的情感与姿态。

迟子建民族志书写的独特之处在于，她不同于以往遵循“大传统”的叙事方式，而是以“小传统”的口吻论述历史人物，使这些人物从神坛跌落下来，还原成生活在民间的本真的个体，如她对于溥仪的描述与刻画。在《伪满洲国》中，迟子建将溥仪刻画为一个有着古怪脾气、性格乖戾、患有洁癖的鲜活的人。与以往对于君王的描写不同，《伪满洲国》笔下的溥仪既有着深厚的文化素养，深谙传统文化，访问日本的时候，日本天皇点名要溥仪收藏的古人的字画，可见溥仪对于传统文化艺术了如指掌。因生在皇家的天然优势，他自幼便可以接触这些文化。但是这样的溥仪也有很多普通人都有的缺点，如性格乖戾，因为下人多说一句话，便将人打死，对待皇后婉容也是忽冷忽热。《伪满洲国》将溥仪塑造成一个喜怒无常、难以亲近的形象，周遭伺候他的妃嫔、下人都得机灵地察言观色，才不会触犯龙颜，这可以小说不时暗示溥仪患有洁癖一事作为对照。

患有洁癖，代表的是对于自身、他人甚至外在环境整洁的严格要求。因此，溥仪不仅极端重视自己的外在形象，事事务必符合他一尘不染的原则，同时也展现出他对旁人的放大检视与苛刻批评。迟子建借由溥仪患有严重洁癖一事，将极其冷淡乖戾的形象完整呈现出来。溥仪在其个人传记中也自陈："我对日本人是伺候颜色、谄媚逢迎，对家门以内的人则是脾气日趋暴躁，动辄打人骂人。"① 喜怒无常的性格一旦结合皇帝至高无上的权力，更加凸显其缺乏同理心、唯我独尊的傲气，读者能从中窥见皇帝事实上并非完人仍具有人性缺陷的真实面貌。

除了以生活中随处可见的洁癖凸显溥仪的性情，从溥仪爱听戏及自编顺口溜的兴趣，也能发掘出浓厚的民间气息。溥仪对于中国文化与信仰的眷恋，包括收藏各式各色龙袍、笃信佛教并戒酒、爱听《游园惊梦》梅兰芳的段子等，都能说明溥仪试图与日本欲强加其身的帝国主义思维拉出距离。从溥仪身上最能体现民间文化的特色的情节，就是他自编顺口溜。1945 年日本无条件投降后，溥仪在苏联军的护送下飞往赤塔。飞行途中，溥仪突然想起过去自己曾编过的顺口溜，一时间忘记其中一句的内容到底是什么：

正月一，宰个鸡；
二月二，放个屁；
三月三，绣褥单；
四月四，写个字；
五月五，净吃卤；
六月六，大汗出；
七月七，爱拉稀；
八月八，吃西瓜；
九月九，狮子吼；

---

① 爱新觉罗·溥仪. 我的前半生［M］. 北京：人民文学出版社，2019：42.

十月十，……

十一月十一，吃个大鸭梨；

十二月十二，商人到处买字。①

从顺口溜的内容来看，完全是平民百姓日常生活的缩影，其中包含最基本的生理需求：吃喝拉撒；从表现形式来看，前后两句末字的韵脚相似，从一数到十二，更有朗朗上口、方便记忆的作用。顺口溜本身就是来自民间的文化产物，而它又是从身为皇帝的溥仪的口中说出，可见迟子建并非将溥仪放在“皇帝”或“上位者”的高度检视，而是将他视为一个与常人没什么区别的平凡人，有意打破“皇帝即天子”的高不可攀的形象。根据迟子建的写作笔法，她没有将溥仪当成“皇帝”论述，而是以“民间”的眼光重新诠释溥仪身为“凡人”的样貌，这是皇帝堕入民间、去除神圣光辉的“小传统”再现。

在人类学学科面向异域、寻找文化他者来反思自身的时候，迟子建的东北文化书写契合了人类学学科的思想动机和基本主张。迟子建面对城市文化的种种弊端时，心中总有一个“美好的乡村”与之对望。这与她从小生活于东北山村、结合地域以描写自然景观的写作习性相结合。换言之，迟子建虽然书写城市，却是站在自然乡土的位置遥望，对东北乡村和都市进行文化的对照，这也是迟子建在感情上的一种必然选择。

迟子建开始文学创作，在选择东北文化的题材时，只是以外部视角对东北文化进行阐释，随着生活阅历的丰富和文化思想的进一步深入，她找到了东北文化在整个中华民族中的位置，也找到了一种民族的自信心。迟子建探寻东北本土文化精神的过程也是探寻中华民族的文化传统与精神的过程，这是迟子建在全球化时代对自己中华民族身份的自觉认同，也是迟子建对东北进行本土阐释的意义所在。

---

① 迟子建. 伪满洲国［M］. 北京：人民文学出版，2004：799.

（三）成熟期：从本土文化视域到国家民族文化视域的融合

具体而言，人类学学科研究视域的拓展，经历了从异文化到自身本土文化的过程，对二者展开了双重的反思与批判。同样，迟子建在2010年前后的文学创作所表达出来的文化思想和文化视域的动态发展，与后来的实验民族志所倡导的文化批评视域的拓展也有一致之处。

在迟子建看来，以美好的北极村为代表的东北乡村在面临现代化进程时，是美丽的，也是脆弱的，因此也是令人哀愁的。在迟子建创作的探索期和塑型期，东北文化先是被视为一种异文化，继而又被作为反拨都市文明失范的理想文化形态。在2010年前后开始的创作成熟期里，迟子建站在历史理性的高度去表述东北乡村文化和都市文化的各种表现形态，对生命进行探索，超越文化和地域的限制，表述东北的多元文化，思考中华民族的前途问题。迟子建从本土文化阐释意识到历史理性的高度，说明了迟子建从东北区域意识到中华民族共同体意识的逐步归聚，这也是她的跨文化思考、历史理性乃至对人类意识思考的结晶。

迟子建对东北文化的重新审视源于离乡多年后一次重回北极村之行。因同事想看北极村的白夜，便从哈尔滨出发前往加格达奇，到达北极村与家人叙旧后前往江边等候白夜，此时现实中的北极村是惨淡的，“一步下江岸，就见沙滩上热闹非凡。乐队在敞篷卡车上奏着乐曲，几串霓虹灯闪烁不休，沙滩上篝火点点，许多人拥在出售旅游纪念章和首日封的白篷子前，与我想象中的观赏白夜的情景大相径庭。没有那种宁静和谐的氛围，倒有些像农贸市场的早市，庸碌而世俗，北极村在这一天不再古朴，它疲惫、松懈，甚至有些凌乱”①。此次北极村之行，通过所见、所闻，迟子建对东北文化中的“常”与“变”的思考，充满了社会理性和历史理性。迟子建将东北文化中的恒常和变化、东北文化与现代文明进行了比较，从而展开了深度思考。因

① 迟子建. 我的世界下雪了［M］. 杭州：浙江文艺出版社，2016：251.

此，在对北极村的现状失望过后，她又重新恢复了理性。迟子建用历史理性去关注东北乡村文化、都市文化乃至整个中华民族和人类的整体文化，这是迟子建随着视域的逐渐融合而产生的必然选择。

迟子建的作品始终离不开历史叙述，最主要的特点是从大时代的历史事件切入。以时间而言，迟子建创作的成熟期阶段，小说皆具有极为清楚的断代脉络，使读者得以借由情节推展，还原出当下具体的时空背景。之所以采用这种叙事方式，就在于具有历史思维的人可以理解历史随着时间变化的意义，这样就把迟子建置入历史的处境并且试图重建历史视域，因而迟子建也被重新理解了。以长篇小说《白雪乌鸦》为例，《白雪乌鸦》以 1910 年至 1911 年东北哈尔滨鼠疫作为历史背景，透过隐藏于各章节的二十四节气，暗示时间在悄悄地流逝。迟子建笔下的这段历史，隐藏于民间人物的生活细节中，借由他们各自发展的人生际遇及重要事件，拼凑并还原出中国近当代史的具体脉络。迟子建于《白雪乌鸦》后记中提道：

> 把能搜集到的一九一〇年哈尔滨大鼠疫的资料，悉数收归囊中，做了满满一本笔记，慢慢消化。黑龙江省图书馆所存的四维胶片的《远东报》，几乎被我逐页翻过。①

这种以史实为依据、实事求是的写作态度，使迟子建的作品充满了历史理性，小说人物也更显生动真实，因为他们是活在当下时空的，甚至可以说是时代下的产物与见证者。《白雪乌鸦》以持续半年的东北鼠疫贯穿小说，将真实的历史事件内化为小说情节，使读者自然而然进入各角色的生命状态，融入故事氛围中。东北鼠疫源于捕鼠者捕猎罹患肺鼠疫的旱獭，使灾情最初从苏联蔓延至满洲里，进而危及哈尔滨。根据学者陈雪薇的研究，鼠疫之所以产生，是因为捕鼠者为求速成、以便早日归乡，挖出鼠窟中的病鼠取皮，却不自觉中染疫上身，再加上这一群体寄宿于客栈，因天冷而将房门关得密

---

① 迟子建. 白雪乌鸦［M］. 北京：人民文学出版社，2010：294.

不通风，无形间加速鼠疫的蔓延。在刻画时代背景时，迟子建也并非采取平铺直叙的手法记录历史，而是借由曾在满洲里做旱獭皮生意的商人——巴音暴毙一事，正式揭开哈尔滨鼠疫的序幕。正是因为巴音每次做完买卖后，一定会到傅家甸及三炕铺客栈休息，使得与巴音曾有亲密或直接接触的人，无意间成了鼠疫下的冤魂。例如，巴音常去光顾的餐馆老板刘文庆，在巴音死后三天便一命呜呼；与巴音相好的三炕铺客栈女主人吴芬，在巴音死后第四天发病，没过几日也暴毙身亡。从这三人身上，发现他们皆有相同病症与死状，包括连续高烧、咳嗽吐血和数日内便立即毙命。由此可见，鼠疫之初源自巴音，且借由刘文庆与吴芬的骤逝，凸显鼠疫迅疾、高危险的传染力，加深东北鼠疫在20世纪初的严重性。而巴音之所以感染鼠疫，迟子建在描述其出身背景时便预留伏笔，这远比直接交代鼠疫始末更有戏剧性与感染力，足以见证迟子建在此时的文学思想已经成熟，具备历史理性，因而可以很自如地熔铸史实于小说中。

以刻画小说人物的策略而言，迟子建在《白雪乌鸦》中，采取了虚实交错的手法。在前面几个章节，迟子建以个别的虚构人物叙事，后面几章则把叙事焦点放在历史上确有其人、防疫有功的医官伍连德身上，让读者得以知晓东北鼠疫的前因后果与最终的解决办法。伍连德在《白雪乌鸦》中是具有重要意义的关键人物，因为他正是史料记载下哈尔滨鼠疫的终结者。迟子建忠于手边的历史材料，将伍连德对鼠疫病症的观察与应对呈现出来。首先，为了凸显伍连德细腻精准的判断，迟子建分别以在伍连德之前的其他医官面对鼠疫肆虐的处理方式作为对照。例如，中医以传统“望闻问切”、把脉诊治的方式进行治疗；来自北洋医学堂的医生推行生硫黄和石炭酸的消毒法，却因不被当地民众重视而宣告失败；日本医生解剖无数老鼠后，由于始终没有在老鼠身上发现鼠疫杆菌，故声称傅家甸流行的并非鼠疫；法籍医生迈尼斯则是反驳“鼠疫经呼吸道传染”的说法，将防疫重点放在大力火鼠上。迟子建借由多方立场的阐述，呈现当时具有医学背景或经验的人们如何应对东北鼠疫，以他人的无能为力对照伍连德的对症下药，以众人的各出奇招凸显鼠疫的肆虐猖狂。

除了采取“以宾显主”的技法来强调伍连德的专业医学知识，从当时各国医学人才各抒己见、互不相让的紧绷态势，也能看出中国东北长期以来深陷他国政治势力威胁的隐患。陈雪薇于研究中指出，在日本和俄国权力竞相染指的东北，政治与霸权的意识形态往往让事态变得更复杂，外交俨然是一个巨大的挑战，让医疗事务泛政治化。[①] 也就是说，对于伍连德而言，所要承受的压力不仅是个人的医学专业可能不如他人，而且一旦没有妥善控制疫情，他国可能借此名义入侵中国东北。学者范震威提出鼠疫蔓延之于中国外交处境的严重性：“那么俄、日便要分别以根治鼠疫为借口派兵封锁疫区，以达到自己控制哈尔滨这个北满大城市的目的。”[②] 由此可知，是否能对症下药根除东北鼠疫的源头，它代表的不只是赌上医生专业与名誉的“个人竞赛”，而是国籍背后错综复杂的政治角力，从中可看出中国东北在20世纪初遭受的他国觊觎与侵犯的危机。

除了以人物际遇及虚实交错的手法来凸显重要历史时间外，迟子建亦针对当时东北地方志做了详细的考察和设计，试图还原、建构出1910年前后的具体时空。关于迟子建写作《白雪乌鸦》的动机，她曾在与丁杨的访谈中透露，除了关心疫情中人们的心理状态，她也对哈尔滨的社会境况感兴趣，为求写实逼真并尽可能还原当时的东北，迟子建脑海中先有明确的时代背景，再依此描绘哈尔滨的市井地图，最后才是安排民间人物与情节发展，可见《白雪乌鸦》中的城市，无疑是20世纪初东北地区的图景再现。

由此可见，在历史理性之下，迟子建对东北本土文化背后的文化本质有了比较清醒的认识。她在创作的塑造期阶段以东北文化持有者的内部视域，对东北本土文化进行深度描写，而在创作的成熟期阶段，她在历史理性之下

① 陈雪薇．伍连德研究：经验、认同、书写［M］．香港：新加坡国立大学中文系，八方文化创作室，2014：71.

② 范震威．一个城市的记忆与梦想：哈尔滨百年过影［M］．哈尔滨：黑龙江美术出版社，2012：108.

对东北进行文化观照、理解和阐释，采取一种主客位和文化内外部结合的文化视域。这种视域的融合，也体现了迟子建对东北文化和都市文化的理解和阐释视域的融合，从二者的内部和外部进行综合审美反映和审美反思，有情感渗入，更有理性认知。

当今的资本投资、人和观念在全球流动的速率比以往更快。全球化和现代化过程导致文化特征的全球扩散。在某些方面，文化正在按照同样的方向变化。它们已经变得更加商业化、城市化和国际化。很多国家的人都在看同样的电视节目，穿着同样的服饰，听着相同或相似的歌曲。在这种时代背景下，迟子建的作品中也展现了她对于从传统过渡到现代化现象的关注。作品《群山之巅》以当地的现代化进程作为叙事背景，透过小说中的几个重大事件，娓娓道出龙盏镇历时长久、在潜移默化下逐渐改变的风俗习惯与思想。

在龙盏镇，主宰这个小镇是否能从传统走向现代化的人是镇长唐汉成。唐汉成自小生活在山林间，对于大自然的原始风貌情有独钟。面对小镇的过度开发与外力的介入，唐汉成是怀着痛恨之心的，他认为过度的开发和外力的介入，使得小镇失去了原有的质朴天然。在《群山之巅》中，唐汉成是守护小镇自然环境、抵抗现代化进驻龙盏镇的重要人物之一，甚至为了不让龙盏镇被开发而采取了激烈不当的手段。为了封锁龙盏镇有丰富的煤矿资源的消息，唐汉成不停地给发现烟煤的辛开溜封口费，并与辛开溜私底下做了交易，山里的烟煤只能为辛开溜个人所用，但是不能对外透露山中有烟煤的消息。虽然已经单独与辛开溜达成了协议，但是唐汉成还是不放心，便想出了一个长久之计，借神明的力量让人们放下对龙盏镇的好奇之心。唐汉成设法让龙盏镇旁边的一心山成为集旅游与观光为一体的圣地，在山上建立了寺院。这样一来，不仅可以增加龙盏镇居民的工作收入，还能增加龙盏镇的观光收入，人们也会因为寺院供奉着神明而对龙盏镇敬畏三分。不论是唐汉成付给辛开溜封口费的个人交易，还是唐汉成对探矿工程师的一再阻拦，都能感受到迟子建是以地方事务凸显出龙盏镇这个与世隔绝的小镇也要经受现代化的威胁。

为了让来龙盏镇的探矿工程师知难而退，对龙盏镇的探矿工作丧失信心，唐汉成可以说是费了九牛二虎之力。先是以安排女色引诱、谣言威胁等方式，期待能让工程师刚进龙盏镇就掉进温柔乡，不再关心探矿事宜，或者是因为谣言而内心惶恐心生退意，但是这些都在工程师身上宣告无效。为了继续干扰工程师，唐汉成决定背水一战，私下贿赂居民，希望在镇上传统的斗羊节制造意外，造成工程师被羊撞伤。虽然这个办法既冒险又激进，但是唐汉成还是义无反顾地坚持，可见他为了让龙盏镇保留原始模样、不被现代化侵蚀所下的决心。在"斗羊节"这段，除了造就小说情节的再一次高潮——为辛开溜之死埋下伏笔，并凸显唐汉成对于自然生态的刻意维护与偏私，更重要的是，此处呈现出地方小镇面对外来现代化力量的进驻与介入时，反抗的力量有多么渺小，不论现代化带来的改变是好是坏、当地居民是否愿意改变既有生活，龙盏镇始终不能避免这把"双刃剑"的侵扰。

针对人类文明不可避免地要步入现代化的进程中，迟子建也有自己的见解。唐汉成这个角色，正是支持这项论证的代表人物。唐汉成认为，当人民因有利可图而大肆开发林木，直到把当地资源掏空且破坏殆尽后，外来者大可直接走人，因为龙盏镇本来就是他们开发的地方之一，淘金采矿后，这里便没有可利用的价值了。但是那些世代居住在这里的居民却不能这样离开，他们成了在现代化进程中因利益而牺牲的人。因此，在现代化洪流中，迟子建站在"尊重当地，保护自然"的立场发声。

三、地方性知识与边地文化的诗意呈现

（一）地方性知识的书写

地方性知识的书写，是迟子建小说的民族志书写的重要手段。在当代作家中，迟子建的特别之处，就在于她用东北地域文化的特殊性对抗着现代文明的同质化，这也是迟子建小说的民族志书写的审美特征所在。在对抗现代文明对东北文化的浸染，把东北异质文化作为现代文明的反观之镜方面，迟

子建的文化理解、阐释策略与人类学民族志达到了高度一致。

东北文化形态在东北特定的地理环境中，在特定的历史条件下发挥的作用，主要是通过共同造就一种活生生的文化氛围来实现。这种文化氛围，在空间上是立体的，在时间上是持续的，在特征上是有情的。这些是东北人的生命意识、思维方式、情感取向和审美趣味的独特性的形成根源，在对地方性文化的认识问题上，迟子建的文学描述不仅具有民族志属性，也具有审美性。

东北文化是一种地域文化。从先秦至明清时期，东北文化的发展主要是受中原文化的影响，是中原文化的辐射形态。近代以来，东北文化又受到异域或外来文化及当代体制文化的影响。在千百年的历史积淀和文化变迁中，东北文化融汇了汉族和多个少数民族的文明智慧与外来影响，逐渐形成了与中原文化多元一体且具有明显文化特质的地域文化系统。这种文化独特性首先表现在东北的宗教信仰及其仪式上。

东北民族的构成特点本质上体现为多民族聚居、多元文化共生的格局。这种民族构成特点一方面使东北文化呈现出整体相近而风格多样的文化形态，另一方面也使东北的宗教文化呈现出繁复多元的状态，因为东北各少数民族都具有自己的原始宗教信仰和精神图腾。随着民族的不断冲撞与融合，萨满教逐渐成为东北民族的主要宗教信仰。

迟子建在《文学的求经之路》中就提到萨满文化对其创作的影响。萨满文化赋予迟子建特殊的文学意义，使她的作品体现出独特的东北文化内涵。迟子建在其作品中对萨满跳神场面过程大段的、详细的、生动的铺排描绘，充分表明迟子建对萨满教的熟稔、了解和萨满教对她的文化心理、审美意识的浸润与影响。《额尔古纳河右岸》《伪满洲国》《群山之巅》等作品中对萨满文化的大量描述，向我们展示了迟子建的一种写作倾向，她在写作中逐渐走向文化自觉，并且超越了个人化和地域化的狭隘、单一的视界，以萨满教文化为参照系，建构了一个具有全球性意义的、与文化人类学交融的文学世界。迟子建与其他东北作家的不同之处也在于此，她不仅仅以奇特的边地色彩和自然景象取胜，而且以表现文化差异与文化适应这个引人深思的全球化问题赢得文坛的关注。

迟子建的东北地方性知识书写，还表现在其艺术作品所描述的东北人独特的“人观”上。文化中的人性表达与“人观”有关系，从文化社会学的角度而言，历史把作为自己投影的文化积淀于绵延不绝的群体之中，然后这群体又借助于人的心理和生理因素，把这种文化内化到单个人身上去，铸造出历史和现实的“人观”来。

在迟子建看来，东北文化的独特性还表现在其独特的“人观”上。因此，迟子建小说的民族志书写中的地方性知识的体现，始终是生活在东北地域的人们的“人观”表达。通过描述生活在这里的人们的各种生活形态，来达到对东北文化独特性的理解和阐释。

在迟子建眼里，东北社会人与人之间的关系简单，不会功利计算；这里的人各守其责，各安其分，心中有神，生活中与自己的亲人朝夕相处，生活无处不显得安详和宁静。迟子建在其散文《文学的求经之路》中，讲述了东北人的“人观”对其文学创作的影响，如民间神话和原始宗教。东北人的“人观”中始终离不开“神”，这既有“闯关东”带来的文化传播影响，也有东北本土的少数民族信奉万物有灵的原始宗教，这些朴素的宗教观和自然观也影响了生活在这片土地上的其他人。迟子建在萨满文化环境里长大，萨满文化塑造了她的文化品格，使她笔下的东北人显示出神性的“人观”。

迟子建还在其作品中对城乡人的生命力进行了对比。在城市中，人处于身体的疲倦、精神的空虚之中；而在大兴安岭的山里，人们充满了快乐，充满了生命的活力。在现代文明的都市里，人们的生命被外在于心灵的物质性东西所缠绕、扭曲和支配，完全失去了自我。所以生命力表现出的是一种扭曲和异化的样式，没有了真诚和快乐。但在大兴安岭，自然灵动的生命形式无处不在。这里，当然有迟子建对自然生命的礼赞，也有一种乌托邦的审美色彩。这种城乡的生命力的对比，使迟子建笔下的东北人的“人观”带有一种自然与命运感。迟子建也承认自然与命运感一直影响着她的写作，“冬天给予了我们极北之地人漫长的风雪，也给了我们对温暖的渴望，以及不屈、倔强的性格。所以我作品的底色是苍凉的，我笔下的北方人也是隐忍的、坚强的，就像冬天的河流”①。

（二）边地文化的诗意呈现

参与观察作为人类学工作的经典方法，留给文本的空间很少。科学民族志时代的到来，人类学家开始进行写作，在这里，写作即民族志。写作毕竟是想象的一种产物，因而科学民族志所谓的对文化的再现的透明性和文化经验的直接性的表述，都显得力不从心。因此，通过文学艺术的方式对文化经验要素进行表达便成为民族志写作的重要手段之一，民族志写作的文学性的回归，也被称为民族志的人类学诗学方式的回归。

迟子建对边地文化的诗意呈现主要集中在两个领域，一是对东北地域的乡土农耕文化（也包括少数民族）的描述；二是对东北地域都市文化的描述。二者构成互视，相互参照。因此，我们可以把迟子建的文学作品分为两类，一类是具有乡村民族志特征的文学作品，如《额尔古纳河右岸》《群山之巅》《原始风景》《白雪乌鸦》《北极村童话》等；另一类则是具有城市民族志特征的文学作品，如《烟花漫卷》《晨钟响彻黄昏》等。面对着同一个东北文本世界，这些作品共同的特点在于都在用文学的手段描述东北、介绍东北，向外界还原东北的真实面貌。

但这并不意味着通过文学艺术的方式对文化事象进行记录与人类学家的民族志写作并无区别，实际上二者存在着本质的区别。对此，我们可以对照阅读关于萨满跳神仪式的文化记录，一个是研究使鹿鄂温克族的人类学家孔繁志对于萨满跳神的科学民族志记录，另一个是迟子建在《额尔古纳河右岸》对使鹿鄂温克族一个部落的萨满跳神救人的文学描述，通过对比，我们可以发现对于同一文化事象的不同表达方式的区别与共同之处。

---

① 迟子建. 迟子建散文精选［M］. 武汉：长江文艺出版社，2018：220.

使鹿鄂温克人世代信奉萨满教，在他们的日常生活和细枝末节中，无不渗透着对山林、河流、草原的崇拜。迟子建与人类学者孔繁志都对使鹿鄂温克族的萨满跳神治病这一宗教仪式进行了记录与描述，但是二者的记录却截然不同。孔繁志作为一个人类学者，是站在他者的立场上去观察这一文化事象，因此在其民族志的写作上，更多的是强调其观察萨满跳神的客观性。迟子建对萨满跳神治病这种文化事象的描述在其文学文本中也多次出现，其中长篇小说《额尔古纳河右岸》则是对使鹿鄂温克族的萨满跳神仪式最为详细的记录与描述。

孔繁志在其民族志作品《敖鲁古雅的鄂温克人》中，对使鹿鄂温克族的萨满教历史进行了简要介绍，接着对于萨满跳神的场所、时间、祭祀所需要准备的祭品以及祭品使用的禁忌都进行了详细的说明，最后讲述了萨满跳“乌麦”神为生病的小孩招魂的详细过程。首先是萨满起鼓，且必须在夜间跳神，然后是萨满的一系列跳神过程、请“乌麦”神等流程，最终以鼓面是否有小孩头发而确定是否把“乌麦”请回来。孔繁志的跳神记录是按照科学民族志的标准进行的，尽可能地做到客观地观察他者的文化事象，并避免记录的主观性，因而也尽量做到了对萨满跳神这一文化事象的完整记录，具有客观性和真实性。

而迟子建对于萨满跳神这一文化事象的描述则被置于一种特定的环境中。“我”的姐姐列娜一病不起，因而父亲请来了尼都萨满为其跳神，一切描述都在其构建的生活场景中进行。这种描述流畅地融入了本地词汇和文化习俗，具有鲜明的主观性和文学性，而且更具有生活的原生态性。迟子建将萨满跳神仪式置于生活场景中，将仪式视为其想象民族志文本系统中的一部分，引起了读者对文学对象——萨满跳神仪式的高度敏感性。迟子建笔下的文学对象在与读者描述文化经验对象时，便无形中创造了与文化、心理和情感倾向相适应和共鸣的空间和组合。

而反观孔繁志的科学民族志，虽然其对萨满跳神仪式的描述系统而完整，但是缺少一种将宗教仪式置于生活场景的鲜活感，无法让读者有身临其境的感受，无法准确描述萨满跳神进入迷幻的状态，而文学手段却能对这种迷幻的状态，萨满的神情、行为进行形象的描述，这便是迟子建的想象民族志文本描述文化事象的优势。

为什么面对同一个客观的文化事象——萨满跳神仪式的记录，却有着截然不同的阅读效果呢？这就不得不提到文化经验与读者和文本之间的位置关系。霍米·巴巴（Homi K. Bhabha）在《文化经验的位置》中提出文化经验是位于个人和环境的潜在空间。① 也就是说，文化在这个潜在的或过渡的空间内循环，在这个过程中，来自文本和读者的不同文化系统的聚合体相互作用，创造出新的混合体和无数的新兴形式。文学文本中充满各种各样的文化事象，而读者接近文本时也对这种文化事象进行了亲身感悟和体会，从而唤起了读者对这种文化事象的观照。

迟子建的想象民族志文本正是在对文化经验的描述中，在阅读文本的过程中，扩展人类的感觉、描绘文化经验的迷幻性时刻。虽然民族志者声称只有他才具有对其观察的文化事象的权威性，他通过亲身的田野经历对其所观察的文化事象进行记录与描述，但并不意味着他的民族志文本就如同他声称的那样真实客观。

事实上，民族志从一开始就具有审美与想象的因素存在。民族志的传统是希罗多德的史学和孟德斯鸠（Montesquieu）的《波斯人信札》的传统。可以说，相对于艺术真实而言，民族志的真实性是一种狭隘的艺术真实。亚里士多德（Aristotle）在其《诗学》中对诗歌和历史进行比较，他认为历史与已经发生的事情相关，而诗歌则是与即将发生的事情相关。他认为诗歌比历史更加真实，因为诗歌反映的是共性，而历史讲述的是细节，即个性，是一种个别的真实。例如，历史学家可能会断言，阿尔西比亚德斯（Alkibiádēs Kleiníou Skambēnidēs）教促雅典人入侵西西里岛，他后来或者被流放，或者被谋杀；然而，诗人会用阿尔西比亚德斯来代表类似他的这一类人，发生入

① HOMI K. B. The location of culture [M]. London: Routledge; 2nd Revisededition, 1988: 28-30.

侵的事件对这类人而言可能或必然伴随着流放或谋杀的命运。

同样，对比人类学的科学民族志与文学中的想象民族志，科学民族志的文化描述确实比文学中的想象民族志的文化描述显得视域狭小，毕竟文学是要通过典型性和个别性去表达存在于生活整体的文化全貌，通过对文化事象的描述去思考我们自身文化的本质，从而获得对于文化整体的充分认识。总之，在对文化经验的描述上，通过文学手段对文化事象进行生活化、生动性、典型性的描述，从而更好地记录人类文化、反思人类文化，这是比人类学家的科学民族志的真实更高范畴的真实，这就是运用文学手段描述文化经验的优势所在。

第二节　写文化：文学与人类学的跨学科观照

迟子建小说的民族志书写体现文学与人类学的跨学科观照。首先，迟子建通过民族志书写不仅展示东北人性之真、善、美，同时也展示了人性之假、恶、丑，这种人性对视使迟子建的创作思想走向了成熟。其次，迟子建用文学与审美的方式对东北地域的文化事象进行记录与描述，可被称为一种民族志式的记录，这种记录不是针对某一微观现象，而是从整体的全方位的角度对东北地域的文化事象进行书写记录。再次，迟子建小说的民族志书写还具有深厚的文化人类学意蕴，有一种潜意识的、被压抑的吸引力，这种吸引力被凝视的力量所吸引，从而捕捉和支配难以捉摸的他者，这种凝视的力量就是对东北地域本土文化的反思。她富有自我意识地针对人类文明现代化进程中出现的问题进行思考，表现出一种充满文化批评精神与文化反思的取向。最后，迟子建小说的民族志书写也展现了阈限性的文化书写范式。迟子建的小说具有阈限性的特点，既颠覆了二元对立，解构了中心与边缘的关系，又重新制定了中心与边缘的关系，这也是其小说的民族志书写文化价值的表现。

一、呈现人性救赎的心灵关怀

对于东北人民而言，由于必须随时面对外在环境的变化，生活中需要互帮互助才能抵抗自然灾害，因此在迟子建的笔下，生活在大兴安岭深处的人们显得外放活泼、率真爽朗，展现出人性中质朴与温情的一面。

迟子建在很多作品中都展示了东北人民的人性亮色，他们开朗、乐观，无论在什么样的生存环境中都洋溢着昂然向上、积极乐观的生活态度。例如，在作品《沉睡的大固其固》中，迟子建塑造了老奶奶媪高娘这样一个充满温情的人物。媪高娘善良、热情，对待镇上人人都恐惧的魏疯子充满了宽容与和善，每天无偿给他一块豆腐。因为魏疯子喜欢抓老鼠的异于常人的疯癫行为，媪高娘请来了相面人，为了小镇人们的安全，她听从了相面人的建议，杀了自家的猪用来做还愿肉，花钱给魏疯子做“替身”，她用全部身心爱着这个小镇，也爱着这里的孩子。最后媪高娘因为抽扑克占卜预感不好，在院子里烧香的时候不小心被木头砸倒而失去生命。媪高娘用她有限的认知爱着这个小镇以及镇上的人们，这种朴素的爱正如大固其固传说中呼玛河的鱼，在这片土地上生生不息，绵延不绝。在作品中，迟子建描述了大固其固这个小镇的美好与自然，这里的人们都热爱这片土地，她是这样描述媪高娘对这片土地的热爱的：“几十年的生活都是在这片土地上度过的。不管它多么的贫瘠和荒芜，她还是爱这里的一山一水、一草一木，发自内心地爱着。一想到一次还愿肉可以解除还未降临到小镇的弥天大祸，她就是做什么也舍得出来的。此刻，她用整个身心，虔诚地这样想着，做着，为魏疯子，为孩子，为小镇。”①

相对而言，黑龙江土地平旷，肥力充足，物产丰富，农民人均占有土地面积远远超于全国平均水平。就占黑龙江人口绝大多数的农民而言，他们更多的是和土地打交道，只要不是特别懒惰，或者命运特别乖蹇的，大都可以

① 迟子建. 北国一片苍茫［M］. 北京：人民文学出版社，2012：5.

维持衣食保暖、缺忧少愁的生活；更兼漫长的冬季，大部分农民较为悠闲，躲在家里猫冬，也可加深家庭感情。这在一定程度上影响了东北人的性格，他们普遍较为朴实、稳重、粗犷，心机不重、算计不精，较有合群精神，更注重家庭伦理亲情。迟子建笔下粗犷朴素的东北人，正是带有这种人性特征，在很多作品中都有反映。

小说《在低洼处》中，讲述了 25 岁的底层劳动妇女柳子进山采蘑菇，因为贪多而与同伴走失，在找寻回家路上的过程中回顾自己的人生、婚姻、家庭，从迷茫到逐渐觉醒的过程。柳子在原生家庭不受重视，为了给弟弟娶媳妇，早早地被“卖”给现在的丈夫，结婚之前，柳子甚至连男人都没有接触过，但是婚姻生活并不如柳子想象的那么如意，夫妻二人为了经营家庭来到林区谋生，通过辛勤劳动，日子也算不紧巴，但是随之而来的就是双方父母的不断索取，导致夫妻感情出现了裂痕，柳子饱受丈夫的家庭暴力，但是内心纯粹的柳子却依然爱着丈夫，依然想把自己的小家经营好。在采蘑菇的过程中，柳子见到了低洼处成堆的蘑菇便起了贪婪之心，不顾其他两个小伙伴的召唤，企图独占所有的蘑菇，当采着硕果累累的蘑菇起身回家的时候，却发现找不到家的方向，柳子在恐慌中掉进了鄂伦春族风葬死人的棺材坑。柳子绝望而又恐惧，她掉进了现实的低洼处，其实也正处于人生的低洼处，经受着身为女人生命中的低洼处。就在柳子惧怕“黑瞎子”的时候，发现“黑瞎子”只是个黑树墩，她又重新燃起了希望，并坚决地向前，在低洼处，柳子重新找到了生的希望，这既有现实中找到回家的路的希望的决心，又找到了自己低洼人生中生的希望。柳子在低洼处觉醒了，她开始反思人生、反思婚姻、反思自己面对父母的索取不知拒绝。最后，柳子找到了出去的路，也决定与丈夫不再争吵，反抗丈夫的暴力，并学会拒绝父母的一味索取。

柳子是部分东北底层女性的代表，她善良、纯真，虽然偶尔因为贪心而迷失自我，但又很快在自责与忏悔中觉醒。柳子是善良的，也是俏皮可爱的，就连因走失而回顾两个小伙伴对她的照顾，而她却自私不想分享她所发现的蘑菇时，都透露着一股子纯真之气，这种纯真之气是直率的、坦然的，也是洒脱的。柳子是东北底层劳动妇女的典型形象，她偶尔糊涂却不失一颗愿意在迷茫中找寻觉醒之路的心，尽管这找寻的过程中是漫长的、充满荆棘的，但是“柳子们”却不曾放弃，充满希望！迟子建对底层群众人性的描述中，情感浓烈，赞美其纯真、善良，身处困境却从不放弃生的希望，这与都市里人性的虚伪、功利与狡猾形成了鲜明对比。可以说，迟子建在创作伊始，就在都市和乡村之间进行文化对视，只是这个阶段，这种文化的对视是从人性的比较开始的。

迟子建对东北底层群众人性中的亮色进行了展示，并且不仅仅是涉及人性的各种表现形式本身，而是把这种人性放在美丽的自然环境和淳朴的乡下生活世界之中。在迟子建的笔下，自然环境的原生态和自然的人性之间是融为一体的。

小说《乞巧》中对此就有形象的展示。作品讲述了少女山妹在乞巧节这天和少女百合，还有一群热情的妇女在水池子里一边洗澡一边打趣，少女的娇羞与妇女的热情开朗形成了对比。女性的美在少女百合的身上体现得淋漓尽致，体现了迟子建对女性之美的赞赏。少女山妹的父亲是画家，在特殊年代被下放到农村，后因山妹母亲去世，她被送到外婆所在的村子里，父亲平反后选择了再婚，从此抛弃了山妹，但是山妹在淳朴的农村里生活，从未丧失对营建美好生活的信心。读到初中山妹便放弃读书，希望通过辛勤劳动、通过双手创造新生活。山妹勤劳，会多种农活，也会种菜，把外婆和她的生活经营得井井有条。同时，山妹也有一颗纯净、爱美的心，因其心灵美而对自然万物怜惜，在一次采花过程中结识了少年阿满，爱情在心中逐渐滋生起来。山妹对少年的爱慕是纯真的，不掺任何杂质，这与物欲横流的人们形成了鲜明的对比。山妹就这样在心里默默地编织着未来生活的梦想，希望通过乞巧能让她实现梦想。

山妹与阿满都是自然纯真的代言人，他们单纯、干净，与背后的大兴安岭构成了和谐美好的场景，迟子建是这样描述少女山妹在大自然中进行乞巧的：“她来到了草甸子，来到了水泡子边。水面发着灰蒙蒙的光，柔和、安详。甸子上溢着黄花草叶的清香，香得淡淡，淡淡的让人心醉。她慢悠悠地脱衣、脱裤，她赤身裸体地站在泡子边。她并不觉得身上冷，一点也不。她弯下身子，轻轻地撩水，撩到脸上，胸上，背上，腿上……她静静地搓，用一把草叶，搓胸脯，搓得浑身热乎乎的……她觉得天地众神都在默默注视她，默默地看她做‘乞巧’……黄花在草叶间眯着杏眼做梦。草叶在她的胸脯上划过一道碧绿的溪流，月牙儿抖抖索索地甩给她一束清辉……她蓦然站了起来，她没有去抓衣服和裤子。她静静地站在那儿，像根水凌凌、鲜艳的红萝卜，赤条条的，手里捏着一柄印有乞巧月牙儿齿痕的草叶，等着他来。”① 这种人性美与自然美的和谐图景的构建，体现了迟子建对美好人性的追求。

迟子建展示人性亮色，并不意味着对残损的人性就不加措意，要是那样，迟子建的文学创作无疑有可能陷入片面和谎言的陷阱。迟子建在展示人性的亮色的同时，还是有勇气去直面人性残损、张扬严肃批判精神的。迟子建的父辈经历过极“左”的政治历史，她也深知这种极“左”政治的弊端，因此在其作品中，我们总能看到一个看不见的时代背景是如何残害人性的，迟子建并未把时代背景与政治运动在作品中鲜明地表现出来，而是使其处于作品光明面的另一面，透过描述人性的悲剧而呼唤正常人性的回归。

小说《北国一片苍茫》讲述了女大学生芦花在雪天回忆童年以及养父和母亲的故事。芦花是一个私生子，因母亲挨饿揭露了大队长偷苞米的事情而被人报复，遭到了强奸，母亲把大队长打死后便开始前往东北逃亡，在逃亡的途中因无法生存下去而选择自杀，却被养父救下，从此便开始了林场的生活。养父是个守林人，也是一个凶悍的猎人，他粗鲁、凶残、暴戾，经常殴打芦花和母亲，幼小的芦花期盼着有一天能走出大山，摆脱这种压抑的家庭氛围。在一次父母殴打的过程中，芦花骑着自己的小狗逃离了，但大兴安岭茫茫雪原一望无际，芦花迷路了，遇上了出来逃难的逃犯，逃犯救了芦花和小狗，养父及时地赶到救了芦花和逃犯。逃犯住进了芦花家里，因与母亲互

---

① 迟子建. 北国一片苍茫［M］. 北京：人民文学出版社，2012：49-50.

诉衷肠而被养父发现，最终养父把母亲烧死在房里，芦花被送到一对无儿无女的老夫妻家里。

文章题为《北国一片苍茫》，意味在雪的覆盖下，似乎所有的罪恶都将被掩盖，白雪掩盖了大队长强奸母亲，致使母亲怀孕的罪行，也掩盖了母亲杀死大队长而在大兴安岭逃亡的罪行，同时还掩盖了逃犯逃离了山外的轰轰烈烈的政治斗争。但这样的掩盖都只是暂时的，当太阳升起的一刻，所有的罪恶都将暴露出来，而养父便充当了救赎母亲和逃犯的角色，养父包容了母亲的杀人罪行，却又在日常生活中对其拳脚相加、恶语相向，面对母亲与逃犯的惺惺相惜，养父最终选择以大火救赎自己，救赎母亲。养父怨恨芦花，经常对其言语暴力，甚至杀死了芦花最喜欢的小狗，却在烧死母亲的时候，把芦花救出，送到了一个安稳的家庭，确保芦花的未来不受打扰，在前往大西北的时候，还惦记着芦花的小狗，随身携带着母亲生前留下的绳子。而芦花，作为强奸犯和杀人犯的孩子，她目睹着一系列的生活悲剧，清醒而又释然，在漫天的飞雪中，芦花原谅了父母，也救赎了自己那颗孤独的灵魂。

在《北国一片苍茫》中，养父、母亲、芦花以及逃犯似乎都带有一种原罪，但是仔细探寻这种原罪的源头正是掩盖在故事之后的那段极“左”的历史。母亲因为挨饿举报了生产队大队长偷苞米而被强奸，反抗中的母亲无意中成为一名杀人犯，养父收留了母亲，却又总是面对母亲的不忠而耿耿于怀，一面保证母女衣食无忧，又一面对其暴力相向，最终怀疑母亲与逃犯有不忠事实后将母亲烧死在房内，也成了一名有罪的杀人犯。时代的背景使人压抑，又残害人性，迟子建通过对芦花的塑造，希望人的罪恶都能消失在茫茫雪原中，最终化为一片苍茫，呼唤纯真干净的人性。

当然，无论是如何呈现人性残损、张扬严肃的批评精神，相对于展示人性亮色而言，始终是次要的、辅助的。这显示了迟子建对人性整体上是充满信心的。她没有像同时代的许多作家一样沉湎于展示人性恶、人性黑暗面中不能自拔。迟子建要呈现人性残损，也是用来对照正常人性的可贵。通过展示东北人性之真、善、美，同时也展示了人性之假、恶、丑，这种东北本土文化中的人性对比，在迟子建创作的探索期就已经开始了。这种人性对视使迟子建逐步走向对东北文化的理性思考，这种思考反过来又使迟子建的创作思想走向了成熟。

二、丰富东北地域文化事象的表现维度

迟子建小说的民族志书写的文化价值还表现在，她用文学与审美的方式对东北地域的文化事象进行记录与描述，可被称为一种民族志式的记录，这种记录不是针对某一微观现象，而是从整体的、全方位的角度对东北地域的文化事象进行书写记录。迟子建在《年画与蟋蟀》《伐木小调》《农具的眼睛》中，详细介绍了东北地域的年画民俗、林场的伐木生活、北极村的传说、东北人民的日常生活等各方面的情况，这种记录不仅仅是一种回忆，更具有想象民族志的属性。

迟子建生活在中国的东北角，这里的人们的生活是独特的，也是难忘的。她笔下的习俗、生活、自然风景、社会风俗都已经随着全球化和现代化浪潮的席卷而渐渐消失。迟子建对这些文化事象的记录无疑具有文化人类学的价值，即通过文字的记录，将曾经发生在东北大地上的风土人情以文学的感性形式记录下来，相对于科学民族志的规范性与标准性，迟子建的想象民族志记录则能让读者回到文化的原初状态，这种原初状态的记录能够保留种种文化事象的美好，使得不曾经历过的人们在迟子建的文字中，获得这种犹如亲身经历的体验感。在迟子建的文学文本中，我们能够看到她对东北地域的宗教、习俗、亲属关系、经济、社会生产、礼治秩序、乡村与社会文明、神话传说等等各种文化事象的记录，这些相当于一部民族志，但她的文学文本同时也具有想象性，因而迟子建的文学文本可被称为想象的民族志。

把文学文本解读为一种想象中的民族志，是因为在对语言和结构的不连贯的使用中，在对它构成的权力的抵抗中，文学能够提供一种反直觉的挑战，在一个虚拟和实验的空间中拓展人类的感觉。因此，迟子建用文学和审美的方式对文化事象进行记录与描述必然与科学民族志不同。

迟子建在小说《额尔古纳河右岸》中，详细地介绍了使鹿鄂温克族新萨满的请教仪式。在历史上，使鹿鄂温克人直到新中国成立以后仍然居住在大兴安岭老林深处，以狩猎为生，在东北诸民族中，他们的萨满教最接近于原始形态。在使鹿鄂温克人中，萨满是氏族唯一的神职人员，享有很高的威望，祸福凶吉、疾病来源都是由萨满解释。近代以来，随着社会关系的发展，萨满的身份也发生了某些变化，首先便是女萨满的地位在发生变化。直至解放前后，鄂温克人的女萨满还占据着相当的数量。《额尔古纳河右岸》中描述的两位萨满中，其中便有一位是女萨满，迟子建详细地描述了这位部落的女萨满成为萨满的请教仪式。

首先，萨满请教仪式开始之前要选择一个供奉萨满神灵的地方。其次，介绍萨满神衣以及萨满的使命。全乌力楞的人都围坐在火堆旁观看杰拉萨满教泥浩跳神，而泥浩则穿着前萨满尼都萨满的神衣。最后，正式开始萨满跳神仪式，在鼓声与舞蹈中，泥浩成为一名萨满。

文中并未用科学术语讲述萨满跳神，而是以诗意的、审美的方式表达萨满跳神是如何进入迷狂的状态的，这种迷狂状态不仅让乌力楞的人对神灵肃然起敬，甚至远处的鸟儿也飞来观看。可见，与科学民族志对文化的机械式的记录方式不同，迟子建是通过文学和审美的手段，把各种文化事象置于其所属的文化场景进行描述和记录，这种记录方式容易让人产生身临其境的体验感。

除了对少数民族的宗教信仰进行记录，迟子建还对东北的乡村和都市文化进行了经验性的描述，在描述这些文化的时候，她以民族志的书写方式，对东北地域的文化事象进行了深描。

《伪满洲国》介绍了“扎彩”这种东北传统的生产活动。迟子建在作品中是这么描述扎彩的：“他跟着杨三爷学会了打棺材的一些诀窍，尤其学会了扎花圈和做纸制品的本领。他喜欢把一头牛扎得蛮气十足，似乎尖利的矛也难以捅破它；喜欢把马扎得飘逸非凡，似乎若不牵着它的缰绳，它就会放开四蹄疾风般地穿山跨河。杨浩还喜欢把纸童男童女扎得神采飞扬，童男虎头虎脑的，煞是可爱；而童女的羊角小辫像两缕流云一样可以飞起来。”[①] 生产方式决定生产关系，东北地域文化的传统性是由其传统的生产方式决定的。这种传统的生产活动也体现了东北地域单纯平和的人与人之间的关系，围绕“扎彩”的就是东北地域的各类人情世故。杨浩虽然年少，但是过早地体验了人生的艰辛，在平顶山惨案中眼睁睁看着亲人都被日本人屠杀，收养他的爷爷奶奶也相继去世，被贪婪自私的杨三爷强行收养，免费为其棺材铺打工。在人生的绝境中，杨浩将仅有的快乐寄托于“扎彩”中。杨浩喜欢将牛、马、童男童女都扎得活灵活现、神采飞扬，也只有这个时候，他才能尽显一个少年该有的童真。在这里，迟子建不仅展现了“扎彩”这一东北民间的传统文化事象，还侧面展现了战争对于诸如杨浩般的少年造成的心灵和肉体上的伤害，这种伤害尽显迟子建对于战争以及侵略行为的谴责。

除了介绍生产活动“扎彩”，在小说《原始风景》中，迟子建还对东北常见的生产活动——“捕鱼”进行了深度描写。在中国的东北地域，松花江和嫩江一带的捕鱼人常说：“有心想把江沿离，舍不得一碗干饭一碗鱼；有心想把江沿闯，受不住西北风、开花浪，双手抓住老船帮，一声爹来一声娘。”[②] 由此可见，东北的渔猎活动已形成一种有浓郁地方特色的文化类别。迟子建在文中对北极村的渔猎活动的描写，具有比较鲜明的民族志特征，真实记录了渔猎的季节、渔猎的方式、渔猎的人、渔猎的场景和渔猎的基本器物、渔猎的过程等。此时，渔猎是东北地域文化的一种文化特色，象征着生活在东北大地的普通人们的日常生活世界，这种日常生活世界是与大自然紧密相连，在捕鱼的过程中，人与人之间也充满了温情，使得日常生活世界里洋溢着浓厚的诗意。

三、增强地域文学的文化人类学意蕴

人类学的科学传统包括密切观察其他文化，以便积累资料和发展关于这

---

① 迟子建．伪满洲国［M］．北京：人民文学出版社，2004：139．

② 施立学．东北民俗文化［M］．北京：社会科学文献出版社，2019：35．

种文化的知识。人类学家是一个局外人，从一定的距离冷静地观察当地人，他们将自己置身于田野中，根据观察文化事象收集到的信息，从而保证科学的客观性。但是20世纪以来，这种范式不足以体现对其观察的文化事象的个人经验。因此，文学性文本便恰到好处地成为描述文化经验的有效手段。迟子建独特的世界观和另类的认知方式，使得她的文学创作也成为一种超越文学模式的文化载体，不仅有对东北地域文化事象的深描，同时还具有深厚的文化人类学意蕴，不管是对少数民族文化的书写，还是对都市文明的关注，迟子建小说的民族志书写中所体现的文化反思性和文化批评性都很强。在迟子建小说的民族志书写中，有一种潜意识的、被压抑的吸引力，这种吸引力被凝视的力量所吸引，从而捕捉和支配难以捉摸的他者，这种凝视的力量就是对东北地域本土文化的反思。

在西方，现代人类学家走进田野工作的天地，萌生出了以民族志的方式叙述调查结果的想法。促动他们这样做的力量，在于他们意图启发读者去认识异文化的生活方式，并通过异文化的描写对西方文化的自我满足状况加以反思，这也是人类学学科产生最为内在的原因。

对东北地域文化和都市现代文明展开双重反思和批判，是迟子建文学艺术创作的起点和出发点，也是迟子建文学作品中民族志书写的基本思想源头所在。《群山之巅》描绘中国东北龙山顶峰龙盏镇这个地方的风土民情，尽管人们各有不同的身份地位与心路历程，但最终都脱离不了龙盏镇这个地方。迟子建用象征的手段，塑造了一系列的典型人物，并借由小说人物各自的生命际遇，标示过去历史在人物或镇上残留的痕迹。迟子建着意表现这座身处化外之境、过去不受外界干预的边陲小镇，在面临现代化力量进驻的压力之下，呈现出要维持自然抑或追求进步的两难困境，实际上这也是对整个人类在面对现代化进程时两难困境的思考。

《群山之巅》以位于松山山脉龙山顶峰的龙盏镇为背景，铺陈当地居民的生活样貌及情感流动，以及面对外在环境及时代变迁的冲击下，小镇在保守封闭或开放的矛盾中游移不定，如龙盏镇镇民经历的由传统土葬改为火葬的过程，以及死刑制度由枪决行刑改为注射死亡。淳朴自然的生活方式遭遇了现代文明，人类应该如何去面对？这其实也是对整个人类未来命运的一种思考：人类在现代化的浪潮中，应该以什么样的文化心理机制去面对？是顺其自然还是理性面对？通过龙盏镇反观整个东北地域，如果人们只是随波逐流地被动接受现代文明，必然面对时代的变化缺乏积极的应对机制，就更不用说改变自己的命运了。反观整个东北地域社会，不也是如此吗？迟子建内心对于东北未来命运的担忧潜隐在文字中，也正是因为对东北故乡无尽的爱，才有了对其更为深沉的忧虑！

对文化的批评反思也成为迟子建小说民族志书写的文化价值之一。在《额尔古纳河右岸》中，她用文字记录了使鹿鄂温克族与大自然融为一体的美好场景，灵性的驯鹿、悠扬的萨满神歌、鄂温克族女人的热情与男人的豪放……但是在迟子建眼里，这些美丽的场景都是忧伤的，因为在现代化进程的冲击下，本就生活于天地自然之间的驯鹿难以被人类圈养，而日常必须仰赖驯鹿的鄂温克人自然地跟随驯鹿四处游牧，下山定居并不能成为长久之计。面对时代变革和文明转型的社会现实，鄂温克人应该如何选择，他们的未来应该往哪儿走？这不仅仅是对鄂温克族的思考，也包含着迟子建对整个人类未来命运的思考。她在文中这样表述自己的心境：“疲于奔命的人类。负债累累而伤痕累累的人类。科学考察和探险使地球不再拥有真正的处女地，国界和疆界使地球如蒙刀痕一般阴森可怖。战争、瘟疫、饥荒，自然和非自然的因素使人类原始的和平之气随风而逝。一个在钢琴旁唱着赞美诗长大的孩子，他肯定认为参军真的是为了和平，直到他死在战场的那一瞬间，他还认为那是为了和平。一个受着良好教育的孩子，他循规蹈矩地长大成人后，来到日出而作日落而息的农庄时，他会认为那是个多么愚昧的地方，当他在紫红的夕阳中摇头叹息着离去时，他不知道，他失落了一生的文明……我想人类是迷失了，在自己建构的世界里迷失了。”①

① 迟子建. 原来姹紫嫣红开遍［M］. 杭州：浙江文艺出版社，2016：195-196.

确实如迟子建所说，近代以来，东北的现实世界不再只是充满着自然的灵性之美，它的现实情况惹人深思。在迟子建看来，一种地域文化或民族文化，总是逃避不了西方强势文明的冲击，对于地域性文化与民族文化自我发展的问题被迟子建提出，东北应该反思自身的文化，发展其文化优势，不能顺其自然自甘堕落。

迟子建通过民族志书写对东北地域文化的思考，有着非常强烈的时代性和现实性，这种对本土文化乃至人类文明命运的思考，使得迟子建小说的民族志书写具有文化人类学属性。

迟子建小说的民族志书写的文化人类学属性还可以从她的中篇小说《原始风景》体现出来。《原始风景》是迟子建对北极村童年生活的回忆录，迟子建创作的目的在于通过小说的体裁形式来回顾北极村的历史变革，以及在时代的浪潮中，北极村所经历的现代性的变化，从而探讨北极村未来的命运。北极村是迟子建文学创作的起点，对她而言，她的文学创作始终离不了北极村的滋养。

《原始风景》的写作原因，是迟子建从故乡走向了异乡，反观异乡的现代文明，迟子建不由得怀念起北极村独特的文化样式，虽然北极村身处中国最北端，但也避免不了受到现代文明的冲击。面对着异乡都市的五光十色，迟子建不禁恐慌，因为她预感到这种现代文明迟早有一天会蔓延到北极村，北极村原本的文化生活样式正在慢慢失去，那些美好的、与自然融为一体的文化样式不仅不能够被保留下来，反而会加速失去，尤其是原始自然的风景、纯粹的人性与美好的道德品质都将成为迟子建身后的背景。

北极村的文化失落让迟子建看到了整个东北地域的文化失落，这种失落感让她不得不去面对一个全新的北极村，这个北极村是一个在时代与现代文明的浪潮中逐渐失去自己文化特色的北极村。在这里，现代挤压着传统，使得传统苟延残喘，却没有实现真的现代，北极村在传统与现代的夹缝中艰难呼吸。以北极村为原点辐射整个东北地域，迟子建发现，乃至整个东北地域的现代文化都是变形的，是扭曲的，因而她在忧虑中感到北极村和东北地域的社会文化现实是如此严峻!

对于文化的反思，迟子建不是一味地留恋过去文化样式的美好，她很清醒地意识到文化变迁已经变得更具有全球性和历史性了，因而对东北地域文化的深入探索就要把它们放置在与现代文明社会并存的时空之中，等于是把包括北极村文化在内的东北地域文化视为我们世界的一个部分，而不是把它们视为不同于现代文明的原始文化，以及被我们引以为反观自身的镜子或替代物的体系。迟子建为我们提供了一种社会范畴内的认识论批评，这种认识论批评不仅基于对古老文化样式的解释与记录所获得的教诲，而且也是集中地对现代文化事象进行细致的文化记录与反思。

迟子建富有自我意识地针对人类文明现代化进程中出现的问题进行思考，她表现出一种充满文化批评精神与文化反思的取向。迟子建深刻地认识到受到现代文明的影响，自然的破坏对东北地域的未来会产生致命的影响，原本依靠着原始自然生活的北极村的人们正在因为自然的破坏而丧失自己的家园，老一辈人固守着原始古朴的生活方式和习俗，但是年轻一代人还没有做好接受现代文明的准备，他们在传统与现代之间不停地摇摆。

四、展现阈限性书写的文化范式

阈限一词最初源于拉丁文 limen，意为边界或者门槛，是一种含糊不清、流离失所和边缘化的状况。由于阈限作为一种术语具有广泛性、复杂性和功能性，因而首先需要对其进行明确的定义。阈限的概念是由人类学家阿诺尔德·范·杰内普（Arnold van Gennep）在他的著作《过渡礼仪》中提出的，该书分析了社会各阶段的过渡仪式。迟子建用阈限来描述人类生活中两个时期之间短暂的中间阶段。在此之后的 60 年，另一位人类学家维克多·特纳（Victor Turner）进一步发展了“阈限”这一概念。特纳认为，阈限化或临界状态的例子不仅可以在前工业化文化的启蒙仪式中得到发挥，也可以在现代文化的启蒙仪式中有所发现。

由于模糊性和不稳定性，在任何过渡性的这三个阶段中，最关键的状态是中间阶段，即阈限性。因为在阈限性的阶段中的“乘客们”意识到他们跨越了并摆脱了社会或文化所设定的任何边界。阈限性这一阶段往往具有隐形、缺席、荒野和流动身份等特点。

特纳进一步指出了部落社会和现代消费主义社会的阈限体验之间的密切关系，后者经历了他称之为“阈限”的时刻，这种时刻使得“创造性和生产性的事件得以展开”①。特纳引入“集体中介性”的概念，指的是阈限的参与者，他们因为拥有同质化的地位而变得平等。越轨和生活在阈限中可以使参与者有机会成为“既不是这个也不是那个，但又处于二者之间”②，以及有机会成为“介于法律、习俗、惯例和意识所分配和排列的位置之间”③。因此，特纳将阈限的概念从其人类学的内涵中解放出来，因为他认为阈限可以在后现代世界的不同时刻和不同情况下发生。此后，阈限的概念陆续被学者们采用，并被用来探索不同的文学作品和不同的文学时期的阈限状态。

20 世纪 80 年代以来，阈限性的文学批评在世界各地蓬勃发展，阈限性是文学和文化批评中的一个重要术语，它需要根据语境来定义，因为它的含义可能会从一个文本、文化和历史环境中过渡到另一种环境中。

迟子建小说的民族志书写的文化价值，不仅反映在她对东北地域文化转型的问题的思考上，也反映在她对都市文化和现代文明的各种文化事象的反思与批判上。这种反思和批判是以阈限性为立场，从这个立场出发，迟子建认为无论是东北地域文化还是现代都市文化的转型，都是一个跨越边界的问题。这种边界即阈限性，它代表了一个介于传统文化向现代文明转型之间或传统文化样式和现代文明样式的世界，它是模糊的、错综复杂的和不断变化的。迟子建的文化反思和文化批评似乎提供了一种与修辞学的二元系统相悖

---

① TURNER V. Liminal to liminoid in play, flow, and ritual: an essay in comparative symbology [J]. Rice University Studies. 1974, 60 (3): 53-92.

② TURNER V. The forest of symbols: aspects of Ndembu Ritual [M]. New York: Cornell University Press, 1967: 366.

③ TURNER V. The ritual process: structure and anti-structure [M]. London: Routledge & Kegan Paul, 1969: 278.

的解读，这种解读是在阈限性的基础上进行文化反思。

当迟子建因小说《北极村童话》而被人们熟知的时候，学界对这位“极地之女”有着浓厚的兴趣，因为她与同时代中国当代文学作家不同。她的作品的主题、人物、背景和叙事手段在当时的中国当代文学界都是独树一帜的。她背靠广袤的东北地域，重建真实和本土的个人经验，这是迟子建探索文学创作的新领域。迟子建早期的小说通常被认为是描绘人性温情与人类生死的现实主义的文本。然而，将迟子建的小说主要看作现实主义的作品，并不足以描述她的小说的实质，因为她在作品中密切联系了不同的信仰体系、传统和文化。她的作品通常是东北地域的民间传说、故事、歌曲、挽歌、诗歌的结合，她的作品的风格类似于人类学的口头故事的传统的变形。

迟子建在小说中为读者提供了浪漫的实质性方面和对现实世界的问题（贫穷和生态自然问题）等方面非常详细的现实描述。浪漫和现实世界之间的界限相互融合，这种结合构成了阈限性。

《起舞》里的老八杂，它不是一个人物，而是一个存在于传统和现代生活之间的棚户社区，老八杂的居民生活在富裕的现代工业城市和贫穷的传统农业村落之间，他们在一个由垃圾、废弃物和生活残骸组成的地方，过着一种阈限化的生活。由于城市的现代化建设，小说的老八杂的居民不得不从旧城区移民，迟子建便刻画了被迫移民前夕老八杂居民的人生百态与心理特征。《起舞》将城市边缘者的移民与现代性的遭遇问题化，它使读者能够进入边缘社区和移民人口在大都市遭遇现代性的创伤性经历。迟子建的小说与其说是关注边缘地带或大都市（中心），不如说是关注作为边缘地带的贫民窟、棚户区。小说所呈现的贫民窟本身就成了一个角色。也就是说，小说主要关注位于“边缘”村庄和“中心”大城市之间的贫民窟的阈限性，所强调的是贫民窟及其社区的阈限性。

在这里有必要将阈限与阈限性区分开来。首先，阈限性作为一个概念和理论而提出，是因为它提供了一种超越“中心”和“边缘”之间两极对立的辩论方式。而阈限拥有一个相当封闭的二元系统，在某种盲道上将中心与边缘对立起来。而阈限性和阈限不同，阈限性推断出一个开放和多元的系统，形成了一个积极的动态，建构了一个过渡和转变的地方。[①]

《起舞》中的老八杂的居民不是阈限内的人，因为他们不在封闭的二元系统中，阈限内的人与中心内的人对峙，这种对峙是一个死胡同，最终只会形成恶性循环。相反，老八杂的居民代表的是一个开放和多元系统的极限主体，甚至是一种使二元系统进行协商的主体。老八杂的居民包含了农村和城市的特征，但是他们又超越了这二者，他们是另一种存在，是一种混合的、有限的、第三种的存在。在小说中，老八杂的居民的转变显示了现代化对阈限地带人们的影响：老八杂的人们逐渐受到城市（中心）居民的现代化和城市化模式的影响，但同时他们又保留着自己的传统和乡村特征，所以在老八杂里，一种新型的居民诞生了，反映了他们身份中的城市和乡村（田园）的共存。

《起舞》中的阈限性的主体维度与小说中的老八杂的社区有关。按照特纳对阈限性的理解，“它是一个纯粹的可能性的领域，从那里可以产生新的思想和关系的配置”[②]。我们可以断定阈限性是一种介于两者之间的状态，并且具有模糊性，因而小说中的老八杂作为城市边缘的棚户区社区可以适用。哈尔滨历史上是一个具有殖民历史的城市，因此，后殖民属性对于调查这个城市的历史和文学都非常适用。

不只是《起舞》，在迟子建其他小说中都有描述大都市中的移民，他们与殖民社会有着共同的经历。传统与现代、农村与城市、过去与现在之间的对立思想是我们日益全球化的世界中的一个不争的跨国事实和现实经验。《起舞》中的很多人物都是移民，这些移民不仅在老八杂创造了新的生活，而且还创造了集体和公共区域。除了主人公齐如云、丢丢、齐耶夫等相关角

① QUANCE R. Margins and thresholds：an enquiry into the concept of liminality in text studies [M]. Madrid：The Gateway Press，2000：75-82.

② TURNER V. The forest of symbols：aspects of Ndembu Ritual [M]. New York：Cornell University Press，1967：384.

色外，老八杂本身也成了一个人物，甚至是小说中最重要的人物。对于老八杂的居民而言，离开老八杂意味着一种突破、锻炼或创伤，因而他们找理由不愿意动迁，这些理由也是五花八门。

总而言之，对于老八杂居民而言，他们似乎不再是村民，但他们又还没有真正受到城市的欢迎，因为他们的分离并没有让他们如同融入老八杂那样融入城市。因而，对于老八杂居民而言，他们便处于不再是老八杂居民但又尚未是城市居民的位置中。借用特纳的集体中介性概念，可以解释迟子建笔下生活在阈限地带的人物。特纳认为，在阈限地带，符号和仪式被应用，从而产生一定程度的确定性来面对那些不确定性。这为共同阈限阶段的参与者创造了一种集体感，这种集体感的产生源于一种新的集体身份。①

老八杂的居民的阈限身份使他们成为一个集体的一部分，符号的随机性和自由发挥使老八杂居民能够找到新的符号、仪式和神话故事。而这些东西在流动的、不可修复的和可笑的阈限地带中也容易发生永久的变化和转变。例如，老八杂居民的野餐活动，居民们在老八杂的生活中想到了新的仪式和故事，并带来了地位的同质化和强烈的社区仪式。小说中所提到的关于蓝蜻蜓舞女的故事也是作为一个群体经历进行回忆的，对老八杂居民而言，蓝蜻蜓舞女的故事成了整个小说的神话和主题。

透过阈限性的视角阅读迟子建的文学文本，可以发现阈限性是如何被用来阐释边缘社区的问题。小说中移民也是在城市和农村之间的阈限生存和发展，从而形成一种独特的移民文化。在中心和边缘、城市与农村这些二元空间之间，迟子建的小说引入了以老八杂为代表的阈限的状态，颠覆了这些二元对立，老八杂既解构了中心与边缘的关系，又重新制定了中心与边缘的关系。由于迟子建文学文本中大都存在这种无中心或自由的结构和内容，因而其小说具有阈限性的特点，这也是其小说的民族志书写文化价值的表现。

文学艺术具有虚构性与想象性，因而谈到迟子建文学文本的民族志属性，

---

① TURNER V. The forest of symbols：aspects of ndembu ritual ［M］. New York：Cornell University Press，1967：390.

会遭到很多人的质疑，会对其文学文本所描述的文化事象的真实性产生怀疑。我们不能忽视迟子建的文学文本所具有的想象性和纪实性，但是我们不能因为其作品所具有的对独特文化的浪漫想象就忽略了她的文学文本中所具有的浓厚的民族志属性。可以说，迟子建从创造伊始就具有非常突出的文化属性，她的文学文本从各方面多角度地对东北地域文化进行深入阐释和描述，这是传统的科学民族志所无法去比拟的。迟子建用文学艺术的形式对东北地域的文化事象进行理解和阐释，她的民族志文本完全契合了人类学家民族志写作的根本目标。

结 语

CONCLUSION

20 世纪 80 年代之后，人类学和文学之间有了无数次的交流，人类学家除了按照科学规范写的科学民族志之外，也写出了一些更难分类的风格化的书籍。同时，文学作家、诗人和知识分子也开始创作文学式的民族志。文学与人类学之间的频繁交流促使学界出现了两种现象。第一，这种交流现象如此引人注目，但实际上，彼时人类学研究已经与文学决裂，进入了科学时代。这门新学科已经切断了与以旅行叙事和浅显异国情调为主的文学作品的联系，以便以文献证据和既定事实为基础，避免以“地方色彩”取悦公众。第二，无论我们想到迟子建的《额尔古纳河右岸》，还是阿来的《尘埃落定》，都可以观察到，除了人类学家，作家也前往其所要创作的地域进行田野考察，创作出一部部“文学”的作品，但是这些文学作品不仅有文学想象，也记录了他们的田野调查经历，以及对文化的描述。虽然这些书的内容各不相同，但都具有民族志属性，且一经出版便受到读者的喜爱。

在人类学的修辞转向之后，民族志更为自由地借鉴了文学的叙事手段，因而文学文本与民族志这两种体裁之间的界限变得更为模糊。文学的维度与人类学和哲学维度一样，都属于文化功能的核心。迟子建用小说、散文等文体，采取了实验写作的方式，记录了东北地域大量的地方性知识，她的文学作品既有客观的纪实性，又充满了想象力，用文学的诗性写作方式，深入地对东北地域文化进行描述，她对文化经验的描述与刻画的深度，是传统的民族志文本无法达到的，是一种独特的文化文本样式。在中国现当代文学史上，书写东北的作家有很多，也形成了很多文学文本或文化文本，但是就用文学艺术手段对东北地域文化进行书写与反思的全面性和深入性而言，迟子建是唯一的。

迟子建用文学文本的方式对东北文化进行全方位的描述，向世人推介东北，她的文学文本具有鲜明的文化思想，可以视为文学性很强的民族志文本，《额尔古纳河右岸》《群山之巅》《伪满洲国》《烟火漫卷》《白雪乌鸦》《树下》《晚安玫瑰》等都是其民族志书写的文本典范。面对着同一个东北文本生活世界，这些作品的共同特征就在于用文学的手段描述东北、深描东北独特的文化事象。

对人类学家而言，对民族志文本的实验已经不再新奇，文学人类学作为一种实践手段，一直处于文学与人类学学科领域的边缘。1973 年，格尔茨提出将文化与文本进行概念比较。他认为，一个民族的文化是一个文本的集合，民族文化本身就是集合，人类学家只不过是把它放在真正理解民族文化的人的肩膀上阅读。格尔茨还将民族志的研究过程与“构建阅读意义上的手稿”的评论进行了比较，认为这种评论是外来的、褪色的、充满省略、语无伦次、可疑的且具有倾向性的。[①]

1962 年，克利福德、迈克尔·费彻尔（Michael M. J. Fischer）和乔治·E. 马库斯（George E. Marcus）出版了两本书。1986 年，马库斯与克利福德合编了《写文化：民族志的诗学与政治学》，马库斯与费彻尔合著了《作为文化批评的人类学》，这两本书对塑造人类学的“写文化”起到了重要的作用。对于克利福德来说，人类学的写文化标志是马林诺夫斯基的一张照片，马库斯在照片中记录了自己在桌子上的写作。对于马库斯和费彻尔来说，人类学的写文化标志是两本出版物：一本是爱德华·沃第尔·萨义德（Edward

① GEERTZ C. The interpretation of cultures：selected essays［M］. New York：Basic Books，1973：96.

Wadie Said）的作品《东方学》，他批评了西方的东方主义表现；另一个是约翰·德恩克·弗里曼（John Derek Freeman），他批评了米德在萨摩亚的研究。弗里曼对米德的批评动摇了公众对使用人类学知识作为文化批评形式的充分信任。根据克利福德的说法，一种旧的意识形态已经崩溃，一种新的意识形态诞生了。克利福德认为，这种新的意识形态是基于以下假设：文化是由严重争议的代码和表述组成的；诗学和政治是不可分割的；科学是历史和语言过程的一部分；书面文化表述是适当的实验和伦理；作者的权威是过去的事情；写作是文化的发明。[①] 由此，民族志的实验主义者产生了。民族志的手段或叙事人类学是基于实现事实和虚构之间模糊的特定技术。这种特定技术在不否认故事的事实基础的前提下，实现恰到好处的模糊化，将民族志的事实安排在一个故事中。

按照广义民族志的种类划分，可以把迟子建的文学作品分为两类，一类是有着明显民族志特征的文学作品，如《群山之巅》《伪满洲国》《烟火漫卷》《白雪乌鸦》《树下》《观慧记》《晚安玫瑰》等等；另一类是有强烈文学性的民族志作品，如《额尔古纳河右岸》《北极村童话》《原始风景》《起舞》《逝川》。二者的区分在于迟子建进行文本写作的目的。同样是书写现代历史中的东北题材，《伪满洲国》讲述了1931年至1945年间，伪满时期的皇室与东北人民的生活样态，通过极为清楚的时间脉络，读者得以借由情节推展，还原出当下具体的时空背景，除了介绍东北的各种文化事象，更主要的是讲述中国东北平民百姓在这期间的生命体验。而《额尔古纳河右岸》主要是通过记录鄂温克族的民俗、信仰、亲属关系、建筑特征、生活习俗等文化事象，向外界展示鄂温克族、展示中国的东北少数民族，理解东北的多元性。《额尔古纳河右岸》可以说是文学性很强的民族志作品。

事实上，迟子建文学创作的民族志属性也是她进行文体实验的必然结果。迟子建文学创作的民族志属性只是一个表象，实际上，这种民族志的属性更

---

① ［美］克利福德·格尔茨. 文化的解释［M］. 韩莉，译. 南京：译林出版社，1999：89-90.

能反映出迟子建的文体自觉意识，而且是一种更高意义上的文体自觉与文化自觉。

伊万·布莱迪（Ivan Brady）在其著作《人类学诗学》中提到，在文化的边缘，在狂欢节不协调的结构中，在文化的碎片与不和谐中，在滑稽剧中，在双关语中，在具有象征意义的调子中，在颠三倒四的情势中，在民族的多样化中，以及在其他稀奇古怪的情况中，都能发现美。[①] 布莱迪认为如果用开放的头脑富有诗意地思考，所有以上提到的都可以成为写作的主题，透过对这些主题的写作，可以发掘我们脚下的文化土壤里陌生的东西，至少可以解放日常生活中被束缚的活力。如果我们把这种形态置于富有诗意的描述之中，而不是进行枯燥的科学分析，就会趋于得到更深刻、更令人满意、更富有挑战意义的解释。

迟子建的文体文化自觉意识与布莱恩有着异曲同工之处。从接触文学创作以来，为了文学文本具有更好的表达效果，迟子建不断进行文体的写作实验。她吸收了古今中外的各种表达样式，从而寻找适合自己风格的表达技巧。生活在现实的东北文化之中，迟子建产生了一种更为强烈的探索和书写东北文化的兴趣，在文学创作中，她实现了从文化自觉走向文学自觉。在其文学文本中，每一个人物都是生活在东北文化中的人物，东北文化也正是因为这些人物的塑造而得以展现。文体是为了表达文化的需要，这是迟子建在其文学文本中进行文体实验的根本出发点。对于文化书写和表达来说，只要能表达出作者的文化思想，就不必拘于何种文体，这是迟子建文体实验的最终意图，也反映出其文体最高的自觉意识。

在迟子建创作的成熟期，她的文化思想走向了深刻。之所以产生这种思考，是因为改造、探索、实践国民心灵的拯救与重建，一直都是20世纪以来中国文学的一个最具魅力的特征。从这样的一种视角关注迟子建小说的民族志书写，能够发掘出迟子建小说的民族志书写对中国文化建设的启示。

---

① ［美］伊万·布莱迪. 人类学诗学［M］. 徐鲁亚，等，译. 北京：中国人民大学出版社，2010：8-10.

总的来说，迟子建小说的民族志书写对中国文化建设的启示主要有两个方面。

第一，迟子建将民族志书写作为一种文化反思的方式，为对抗现代文明的种种弊病，寻找解救的良方，文学艺术创作和人类学民族志写作，都把他们的目光瞄向了那些相对于现代文明来说称为“异文化”的异域文化或者原始文化，希望用文化他者来审视自身的种种弊病。寻找他者，反观自身，是文学与人类学实施文化反思与社会批判的共同策略。

第二，迟子建站在历史理性的角度去审视她所表述的东北文化和现代文化的各种表现形态，超越地域文化的限制，对中国农村的文化变迁问题进行反思、批判和重构，思考中华民族的前途问题。这是迟子建小说的民族志书写的全方位拓展，也是迟子建从少数民族、东北区域意识到中华民族整体意识的逐步归聚。

中国文化在未来时代的开放趋势，与中国社会内部的、现实的文化变迁有关。这种现实的文化变迁已经首先由乡村开始。自 1985 年发表第一篇小说开始，迟子建的民族志书写始终围绕在中国东北这片土地上，她的作品始终表达出她对于边地中的边地——故乡北极村的歌颂与仰慕之情。尽管迟子建也有一系列关于城市书写的作品，但是始终离不开她的视野的，依旧是对乡土深切的依恋。正是因为她总是以温情湿润的目光凝望故乡、凝望乡土，在两相对照之下，迟子建笔下的城市则显得拥挤吵闹、到处充斥着心计与算计。可见，即使是书写城市，迟子建也是站在乡土的位置遥望城市、以亲近乡土的立场批判，字里行间皆散发“城恶乡善”的好恶之情。

随着经济的现代化，与现代科学技术广泛结合的乡镇工业的兴起，以及与之伴行的商品经济的发展，传统的乡村小农自然经济发生着质的变化。中国亿万农民改变千百年来被束缚于土地的生活方式，走向更加广阔的新天地。这种生活方式的改变，带来了他们价值观念、文化心态的改变。我们在迟子建的小说创作中，已经读到了诸多关于这一变化的描写。例如，为了生存不得不去城市打工的夫妇，面对城市的高速发展无所适从；又如，很多农村打工者怀揣着改造生活的梦想进城打工，却在城市文明中迷失了自己。从迟子建的笔下，我们了解到农民正以一种新的形象出现于社会生活之中，并在社会的政治、经济生活中发挥着新的文化效应。在一个由乡土覆盖着大片疆域的国家，上述变化非常有深意。迟子建作品中所体现出的农村文化结构的改变、农民文化心理的重建，将给整个民族文化的建构以积极的影响，传统的“农村包围城市”，正被赋予新的意义。

处在这样一种世纪性世界文化价值重构的时代，我们的文化发展的前景会更加广阔，但同时，它的现代转化的任务也将更加繁重。因为同整个世界的文明潮流相一致，中国也正处在人类文明的历史转折点上。在世界文明潮流的冲击下，中国文化无可回避地面临着一个更为历史性的现代转化。中国文化必将适应世界文明由传统向现代转化的历史潮流而开辟一个新的历史时期，步入现代社会。因此，“民族与世界”的文化命题在世界文化格局中将会更加突出，更加引人注目。

迟子建笔下的“东北世界”是世界文学史上的经典的审美意象，具有强烈的审美反思性和文化批判性。在全球化背景下西方文明的侵蚀与影响下，迟子建对“中国故事”与“中国文化精神”这个大传统进行民族认同，在其创作中大量书写东北特色文化，创作包含中国文化精髓的文学作品。

中国文化的现代化转化，也是在特定的历史条件下原有文化的合理发展。迟子建小说的民族志书写，为中国文化的现代化提供了一种文学样本，这种文学样本使我们能够以一种现代视界去发现、转化民族文化，使我们有足够的清醒和充分的自信认识到，中华民族这份厚重的文化遗产只会泽被于当代中国而不会成为她的包袱！

人类文明走到今日，虽然依旧有种族之间的歧视，有民族战争的威胁，但是终于奏出和平与发展的主调，各民族文化共存于这个世界。文化的多元性、多样性已经成为一种共识，各种异质文化多元互补、交相融合，由对立、冲突走向和谐，文化间的交流互补终于成为人们的共识，人类命运共同体思想已被普遍接受。

在这种背景下，迟子建小说的民族志书写为当下多元文化的冲突与整合议题提供了参照，因此其现实意义愈发凸显出来。经历了创作的探索期、塑造期、成熟期，迟子建在文化阐释的过程中逐渐具有了“人类命运共同体”的意识。

如果说人类文明的全球化进程是迟子建小说的民族志书写中“人类命运共同体”意识得以产生的外部条件的话，那么，文学作为一种艺术形式，其最核心的秘密便是“人类”。艺术与人类的不可分割性，使迟子建在进行艺术创作时，始终无法避免“人类”的视域。

在创作的探索期与塑造期，迟子建的东北文化书写在题材上具有明显的地域性，这种地域性也凸显了其积极价值。迟子建笔下的东北世界本身就是人类世界的一个缩影，她是用象征的形式在反映人类的普适性问题。人类命运共同体意识从思想上主导着迟子建的创作，使得迟子建小说的民族志书写契合了世界文化发展潮流，也使得迟子建的文学具有了世界性。

迟子建小说的民族志书写的人类命运共同体意识和她的文化视域的转化是一致的。迟子建文化视域的转化，是从东北本土文化到中华民族整体文化的提升。迟子建逐渐突破了自己的中华民族的视野，走向人类意识的自觉。

迟子建小说的民族志书写既有比较鲜明的现实针对性，也带有浓厚的江河气韵。她多次对自己创作中的江河气韵进行解释。在这个快速的时代，迟子建带着她的江河气韵，依旧为文学、为人类发出最真诚的赞美，这就是迟子建的坚持，这是属于迟子建式的文化情怀。迟子建以自己的艺术实践，真正实现了艺术对人类情感的激发作用，发挥了艺术对人类学求真向善求美的实践驱动力作用。可以说，迟子建小说的民族志书写的人类学诗学特征及其价值和意义，就在于此。

参考文献

REFERENCE

一、中文类

(1) 文学作品

[1] 迟子建. 北极村童话［M］. 北京：作家出版社，1989.
[2] 迟子建. 向着白夜旅行［M］. 石家庄：河北教育出版社，1995.
[3] 迟子建. 迟子建文集［M］. 南京：江苏文艺出版社，1997.
[4] 迟子建. 晨钟响彻黄昏［M］. 南京：江苏文艺出版社，1997.
[5] 迟子建. 热鸟［M］. 济南：明天出版社，1997.
[6] 迟子建. 白银那［M］. 北京：中国文学出版社，1998.
[7] 迟子建. 迟子建影记［M］. 石家庄：河北教育出版社，1998.
[8] 迟子建. 听时光飞舞［M］. 南京：江苏文艺出版社，1998.
[9] 迟子建. 朋友们来看雪吧［M］. 北京：解放军文艺出版社，2000.
[10] 迟子建. 女人的手［M］. 济南：明天出版社，2000.
[11] 迟子建. 逝川［M］. 武汉：长江文艺出版社，1996.
[12] 迟子建. 清水洗尘［M］. 北京：中国文联出版社，2001.
[13] 迟子建. 我伴我走［M］. 北京：中国青年出版社，2002.
[14] 迟子建. 芳草在沼泽中［M］. 北京：中国青年出版社，2002.

[15] 迟子建. 与水同行 [M]. 北京：中国青年出版社，2002.
[16] 迟子建. 雾月牛栏 [M]. 北京：华文出版社，2002.
[17] 迟子建. 疯人院的小磨盘 [M]. 北京：新世界出版社，2002.
[18] 迟子建. 越过云层的晴朗 [M]. 北京：人民文学出版社，2014.
[19] 迟子建. 格里格海的细雨黄昏 [M]. 南京：江苏文艺出版社，2003.
[20] 迟子建. 踏着月光的行板 [M]. 北京：北京十月文艺出版社，2004.
[21] 迟子建. 额尔古纳河右岸 [M]. 北京：北京十月文艺出版社，2005.
[22] 迟子建. 微风入林 [M]. 沈阳：春风文艺出版社，2005.
[23] 迟子建. 假如鱼也生有翅膀 [M]. 长沙：湖南文艺出版社，2005.
[24] 迟子建. 世界上所有的夜晚 [M]. 北京：人民文学出版社，2006.
[25] 迟子建. 北方的盐 [M]. 南京：江苏文艺出版社，2006.
[26] 迟子建. 福翩翩 [M]. 长沙：湖南出版社，2008.
[27] 迟子建. 日落碗窑 [M]. 北京：作家出版社，2009.
[28] 迟子建. 白雪乌鸦 [M]. 北京：人民文学出版社，2010.
[29] 迟子建. 鬼魅丹青 [M]. 昆明：云南人民出版社，2010.
[30] 迟子建. 我对黑暗的柔情 [M]. 南京：江苏文艺出版社，2010.
[31] 迟子建. 花瓣饭 [M]. 北京：人民文学出版社，2012.
[32] 迟子建. 一匹马两个人 [M]. 上海：上海文艺出版社，2012.
[33] 迟子建. 寒夜生花 [M]. 北京：人民文学出版社，2013.
[34] 迟子建. 黄鸡白酒 [M]. 长沙：湖南文艺出版社，2013.
[35] 迟子建. 第三地晚餐 [M]. 重庆：重庆文艺出版社，2013.
[36] 迟子建. 晚安玫瑰 [M]. 北京：人民文学出版社，2013.
[37] 迟子建. 伪满洲国 [M]. 北京：人民文学出版社，2014.
[38] 迟子建. 迟子建经典中篇小说 [M]. 北京：人民文学出版社，2014.
[39] 迟子建. 秧歌 [M]. 长沙：湖南文艺出版社，2014.
[40] 迟子建. 群山之巅 [M]. 北京：人民文学出版社，2015.
[41] 迟子建. 逆行精灵 [M]. 合肥：安徽文艺出版社，2015.

[42] 迟子建. 雪窗帘 [M]. 北京：百花洲文艺出版，2016.
[43] 迟子建. 锁在深处的蜜 [M]. 杭州：浙江文艺出版社，2016.
[44] 迟子建. 原来姹紫嫣红开遍 [M]. 杭州：浙江文艺出版社，2016.
[45] 迟子建. 云烟过客 [M]. 杭州：浙江文艺出版社，2016.
[46] 迟子建. 我的世界下雪了 [M]. 杭州：浙江文艺出版社，2016.
[47] 迟子建. 光明于低头的一瞬 [M]. 杭州：浙江文艺出版社，2016.
[48] 迟子建. 草原 [M]. 南京：江苏凤凰文艺出版社，2017.
[49] 迟子建. 采浆果的人 [M]. 上海：华东师范大学出版社，2017.
[50] 迟子建. 空色林澡屋 [M]. 武汉：长江文艺出版社，2017.
[51] 迟子建. 炖马靴 [M]. 南宁：广西师范大学出版社，2019.
[52] 迟子建. 也是冬天，也是春天 [M]. 北京：中信出版社，2019.
[53] 迟子建. 烟火漫卷 [M]. 北京：人民文学出版社，2020.

(2) 理论著作

[54] [美] 乔治·E. 马尔库斯，米开尔·M. J. 费彻尔. 作为文化批评的人类学：一个人文学科的实验时代 [M]. 王铭铭，蓝达居，译. 北京：生活·读书·新知三联书店，1998.
[55] [美] 威廉·亚当斯. 人类学的哲学之根 [M]. 黄剑波，李文建，译. 桂林：广西师范大学出版社，2006.
[56] [美] 詹姆斯·克利福德，乔治·E. 马库斯. 写文化：民族志的诗学与政治学 [M]. 高丙中，吴晓黎，李霞，译. 北京：商务印书馆，2006.
[57] [美] 克利福德·格尔茨. 文化的解释 [M]. 韩莉，译. 南京：译林出版社，1999.
[58] [美] 克利福德·吉尔兹. 地方性知识：阐释人类学论文集 [M]. 王海龙，张家瑄，译. 北京：中央编译出版社，2000.
[59] [美] 维克多·特纳. 仪式过程：结构与反结构 [M]. 黄剑波，柳博赟，译. 北京：中国人民大学出版社，2006.
[60] [美] 伊万·布莱恩. 人类学诗学 [M]. 徐鲁亚，等，译. 北京：中国

人民大学出版社，2010.
[61] [美] 露丝·本尼迪克特. 文化模式 [M]. 王炜，等，译. 北京：社会科学文献出版社，2009.
[62] [美] 拉里·A·萨姆瓦，理查德·E·波特，雷米·C·简恩. 跨文化传通 [M]. 陈南，龚光明，译. 上海：生活·读书·新知三联书店，1988.
[63] [美] 罗兰·罗伯森. 全球化：社会理论和全球文化 [M]. 梁光严，译. 上海：上海人民出版社，2000.
[64] [美] 乔纳森·弗里德曼. 文化认同与全球性过程 [M]. 郭建如，译. 北京：商务印书馆，2003.
[65] [美] 莱斯利·A·怀特. 文化的科学：人类与文明的研究 [M]. 济南：山东人民出版社，1988.
[66] 卡尔·马克思，费里德里希·恩格斯. 马克思恩格斯全集（第3卷）[M]. 中共中央马克思恩格斯列宁斯大林著作编译局，译. 北京：人民出版社，2002.
[67] [德] 马丁·海德格尔. 存在与时间 [M]. 陈嘉映，王庆节，译. 北京：生活·读书·新知三联书店，2014.
[68] [德] 米夏埃尔·兰德曼. 哲学人类学 [M]. 张乐天，译. 上海：上海译文出版社，1988.
[69] [德] 黑格尔. 美学（第1卷）[M]. 朱光潜，译. 北京：商务印书馆，1979.
[70] [德] 恩斯特·卡西尔. 人论 [M]. 甘阳，译. 上海：上海译文出版社，2014.
[71] [德] 潘能伯格. 人是什么：从神学看当代人类学. [M]. 李秋零，田薇，译. 上海：生活·读书·新知三联书店，1997.
[72] [德] 弗里德里希·席勒. 审美教育书简 [M]. 范大灿，冯至，译. 上海：上海人民出版社，2003.
[73] [德] 狄特富尔特. 哲人小语：人与自然 [M]. 周美琪，译. 上海：生

活·读书·新知三联书店，1993.
[74] [德] 沃尔夫冈·伊瑟尔. 虚构与想象：文学人类学疆界 [M]. 陈家定，汪正龙，等，译. 长春：吉林人民出版社，2011.
[75] [德] 恩斯特·卡西尔. 神话思维 [M]. 黄龙保，周振选，译. 北京：中国社会科学出版社，1992.
[76] [法] 克洛德·列维-斯特劳斯. 野性的思维 [M]. 李幼蒸，译. 北京：中国人民大学出版社，2006.
[77] [法] 克洛德·列维-斯特劳斯. 结构人类学 [M]. 张组建，译. 北京：中国人民大学出版社，2009.
[78] [法] 列维-布留尔. 原始思维 [M]. 丁由，译. 北京：商务印书馆，1981.
[79] [英] 爱德华·B·泰勒. 原始文化 [M]. 蔡江浓，译. 杭州：浙江人民出版社，1988.
[80] [英] 爱德华·B·泰勒. 人类学：人及其文化研究 [M]. 连树生，译. 桂林：广西师范大学出版社，2004.
[81] [英] 马林诺夫斯基. 文化论 [M]. 费孝通，译. 北京：中国民间文艺出版社，1987.
[82] [英] 马林诺夫斯基. 巫术科学宗教与神话 [M]. 李安宅，译. 北京：中国民间文艺出版社，1986.
[83] [英] 詹姆斯·拉伍洛克. 盖娅：地球生命的新视野 [M]. 肖显静，范祥东，译. 上海：上海人民出版社，2007.
[84] [英] 詹姆斯·乔治·弗雷泽. 金枝 [M]. 赵昍，译. 西安：陕西师范大学出版社，2010.
[85] [英] 布林·莫利斯. 宗教人类学 [M]. 周国黎，译. 北京：今日中国出版社，1992.
[86] [英] 弗吉尼亚·伍尔夫. 论小说与小说家 [M]. 瞿世镜，译. 上海：上海译文出版社，2009.
[87] [日] 绫部恒雄. 文化人类学的十五种理论 [M]. 周星，等，译. 贵阳：

贵州人民出版社，1988.
[88]［日］中根千枝. 亚洲诸社会的人类学比较研究［M］. 聂长林，译. 哈尔滨：黑龙江教育出版社，1989.
[89]［爱尔兰］泰特罗. 本文人类学［M］. 王宇根，等，译. 北京：北京大学出版社，1996.
[90]［罗］亚·泰纳谢. 文化与宗教［M］. 张伟达，译. 北京：中国社会科学出版社，1984.
[91] 王铭铭. 人类学讲义稿［M］. 北京：世界图书出版公司北京公司，2011.
[92] 王铭铭. 西方作为他者：论中国“西方学”的谱系与意义［M］. 北京：世界图书出版公司北京公司，2007.
[93] 王铭铭. 中国人类学评论（第1辑）［M］. 北京：世界图书出版社北京公司，1997.
[94] 叶舒宪. 文学人类学教程［M］. 北京：中国社会科学出版社，2010.
[95] 叶舒宪. 文学与人类学［M］. 北京：社会科学文献出版社，2003.
[96] 叶舒宪. 现代性危机与文化寻根［M］. 济南：山东教育出版社，2009.
[97] 史忠义，户思社，叶舒宪. 国际文学人类学研究［M］. 北京：百花文艺出版社，2006.
[98] 林耀华. 金翼：中国家族制度的社会学研究［M］. 北京：生活·读书·新知三联书店，1989.
[99] 庄孔韶. 人类学通论［M］. 太原：山西教育出版社，2002.
[100] 方克强. 文学人类学批评［M］. 西安：陕西师范大学出版社，2019.
[101] 黄平，罗红光，许宝强. 当代西方社会学·人类学新词典［M］. 长春：吉林人民出版社，2003.
[102] 胡鸿保. 中国人类学史［M］. 北京：中国人民大学出版社，2006.
[103] 荣仕星，徐杰舜. 人类学本土化在中国［M］. 南宁：广西民族出版社，1998年.
[104] 潘乃穆，等. 中和位育：潘光旦百年诞辰纪念［M］. 北京：中国人民

大学出版社，1999 年.
[105] 费孝通. 中华民族的多元一体格局［M］. 北京：中央民族大学出版社，2018.
[106] 费孝通. 江村经济［M］. 北京：商务印书馆，2001.
[107] 张隆溪. 阐释学与跨文化研究［M］. 北京：生活·读书·新知三联书店，2014.
[108] 施立学. 东北民俗文化［M］. 北京：社会科学文献出版社，2019.
[109] 孟繁华. 东北文化与东北文艺［M］. 北京：科学出版社，2019.
[110] 李淑娟，等. 日本殖民统治与东北农民生活：1931-1945［M］. 北京：社会科学文献出版社，2014.
[111] 孔繁志. 敖鲁古雅的鄂温克人［M］. 天津：天津古籍出版社，1989.
[112] 孟慧英. 中国北方民族萨满教［M］. 北京：社会科学文献出版社，2000.
[113] 富育光. 萨满教与神话［M］. 沈阳：辽宁大学出版社，1990.
[114] 刘宝楠. 论语正义［M］. 北京：中华书局，1990.
[115] 罗成琰. 百年文学与传统文化［M］. 长沙：湖南教育出版社，2002.
[116] 林语堂. 生活的艺术［M］. 西安：陕西师范大学出版社，2006.
[117] 九歌. 主体论文艺学［M］. 北京：中国社会科学出版社，1989.
[118] 爱新觉罗·溥仪. 我的前半生［M］. 北京：人民文学出版社，2019.
[119] 陈雪薇. 伍连德研究：经验、认同、书写. 香港：八方文化创作室，世界科技出版社，2014.
[120] 范震威. 一个城市的记忆与梦想：哈尔滨百年过影［M］. 哈尔滨：黑龙江美术出版社，2012.
[121] 宋德胤. 黑龙江民俗［M］. 兰州：甘肃人民出版社，2004.
[122] 干志耿，孙秀仁. 黑龙江古代民族史纲［M］. 哈尔滨：黑龙江人民出版社，1986.
[123] 吕晴飞. 中国当代青年女作家评传［M］. 北京：中国妇女出版社，1990.

[124] 鲁迅全集 [M]. 北京：人民日报出版社，2012.
[125] 易中天. 艺术人类学 [M]. 上海：上海文艺出版社，2020.
[126] 戴锦华. 涉渡之舟：新时期中国女性写作与女性文化 [M]. 北京：北京大学出版社，2007.
[127] 管怀国. 迟子建艺术世界中的关键词 [M]. 长沙：中南大学出版社，2006.
[128] 方守金. 北国的精灵：迟子建论 [M]. 哈尔滨：黑龙江人民出版社，2002.
[129] 逄增玉. 黑土地文化与东北作家群 [M]. 长沙：湖南教育出版社，1995.
[130] 杨春时. 现代性与中国文学思潮 [M]. 北京：生活·读书·新知三联书店，2009.
[131] 杨义. 重绘中国文学地图通释 [M]. 北京：当代中国出版社，2007.

(3) 期刊论文

[132] 高丙中. 民族志发展的三个时代 [J]. 广西民族学院学报（哲学社会科学版），2006 (3)：58-63.
[133] 高丙中. 民族志的科学范式的奠定及其反思 [J]. 思想战线，2005 (1)：75-81.
[134] 费孝通. 关于“文化自觉”的一些自白 [J]. 群言，2003 (4)：18-21.
[135] 乐黛云. 文化自觉与文明共存 [J]. 社会科学，2003 (7)：116-123.
[136] 叶舒宪. 中国文化的大传统与小传统 [J]. 传承，2012 (17)：42-44.
[137] 叶舒宪. 文学人类学的理论与方法 [J]. 上海交通大学学报（哲学社会科学版），2019，27 (1)：96-103.
[138] 叶舒宪. 文学人类学的中国化过程与四重证据法：学术史的回顾及展望 [J]. 社会科学战线，2010 (6)：109-125.
[139] 叶舒宪. 本土文化自觉与“文学”“文学史”观反思：西方知识范式对中国本土的创新与误导 [J]. 文学评论，2008 (6)：5-12.

[140] 叶舒宪. “世界文学”与“文学人类学”：三论当代文学观的人类学转向 [J]. 中国比较文学，2011 (4)：1-9.

[141] 叶舒宪. 文学人类学：探寻文化表述的多重视野 [J]. 西南民族大学学报（人文社会科学版），2011，32 (1)：166-171.

[142] 王铭铭. 当代民族志形态的形成：从知识论的转向到新本体论的回归 [J]. 民族研究，2015 (3)：25-38，123-124.

[143] 王铭铭. 民族志：一种广义人文关系学的界定 [J]. 学术月刊，2015，47 (3)：129-140.

[144] 方克强. 鲁迅与人类学思想 [J]. 文艺研究，2015 (5)：67-75.

[145] 乌云达赉. 鄂温克族的起源 [J]. 内蒙古社会科学（文史哲版），1992 (4)：91-94，127.

[146] 吕光天. 谈鄂温克族的来源 [J]. 中国民族，1962 (Z1)：39-40.

[147] 侯育成. 鄂温克人 [J]. 黑龙江民族丛刊，1986 (3)：76-82.

[148] 戴锦华. 迟子建：极地之女 [J]. 山花，1998 (1)：73-78.

[149] 叶淑媛. 民族志小说“写民族文化”的新探索：以迟子建的《额尔古纳河右岸》为中心 [J]. 西北民族研究，2014 (4)：73-79，191.

[150] 孟觉之，史玥琦. “基督的血，门神的泪”：谈迟子建《烟火漫卷》的民族志尝试 [J]. 东吴学术，2021 (4)：111-117.

[151] 迟子建，胡殷红. 人类文明进程的尴尬、悲哀与无奈：与迟子建谈长篇新作《额尔古纳河右岸》[J]. 艺术广角，2006 (2)：34-35.

[152] 高平. 小小的北极村，世界的北极村：迟子建文学创作的文化人类学简释 [J]. 聊城大学学报（社会科学版），2008 (2)：224-226.

[153] 方守金，迟子建. 自然化育文学精灵：迟子建访谈录 [J]. 文艺评论，2001 (3)：80-86.

[154] 张学昕，韩雪梅. 从“北极村”到“地球村”的灵魂时空：迟子建小说的文化人类学意义 [J]. 吉林大学社会科学学报，2017，57 (5)：136-144，206-207.

[155] 迟子建，郭力．迟子建与新时期文学：现代文明的伤怀者［J］．南方文坛，2008（1）：58-64.

[156] 崔苇．民间理想与温情营造：迟子建近作述评［J］．小说评论，1999（5）：45-50.

[157] 刘传霞．温情就是力量：论迟子建的人性观［J］．聊城大学学报（哲学社会科学版），2002（5）：12-14.

[158] 周玲玲．温情之殇：迟子建论［J］．扬子江评论，2009（5）：48-51.

[159] 管怀国．温情底下的冷峻和厚重：理解迟子建近作的一种视角［J］．小说评论，2006（2）：83-86.

[160] 西慧玲．温暖中的寒凉：2003 迟子建小说新作解析［J］．当代文坛，2004（4）：59-61.

[161] 张东丽．别样的"底层写作"：解读迟子建小说近作的一种视角［J］．黑龙江社会科学，2009（5）：91-95.

[162] 文红霞．论迟子建的底层写作［J］．文艺理论与批评，2010（2）：74-76.

[163] 陈东辉．另一种"底层写作"叙事伦理：论迟子建近年来的"底层文学"创作［J］．烟台大学学报（哲学社会科学版），2012，25（3）：50-54.

[164] 郭力．有关死亡的另一种表述：论迟子建创作中的死亡意识［J］．文艺评论，2010（1）：55-59.

[165] 文红霞．迟子建小说的生态忧思与心灵救赎［J］．文艺评论，2016（8）：119-123.

[166] 汪树东．对大自然的诗意怀想：生态意识与迟子建小说［J］．石河子大学学报（哲学社会科学版），2007（5）：61-65.

（4）学位论文

[167] 韩雪梅．论文学"文化人类学"的价值建构：以贾平凹、迟子建、阿来为中心［D］．沈阳：辽宁师范大学，2018.

二、外文类

(1) 理论著作

[168] ATKINSON P. The ethnographic imagination: textual construction of reality [M]. London: Routledge, 1990.

[169] BELL C, ENCEL S. Inside the whale: ten personal accounts of social research [M]. New York: Pergamon Press, 1978.

[170] BARTON D, PAPEN U. Anthropology of writing: understanding textually mediated worlds [M]. London: Continuum, 2010.

[171] BRUNER J, WEISSER. The invention of self: autobiography and its forms [M]. Cambridge: Cambridge University Press, 1991.

[172] SCHWAB G. Imaginary ethnographies: lterature, culture, and subjectivity [M]. New York: Columbia University Press, 2012.

[173] SPINOZA B D. The chief works of Benedict de Spinoza [M]. trans. ELWES R R M. New York: Dover Publications, 1951.

[174] GEERTZ C. The predicament of culture [M]. Cambridge: Harvard University Press, 1988.

[175] CLASTRES P. Society against the state: essays in political anthropology [M]. New York: Zone Books, 1987.

[176] CRAPANZANO V. Hermes' dilemma and Hamlet' s desire [M]. Cambridge, MA: Harvard University Press, 1992.

[177] DAVIES C. Reflexive ethnography: a guide to researching selves and others [M]. London: Routledge, 1999.

[178] RICHARDS D. Masks of difference: cultural representations in literature, anthropology and art [M]. Cambridge: Cambridge University Press, 1993.

[179] KULICK D, WILLSON M. The sexual life of anthropologists: erotic subjec-

tivity and ethnographic work [M]. London and New York: Routledge, 1995.

[180] DESJARLAIS R. Shelter blues: sanity and selfhood among the homeless [M]. Philadelphia: University of Pennsylvania Press, 1997.

[181] GEERTZ C. The interpretation of cultures: selected essays [M]. New York: Basic, 1973.

[182] RHEINBERGER H J. On historicizing epistemology: an essay [M]. New-York: Stanford University Press, 2010.

[183] HASTRU P K, HERVIK P. Introduction [M] //HASTRU P K, HERVIK P. Social experience and anthropological knowledge. London: Routledge, 1994.

[184] HANDLER R, SEGAL D. Jane Austen and the fiction of culture: an essay on the narration of social realities [M]. Washington, DC: Rowman and Littlefield, 1999.

[185] JACKSON M. Barawa and the ways birds fly in the sky [M]. Washington: Smithsonian Institution, 1986.

[186] JACKSON M. Paths towards a clearing [M]. Bloomington: Indiana University Press, 1989.

[187] BRUNER J S. A Barthes reader [M]. London: Cape, 1982.

[188] CLIFFORD J, MARCUS G. Writing culture: the poetics and politics of ethnography [M]. Berkeley: University of California Press, 1986.

[189] JACKSON M. Things as they are: new directions in phenomenological anthropology [M]. Bloomington: Indiana University Press, 1996.

[190] HALL J, ABBAS A. Literature andanthropology [M]. Hong Kong: Hong Kong University Press, 1986.

[191] KAKAR S. Shamans, mystics and doctors [M]. Boston: Beacon Press, 1982.

[192] KON K, WILLSON M. In taboo: sex, identity, and erotic subjectivity in anthropological fieldwork [M]. London and New York: Routledge, 1985.

[193] KERBY A P. Narrative and theself [M]. Bloomington: Indiana University Press, 1991.

[194] ALCOFF L M, MENDIETA E. Identities: race, class, gender and nationality [M]. Oxford: Blackwell Publishing, 2003.

[195] MALINOWSKI B K. Argonauts of the western pacific [M]. New York: E. P. Dutton., 1966.

[196] HAMMERSLEY M. Reading ethnographic research: a critical guide [M]. London: Longman, 1990.

[197] COHEN M. Novelapproaches to anthropology: contributions to literary anthropology [M]. New York: Lexington Books, 2013.

[198] HEIDEGGER M. Being and time [M]. trans. MACQUARRIE J, ROBINSON E. New York: Harper&Row, 1962.

[199] DENZIN N, LINCOLN Y. Ethnography and ethnographic representation [M]. Thousand Oaks: Sage Publications, 2000.

[200] CRATH NIC M. Narratives of place, belonging and language: an intercultural perspective [M]. Basingstoke: Palgrave, 2012.

[201] NEHAMAS A. Nietzsche: life as literature [M]. Cambridge MA: Harvard University Press, 1985.

[202] NIETZSCHE F. The will to power [M]. New York: Random House, 1968.

[203] POYATOS F. Literary anthropology [M]. Amsterdam: John Benjamins Publishing, 1988.

[204] RUDNYTSKY P. Transitional objects and potential spaces: literary uses of Winnicott [M]. New York: Columbia University Press, 1993.

[205] BENSON P. Anthropology and literature [M]. Urbana: University of

Illinois Press, 1993.

[206] QUANCE R. Margins and thresholds: an enquiry into the concept of liminality in text studies [M]. Madrid: The Gateway Press, 2000.

[207] ROSALDO R. Culture and truth: the remaking of social analysis [M]. Boston, MA: Beacon, 1989.

[208] RORTY R. Philosophy and the mirror of nature [M]. Princeton: Prince ton University Press, 1979.

[209] STEVENSON L, PANDI A, MCLEAN S. Crumpled paper boat [M]. North Carolina: Duke University Press, 2020.

[210] STOLLER P. Sensuous scholarship [M]. Philadelphia: University of Pennsylvania Press, 1997.

[211] STOLLER P. The taste of ethnographic things: the senses in anthropology [M]. Philadelphia: University of Pennsylvania Press, 1989.

[212] STOLLER P, OLKES C. In sorcery's shadow: a memoir of apprenticeship among the Songhay of Niger [M]. Chicago: University of Chicago Press, 1987.

[213] SHWEDER R. Thinking through cultures [M]. Cambridge MA: Harvard University Press, 1991.

[214] HILLIER S, KELLEHER D. Researching cultural differences in health [M]. London: Routledge, 1996.

[215] TURNER V. The forest of symbols: aspects of Ndembu ritual [M]. New York: Cornell University Press, 1967.

[216] TURNER V. The ritual process: structure and anti - structure [M]. London: Routledge & Kegan Paul, 1969.

[217] WATERSTON A, VESPERI M. Anthropology off theshelf: anthropologists on writing [M]. Chichester: Wiley Blackwell, 2009.

[218] WOLCOTT H F. The art of fieldwork [M]. Walnut Creek: Altamira

Press, 1995.

(2) 期刊论文类

[219] BOLLAS C. The shadow of the object: psychoanalysis of the unthought known [J]. American Journal of Psychiatry, 1988, 145 (9): 1159-1160.

[220] SALVADOR D S. Review of margins and thresholds: an inquiry into the concept of liminality in text studies [J]. Links & Letters, 2001 (8): 107-109.

[221] RHEINBERGER H J. Toward a history of epistemic things: synthesizing proteins in the test tube [J]. Journal of the History of Biology, 1999, 32 (3): 563-565.

[222] HANNE M, The power of the story: fiction and political change [J]. Political Science, 1996, 48 (1), 132-133.

[223] PITCHFORD N. The mirror and the killer-queen: otherness in literary language [J]. MFS Modern Fiction Studies, 1996, 43 (4): 1067-1069.

[224] POEWE K. On the metonymic structure of religious experiences: the example of charismatic christianity [J]. Cultural Dynamics, 1989: 80-361.

[225] SAINT-JE D, DERRIDA X. This strange institution called literature [J]. Oxford Literary Review, 2021 (11): 15-41.

[226] TURNER V. Liminal to liminoid in play, flow, and ritual: an essay in comparative symbology [J]. Rice University Studies, 1974, 126 (46): 156-165.

[227] 土屋肇枝. 遅子建の中の鱼 [J]. 日本中国当代文学研究会会报, 1999: 8.

[228] 土屋肇枝. 再生への旅路: 遅子建「白夜行」[J]. 野草, 2000: 8.

[229] 川俣优. 遅子建における〈白夜〉の意味 [J]. 明治学院论丛, 2000: 1.

[230] 川俣优. 遅子建における生と死 [J]. 明治学院论丛, 2003: 3.
[231] 布施直子. 遅子建「西街魂児」[J]. 日本中国当代文学研究会例会报告概要, 2007: 11.
[232] 竹内良雄. 遅子建、覚え书き: 北极村から北极村へ [J]. 中国研究, 2008: 3.